Die Akte Harlekin

THOMAS VAUCHER

DIE AKTE HARLEKIN

Riverfield

1. Auflage 2016

Alle Rechte vorbehalten
© copyright by
Riverfield Verlag, Basel
www.riverfield-verlag.ch

Lektorat, Korrektorat & Satz
ihleo verlagsbüro – Dr. Oliver Ihle, Husum (D)

Umschlaggestaltung
Hauptmann & Kompanie, Zürich (CH)

Druck und Bindung
CPI Ebner & Spiegel, Ulm (D)

Printed in Germany

ISBN 978-3-9524640-0-7

Prolog

»Warum tun Sie das?«

Der Alte röchelte und versuchte, den Kopf noch weiter in den Nacken zu legen, um seinen Peiniger zu erblicken. Doch er wurde von einer grellen, gleißend starken Lampe geblendet, die auf sein Gesicht gerichtet war. Er lag auf dem Rücken auf einem Metalltisch, war bis zur Hüfte abwärts nackt und konnte sich weder umdrehen noch aufrichten. Seine Hand- und Fußgelenke schmerzten von den Fesseln, sein Brustkorb schien ihm kurz vor dem Platzen, so eng zog sich ein faustdickes Seil quer darüber, und sein Kopf dröhnte. ›Er muss mich von hinten niedergeschlagen haben‹, versuchte er, einen klaren Gedanken zu fassen.

»Sie sollten mir dankbar sein«, erklang eine Stimme aus der Dunkelheit. »Durch mich werden Sie Unsterblichkeit erlangen.«

»Unsterblichkeit? Aber ... aber, warum gerade ich?«

Sein Entführer lachte. »Sie werden's nicht glauben, Herr ...«

Er fühlte, wie sein Entführer an ihm etwas herumnestelte. ›Mein Portemonnaie!‹, ging es ihm durch den Kopf.

»... Herr *Weber*: Zufall. Schicksal. Pech. Wählen Sie sich eines dieser großartigen Wörter aus.«

»Was haben Sie mit mir vor?«

Ein Klicken erklang, gefolgt von einem immer lauter werdenden Brummen.

»Was tun Sie da?«, wollte Weber wissen. Lähmende Angst hatte er, seit er in diesem feuchten Keller aufgewacht war, doch nun begann sie sich zu verändern, wurde intensiver, umgab ihn wie die Fäden einer Spinne, die immer dichter werden, je länger diese daran arbeitet.

»Ich habe die Heizung angeworfen«, antwortete die Stimme. »Es ist kalt draußen und der Raum hier ist nicht gut isoliert. Finden Sie nicht auch?«

Weber runzelte die Stirn. ›Was will dieser Wahnsinnige von mir?‹ Plötzlich kam ihm ein Gedanke.

»Geht es um Geld? Meine Frau wird jedes Lösegeld bezahlen, nur lassen Sie mich bitte frei.«

Wieder dieses Lachen. Diesmal klang es höhnisch.

»Oh nein, Sie missverstehen mich, Herr Weber. Ich habe genügend Geld.«

Es wurde rasch wärmer in dem Raum, was Weber nicht unangenehm war. Zuvor war es tatsächlich kalt hier drin gewesen. Wenigstens etwas.

»Was wollen Sie dann?«

»Geduld, Geduld! Wir arbeiten daran.«

»Wir? Wer ist *wir*?«

»Sie und ich, Sie werden schon sehen.«

Sein Entführer kicherte. Weber hörte ihn hinter sich mit etwas hantieren. Schweiß trat ihm auf die Stirn. Angstschweiß.

Dann sah er eine Silhouette über sich aufragen. Die Lampe blendete ihn so stark, dass es ihm nicht gelang, mehr zu erkennen. Er hätte nicht einmal sagen können, ob es sich um einen Mann oder eine Frau handelte. Und die Stimme seines Entführers … Einerseits war sie recht tief und rau, aber andererseits auch geradezu melodisch, mit einem femininen Touch. Unmöglich zu sagen, ob die Stimme einer Frau oder einem Mann gehörte.

»Gut«, hörte er über sich den Fremden sagen, »sehr gut.« Die Silhouette verschwand wieder aus seinem Sichtfeld.
›Was hat dieser Irre mit mir vor?‹
Langsam wurde es heiß in dem Raum. Unerträglich heiß. Der Fremde musste die Heizung bis zum Maximum aufgedreht haben. Weitere Schweißperlen traten Weber auf die Stirn, diesmal aufgrund der Hitze. Sie vermischten sich mit denen der Angst.
Die Silhouette erschien wieder über ihm. Weber kniff die Augen zusammen und konnte nun zumindest erkennen, dass sein Peiniger eine Art Schutzbrille, einen weißen Mundschutz und eine grüne OP-Haube aufhatte. Panik kroch langsam wie ein neugieriges Insekt seinen Rücken herauf. Sein Körper zog sich krampfartig zusammen. Unfähig, sich zu bewegen, lag er da und verfolgte mit weit aufgerissenen Augen, wie eine Hand, die in einem Latex-Handschuh steckte, sich seiner Stirn näherte. Sie hatte eine Pipette zwischen den Fingern. Die Starre löste sich und Weber versuchte, seinen Kopf von seinem Entführer wegzudrehen, doch dieser legte ihm seine andere Hand auf den Kopf und hielt ihn fest. Die Spitze der Pipette setzte sachte auf seiner Stirn auf und tastete sich dann langsam quer darüber, ehe sie wieder verschwand.
»Was soll das? Was tun Sie da?« Webers Stimme überschlug sich beinahe.
»Keine Angst, das ist der angenehme Teil des Ganzen.«
Die Pipette setzte nun auf seiner nackten Brust auf und Weber konnte erkennen, dass der Fremde damit langsam und gründlich jeden Schweißtropfen einsog, der auf seiner Haut auftrat. Und bei der Hitze, die mittlerweile in dieser Folterkammer herrschte, waren das nicht wenige. Der

Fremde wiederholte die Prozedur noch einige Male schweigend, ehe er sich schließlich wieder entfernte.

»Gut«, hörte Weber ihn sagen. »Sehr gut.«

»Was soll das?«, fragte Weber ängstlich.

Der Fremde ignorierte seine Frage und Weber hörte ihn wieder mit etwas hantieren. Dann Schritte. Etwas Kaltes berührte plötzlich seine Schläfen und sein Kopf wurde leicht zusammengepresst. Er wollte seinen Kopf aus dieser Presse herausziehen, doch es war zu spät. ›Ein Schraubstock!‹, erkannte er, und eine weitere Panikwelle durchlief seinen Körper. Er begann, am ganzen Körper zu zittern. Seine Zähne klapperten unkontrolliert aufeinander. ›Der Wahnsinnige hat meinen Kopf in einen Schraubstock gesteckt!‹

»Das wird jetzt etwas wehtun«, hörte er die Stimme neben seinem Ohr, »aber das ist leider nötig. Es sei denn, Sie können auf Knopfdruck weinen.«

»Weinen? Ich … Warum? Nein, ich …«

»Das dachte ich mir.«

Ein ungeheurer Schmerz explodierte an seiner Schläfe. Sein Entführer zog den Schraubstock langsam, aber unerbittlich an. Weber schrie, presste die Augenlider zusammen und bettelte um Gnade. Tränen des Schmerzes kamen ihm, und durch den Tränenschleier vor seinen Augen sah er wieder die Pipette nahen.

»Gut, sehr gut. Gleich haben Sie es geschafft.«

Weber schluchzte und betete zu Gott, dass er ein Einsehen mit ihm haben und ihm einen raschen Tod schenken möge. Der Druck auf seinen Kopf wurde noch einmal verstärkt. Er schrie und glaubte, sein Schädel würde platzen. Seine Schreie steigerten sich, bis sie so laut waren, dass sie in seinen eigenen Ohren schmerzten. Doch das war nichts im Vergleich zu dem Schmerz, der seinen Kopf beherrschte.

Die Pipette erschien noch einige Male vor seinen Augen – dann verschwand der Druck plötzlich von seinen Schläfen. Er fühlte, wie etwas Nasses aus seinen Ohren tropfte. ›Blut?‹

»Bitte«, stammelte Weber, »bitte, bitte, bitte! Lassen Sie mich gehen! Oder ... oder ... töten Sie mich, ich bitte Sie ... Ich flehe Sie an, aber bitte, bitte hören Sie auf mit dieser Folter, wenn Ihnen irgendetwas heilig ist ...!«

»Oh ja, mir ist vieles heilig. Und keine Angst, es dauert nun nicht mehr allzu lange.«

Als sein Peiniger das nächste Mal neben ihn trat, hielt er einen Fotoapparat in den Händen.

»Was ...?«, begann Weber, doch er wurde unterbrochen.

»Ich möchte nun, dass Sie für mich lachen.«

»Wie bitte?« Weber glaubte, sich verhört zu haben. Sicherlich spielte ihm sein malträtiertes Gehirn einen Streich. Vielleicht war er auch einfach vor Schmerzen wahnsinnig geworden. Er hatte doch tatsächlich gemeint, sein Entführer hätte ihn gebeten, zu lachen.

Der Fremde seufzte.

»Sie sind nicht der Erste, der so reagiert. Aber keine Angst, Sie haben mich richtig verstanden. Ich möchte nun nur noch, dass Sie kurz für mich lachen, verstehen Sie? Dann haben Sie es überstanden. Das ist doch ein Grund zur Freude, finden Sie nicht auch?«

Weber wollte sich bewegen, aber das jagte eine weitere Welle des Schmerzes durch seinen Kopf. Sein Entführer wollte ihn tatsächlich lachen sehen? Nach allem, was er ihm angetan hatte?

»Ich … Ich kann nicht … Ich …«

»Das habe ich befürchtet.« Wieder ein Seufzen. »Sie sollten es zumindest versuchen, Herr Weber. Ihnen zuliebe. Wenn nicht, werde ich den Schraubstock so lange anziehen, bis Ihr Kopf … Ich bin sicher, Sie verstehen, was ich meine.«

Weber lachte. Es war ein verrücktes Lachen, eher ein Wiehern, bei dem die Grenzen zwischen Schluchzen und Lachen verschwammen. Zwischendurch verschluckte er Luft, doch sogleich lachte er weiter. ›Wenn nur der Schraubstock nicht nochmal zum Einsatz kommt!‹ Dazwischen hörte er den Fotoapparat einige Male klicken.

Endlich, nach einer gefühlten Ewigkeit, legte sich ihm eine Hand auf die Schulter.

»Das war gut. Sehr gut. Nun werde ich Ihre Bitte erfüllen.«

»Sie lassen mich wirklich frei?«

»Nein, die andere Bitte.«

Ein Messer blitzte auf, und ehe Weber antworten konnte, explodierte ein greller Schmerz in seinem Hals. Er wollte schreien, doch aus seinem Mund kam nicht mehr als ein verzweifeltes Gurgeln, als das Blut aus seiner Kehle floss. Er warf sich gegen seine Fesseln, doch vergebens. Seine Augen weiteten sich, er sah, wie das Messer sich seinem linken Handgelenk näherte und ihm die Pulsader sauber durchschnitt. Das Messer und die Hand, die es hielt, begannen, vor seinen Augen zu verschwimmen, das Blut rauschte ihm in den Ohren. Dumpf hörte er klackende Schritte, ehe der Schmerz auch in seinem anderen Handgelenk explodierte.

»Gut. Sehr gut«, hörte er seinen Mörder noch sagen, ehe ihn gnädige Dunkelheit umfing.

d2-d4 Sg8-f6

1

Richard Winter hustete. Der Schluck war eindeutig zu groß gewesen. Er atmete erschöpft und starrte die Flasche erbost an, als ob sie an dem Missgeschick schuld wäre, setzte sie dann aber automatisch ein zweites Mal an und nahm einen noch größeren Schluck. Neuerlicher Hustenanfall. Schließlich stellte er fahrig den Whiskey auf seinen Schreibtisch und nahm die halb heruntergebrannte Zigarette zur Hand, die im Aschenbecher glimmte. Dabei stieß er die Flasche mit dem Ellbogen um und der billige *Queen Margot* ergoss sich über den noch billigeren Teppich darunter. Winter fluchte und stellte den Whiskey wieder hin.

Sydney trottete heran, schnüffelte an der Schnapslache und sah dann vorwurfsvoll zu Winter hoch, ehe sie sich wieder in ihre Ecke trollte.

Winter genehmigte sich einen weiteren Schluck. Als er die Flasche aus seinen müden Augen anstarrte, merkte er, dass die goldene Flüssigkeit nur mehr den Boden bedeckte. Also kippte er den Rest kurzerhand auch noch hinunter.

»Was ist?«, blaffte er den zobelfarbenen Langhaarcollie an, der ihn aus seiner Ecke heraus anstarrte. »Hast du was dagegen, wenn ich …?« Winter deutete auf den Wandschrank auf der anderen Seite des Zimmers und auf die leere Flasche in seiner Hand.

Sydney bellte kurz, legte dann ihren Kopf auf die Pfoten. Doch ihre Augen folgten weiter jeder Bewegung Winters.

Er nahm noch einen tiefen Zug von der Zigarette, ehe er sie zurück auf den Rand des überquellenden Aschenbechers legte. Dann erhob er sich ächzend, die leere Flasche immer noch in der Hand, und bahnte sich einen Weg durch sein Arbeitszimmer, das gleichzeitig sein Wohnzimmer war: Vorbei an der alten Couch, die eine Handvoll Brandlöcher aufwies, dem Salontisch, auf dem sich leere Pizzaschachteln und Bierdosen stapelten, und der Handvoll Umzugskartons, in denen er Aktenordner, DVDs und Videospiele aufbewahrte. An der Wand hing ein staubiges Bild von Garry Kasparov. Winter warf ihm im Vorbeigehen einen Blick zu und nahm sich zum wiederholten Male vor, den schief aufgehängten, ehemaligen Schachweltmeister gerade zu rücken, beließ es aber bei dem Vorsatz. In der einen Ecke des Zimmers befanden sich ein halbes Dutzend alter Einkaufstüten, die mit leeren Flaschen gefüllt waren. Die Tüten waren allesamt übervoll, doch jahrelange Erfahrung hatte ihn gelehrt, die leere Flasche so oben auf eine Tüte zu packen, dass keine der anderen hinunterfiel.

Winter öffnete den Wandschrank, der sich direkt daneben befand. Das untere Fach war gefüllt mit weiteren leeren, billigen Whiskeyflaschen und Bierdosen. Im Fach darüber stand eine einsame Flasche *Western Gold*.

Winter runzelte die Stirn. Er hatte diese Bar, der einzige Ort in der Wohnung, wo einigermaßen Ordnung herrschte, doch erst letzte Woche aufgefüllt.

Er seufzte, ergriff den Whiskey und kehrte zu seinem Schreibtisch zurück. Dabei machte er einen kleinen Umweg zur Ecke, in der Sydney lag, und kraulte sie kurz zwischen den Ohren. Die Hündin legte sich auf den Rücken und wedelte mit dem Schwanz. Winter streichelte ihr kurz über den Bauch und setzte dann seinen Weg zum Schreibtisch fort. Dabei schweifte sein Blick zu dem kleinen Tischchen mit dem aufgebauten Schachbrett in der Ecke. Winter hielt kurz inne und runzelte die Stirn. Dann sah er auf die Datumsanzeige seiner Uhr und fluchte.

Er war seit Wochen überfällig.

Kurz trat er an das Tischchen heran und musterte die Lage, wie er es schon hundertfach getan hatte. Doch er konnte es drehen und wenden, wie er wollte, er fand keinen Ausweg aus der Situation, die sich ihm darbot: Sein König war von der gegnerischen Dame in die Enge getrieben worden und es sah ganz danach aus, als müsste Winter Alexey einen Damentausch anbieten. Doch er sträubte sich dagegen, denn dann würde der Russe mit seiner Übermacht an Bauern leichtes Spiel mit ihm haben. Alexey hatte ihn an die Wand gespielt. Wie so oft. Und wie so oft überlegte Winter, ob er einfach aufgeben sollte.

Er seufzte entmutigt und schüttelte den Kopf. Dann fluchte er erneut. Er hatte Alexej schon seit Jahren nicht mehr besiegt. Nicht seit er … Winter wischte den Gedanken mit einem ärgerlichen Stirnrunzeln beiseite und kehrte endgültig an seinen Schreibtisch zurück. Sein Magen knurrte, als ob er ihm vorwurfsvoll zu verstehen geben wollte, dass er sich nur mit Alkohol nicht zufriedengab.

Winter öffnete die oberste Schublade, die ein Gewirr aus Rechnungen, Mahnungen und Schreiben enthielt, und zog eine alte Pizzakurier-Bestellkarte hervor. Dann schaffte er auf seinem Schreibtisch Platz, indem er bis auf das Telefon und den Computer alles, was darauf lag – McDonald's-Essensreste, Zeitungen der letzten paar Tage und alle Kataloge und Werbezeitschriften, die einem ungefragt in den Briefkasten gelegt wurden und sich nun auf seinem Schreibtisch stapelten –, einfach über die linke Tischkante fegte, unter der ein großer Papierkorb geduldig alles in sich aufnahm, was von oben herabfiel.

Sofort trottete Sydney herbei und legte die beiden Vorderpfoten auf den Papierkorb, sodass er umfiel und seinen Inhalt rundherum verstreute. Gierig machte sich die Hündin über die Essensreste her.

Winter zuckte die Achseln und wandte seine Aufmerksamkeit wieder der Bestellkarte zu. *Sindbad – Pizza Kurier* stand darauf geschrieben. Dann folgte eine Übersicht über die bestellbaren Pizzen und schließlich: *Kurier preis Jeden Bestellung + EUR 5.00.*

Winter schmunzelte. Vielleicht könnte er sich bei Sindbad als Deutschlehrer bewerben, da hätte er vermutlich mehr Arbeit, als dies jetzt der Fall war.

Rasch überflog er die Angebote, entschied sich wieder einmal für die Pizza Hawaii und griff zum Telefonhörer. Die Leitung war tot. Winter fluchte und schmiss den Hörer wieder hin. Er hatte ganz vergessen, dass ihm die Telefongesellschaft mit der letzten Mahnung gedroht hatte, das Telefon abzustellen.

Es klingelte. Sydney bellte und lief zur Türe.

›Kundschaft oder Ärger?‹ Erfahrungsgemäß schloss das eine das andere nicht aus.

Winter erhob sich ächzend und schlurfte zur Tür. Dabei stolperte er über einen Stapel Bücher, sodass sich diese rundherum auf dem Boden verstreuten.

Es klingelte wieder.

»Ja, ja, ich komme ja schon«, murmelte er und öffnete die Türe.

Draußen stand *sie*.

Ihre grünen Augen, die einen stechenden Blick annehmen konnten, wenn es dienlich war, waren leicht zusammengekniffen. Sofort fielen ihm wieder die feinen Lachfältchen darunter auf, die er stets so an ihr gemocht und über die sie sich fürchterlich aufgeregt hatte. Sie waren mehr geworden. Die braunen Locken trug sie etwas kürzer als früher, und obschon sie um die Hüfte etwas angesetzt hatte, seit er sie das letzte Mal gesehen hatte, sah sie immer noch sehr sportlich und durchtrainiert aus.

»Sabine?«, entfuhr es ihm. »Was machst du …?«

Dann nahm er den Mann wahr, der hinter ihr stand und dem man den Polizisten kilometerweit ansah, obschon er keine Uniform trug. Er war groß, muskulös und trug das Haar kurz mit einem Seitenscheitel wie David Beckham. ›Ein Möchtegern-Frauenschwarm‹, ging es Winter abschätzig durch den Kopf. Und er war erschreckend jung. Winter zuckte leicht zusammen. ›Nur ihr Partner oder …‹ Er wischte den Gedanken ärgerlich beiseite. Es ging ihn nichts mehr an und er wollte es gar nicht wissen.

»Du bist beruflich hier?«

Sie nickte und drückte sich an ihm vorbei in seine Wohnung. Sydney raste ihr freudig bellend entgegen und sprang an ihr hoch. Sabine streichelte die Hündin lächelnd.

»Dürfen wir reinkommen?«, fragte der Mann, der im Türrahmen stehen geblieben war.

»Schlechter Zeitpunkt«, knurrte Winter.

»Bei dir ist jeder Zeitpunkt ein schlechter Zeitpunkt«, kommentierte Sabine und sah sich um. Dann hörte er sie aufstöhnen. »Das ist ja noch schlimmer, als ich es mir vorgestellt habe.«

»Ich sagte doch: schlechter Zeitpunkt.«

Mit zwei raschen Schritten war sie beim Fenster und öffnete es. Frische, kalte Luft strömte herein und Winter fröstelte sofort.

»Wie kannst du nur so leben?« Ekel schwang in ihrer Stimme mit.

Winter zuckte mit den Achseln und gab den Weg ganz frei, worauf der Polizist ebenfalls eintrat.

»Was sagt deine Kundschaft dazu, wenn sie das sieht?«, fuhr sie fort.

»Hab' nicht viel.«

»Jetzt schon.«

Winter begriff nicht.

»Wir brauchen deine Dienste«, sagte sie, als er nichts erwiderte.

Winter lachte laut auf. Das war zu komisch.

»Ihr braucht meine …?«

Einen Moment war Winter sprachlos.

»Ausgerechnet ihr?! Willst du mich verarschen?«

»Ja, schlechter Scherz, was?« Sie verdrehte die Augen und fügte genervt hinzu: »Dann müsste ich auch nicht länger in dieser primitiven Höhle verweilen …«

»*Primitive Höhle*? Weißt du, wem ich diese primitive Höhle zu verdanken habe?«

Sie überging seine Frage und nahm stattdessen die Bestellkarte, die auf seinem Schreibtisch lag, zur Hand.

»Hast du immer noch nicht gelernt zu kochen?«

Winter war mit zwei raschen Schritten bei ihr und riss ihr die Karte aus der Hand.

»Das geht dich nichts an. Und jetzt verschwinde bitte wieder aus meinem Leben! So wie letztes Mal.«

»Das kann ich leider nicht«, sagte sie, »obschon ich nichts lieber täte als das. Aber wie ich schon sagte: Wir brauchen deine Dienste.«

»Die Antwort ist Nein.«

»Du weißt doch noch gar nicht, wozu wir dich brauchen.«

»Nein, aber ich weiß, *wer* mich braucht, und deshalb ist die Antwort: Nein!«

Sie schnaubte. Nun hatte er es tatsächlich geschafft und sie wütend gemacht. Ihre Augen verengten sich und nahmen diesen stechenden Blick an.

›Gut!‹

Sie drehte sich auf dem Absatz um, sodass ihre braune Lockenpracht durch die Luft wirbelte, und wollte hinausstürmen, aber ihr Begleiter hielt sie auf.

»Wir brauchen ihn«, flüsterte er ihr laut genug zu, dass Winter ihn verstehen konnte. »Reiß dich zusammen!«

Sie nickte bemüht ruhig und drehte sich wieder zu Winter um.

»Das war ein schlechter Start, lass mich dir erst mal meinen neuen Partner vorstellen: Christian Brunner.«

Brunner streckte Winter seine Hand hin, doch dieser ignorierte sowohl die Hand als auch deren Besitzer und starrte stattdessen Sabine zornig an.

»Dein neuer Partner also, hm?«

Winter ließ sich in seinen Sessel plumpsen. Nach einem Moment griff er zur Flasche auf dem Tisch, öffnete den *Western Gold* und genehmigte sich einen tiefen Schluck. Brunner sah hilflos zu seiner Partnerin hin, was Winter mit einem triumphierenden Lächeln registrierte. Zumindest ein kleines bisschen Macht war ihm geblieben. Hier in seinem Büro war er der Chef.

»Du könntest dir wenigstens anhören, weshalb wir hergekommen sind, ehe du Nein sagst«, versuchte sie es noch einmal. Es klang beinahe bettelnd.

›Das ist vermutlich alles, was ich bekommen werde‹, dachte Winter. Er starrte vor sich hin, nickte dann aber gnädig – und genehmigte sich einen weiteren Schluck. Dann zündete er die erloschene Zigarette wieder an, was sie mit einem missbilligenden Blick quittierte, wie er befriedigend zur Kenntnis nahm.

»Zwei rituell anmutende Morde«, sagte Brunner, »innerhalb von zwei Wochen. Beide nach demselben Schema ausgeführt.«

Winter ignorierte Brunner weiterhin und sah nur Sabine fragend an. Sie seufzte.

»Siehst du denn keine Nachrichten? Liest du keine Zeitung?«

»Nur den Sport. Ich weiß, wie Werder gestern gespielt hat. Zählt das?«

Sie seufzte erneut und schüttelte den Kopf. Winter fragte sich, ob sie schon resignierte oder ihre Wut heruntersschluckte.

»Die Leichen, die wir fanden, befanden sich in einem ... seltsamen Zustand.«

»Wie seltsam?«

»Nun ... irgendwie ausgetrocknet.«

»Ausgetrocknet?«

Sie nickte. Winter war einen Moment irritiert, verfiel dann aber wieder in seine Starre. Doch bevor Sabine etwas sagen konnte, lächelte er triumphierend und sah sie herausfordernd an, wie ein Boxer vor dem Kampf.

»Vampire! Das war leicht«, grinste er höhnisch.

Sabine verdrehte die Augen und wollte etwas erwidern, doch er kam ihr zuvor.

»Wir haben es mit Vampiren zu tun. Warum sagst du das nicht gleich? Und da hast du dir gedacht: ›Vampire – lass uns Winter holen, der legt doch regelmäßig Tarotkarten, pendelt gerne und schaut sich solche Filme an, der kennt sich sicher mit Vampiren aus!‹ Bravo! Weißt du, was der Haken an der ganzen Geschichte ist? Vampire existieren nicht! Nicht einmal bei mir oder in meinem früheren Universum!«

»Du verstehst nicht, so habe ich das nicht gemeint. Die Opfer wurden nicht ausgesaugt oder so. Man hat sie aufgeschnitten und sie jeglicher Körpersäfte beraubt.«

Einen Moment lang war es still in dem Büro.

»Man hat sie ihrer Körpersäfte beraubt?«, echote Winter langsam.

»Ist das zu schwierig zu verstehen für unseren Whiskey-Kenner?«, fuhr Sabine auf. »Dann lass es mich für dich vereinfachen: Sie wurden *entsaftet*.«

»Nun ja, es sieht zumindest so aus«, ergänzte Brunner.

Winter ignorierte ihn.

»Wie muss ich mir das vorstellen? Von welchen Körpersäften sprechen wir hier?«

Sie zuckte mit den Schultern.

»Was weiß ich! Der Rechtsmediziner meinte, sie wären blutleer gewesen und nicht nur das ...« Sie zögerte.

»Ja?«

»Selbst die Blase und die Gallenblase seien aufgeschnitten und entleert worden.«

»Pff...« Winter nahm einen weiteren Zug der beinahe heruntergebrannten Zigarette. »Und wozu braucht ihr dabei mich? Das hört sich nach irgendeinem verrückten Möchtegernchirurgen an.«

»Die Hinterbliebenen der beiden Opfer haben allesamt wenige Tage nach dem Hinscheiden ihrer Angehörigen Selbstmord begangen«, sagte Brunner beim erneuten Versuch, von Winter beachtet zu werden. Diesmal hatte er Erfolg. Wenngleich Winter ihn nicht ansah, erzielte er diesmal zumindest eine Reaktion bei ihm.

»Selbstmord? Und? – Ihr hättet sie halt psychologisch betreuen sollen. Sogar euch hätte das in den Sinn kommen können.«

»Das ist noch nicht alles«, sagte sie. »Der Grund, warum wir zu dir kommen, ist ein anderer: Vor ihrem Selbstmord haben beide angegeben, ihnen seien ihre Partner in der Nacht erschienen … als Geister.«

Für einen Moment war Winter sprachlos und starrte sie bloß an.

»Wir brauchen dich«, sagte sie. Sie trat näher an ihn heran und blickte ihm fest in die Augen. Ihr Duft stieg ihm angenehm in die Nase. Vanille. Das hatte sie schon früher aufgetragen. »Wir brauchen jemanden, der sich mit Übersinnlichem und Kriminalarbeit auskennt. Wenn man da eins und eins zusammenzählt, landet man automatisch bei dir.«

»Das … freut mich ungemein. Aber das hättet ihr euch überlegen sollen, ehe ihr mich zum Teufel gejagt habt.«

»Du weißt genau, dass uns nichts anderes übrig geblieben ist – nach dem, was vorgefallen ist.«

»War das Heinrichs Idee? Mich zu engagieren?«

»Nein. Es war meine Idee, aber Heinrich hat sie gutgeheißen.«

Sie kam noch näher heran. Seine Blicke wanderten von ihren Augen zu ihren sinnlichen Lippen, zu ihrem Hals und ... Winter blinzelte, drehte sich weg, nahm einen weiteren Zug seiner Zigarette und blies dann den Rauch demonstrativ in ihre Richtung.

»Zum Teufel noch mal!«

Sie schien langsam die Geduld zu verlieren.

›Auch gut.‹

»An dieser abgefuckten Türe steht *Richard Winter, Privatdetektiv*. Bist du nun Privatdetektiv oder nicht? So wie du aussiehst, könntest du einen Auftrag gebrauchen, Richard!«

»Nein, ich fühle mich sehr wohl ohne Auftrag.«

Winter genehmigte sich einen weiteren Schluck Whiskey. Langsam entfaltete dieser seine angenehme Wirkung. Er fühlte eine Wärme in seinem Magen und seine Sinne waren leicht benebelt. Aber das war ihm egal. Sie sah unter diesen Umständen noch besser aus. Doch trotz seiner getrübten Sinnesorgane konnte er erkennen, dass sie sich zusammenreißen musste, um ihm nicht eine zu scheuern. Vielleicht hatte er sie bald soweit und dann könnte er sie wegen einer Körperverletzung im Amt anzeigen. ›Strafgesetzbuch Paragraf 340.‹ Winter grinste.

»Wir könnten jemanden wie dich bei den Ermittlungen brauchen. Um ehrlich zu sein, wir kommen im Moment nicht weiter.«

»Nein.«

»Sturer Bock!«

Winter drückte den Rest seiner Kippe aus, legte sie behutsam oben auf den Berg der Zigarettenstummel, der sich im Aschenbecher gebildet hatte, und angelte sich sein

Zigarettenpäckchen. Doch zu seiner Enttäuschung war es leer.

»Hast du eine Zigarette?«

»Fahr zur Hölle, Richard!«

Sie drehte sich auf dem Absatz um und verließ das Zimmer. Sydney wollte ihr folgen, doch Winter pfiff sie zurück.

»Haben Sie vielleicht eine Zigarette?«, wandte sich Winter an Brunner.

»Überlegen Sie es sich bitte! Wir kommen nächste Woche noch einmal vorbei.«

»Den Gang könnt ihr euch sparen.«

Brunner folgte Sabine.

Winter blieb allein mit Sydney und seinem Whiskey zurück. ›Ich werd' den Teufel tun und es mir überlegen!‹

Er nahm einen weiteren Schluck *Western Gold* und runzelte die Stirn. Es war seine letzte Flasche und in seinem Portemonnaie herrschte seit voriger Woche, als er die letzte Ladung Alkohol und Zigaretten gekauft hatte, dieselbe Leere, die bald auch von dieser Flasche Besitz ergreifen würde.

Winter seufzte.

›Nein, lieber verzichte ich auf all meine Laster, als je wieder mit ihr zusammenzuarbeiten!‹

2

Es dämmerte bereits, als Kathrin Bachmann *Julianas Friseursalon* verließ. Dieser befand sich in einem zweistöckigen Ziegelstein-Einfamilienhaus, gut fünf Kilometer östlich der regen Bremer Innenstadt im ländlichen und noblen Stadtbezirk Oberneuland. Die davorliegende Straße wurde von einer Allee gesäumt, die das Quartier zwar zu einem idyllischen Fleckchen machte, nun aber das Restlicht des Tages beinahe gänzlich ausschloss.

»Der Schnitt steht Ihnen wirklich ausgezeichnet, Frau Bachmann, und die Farbe harmoniert gut mit Ihrem Hautton«, betonte Juliana freundlich und hielt ihr die Türe auf.

»Danke, Frau Brandt, das finde ich auch«, erwiderte ihre Stammkundin und trat in die kalte Februarnacht hinaus. »Auf Wiedersehen und bis zum nächsten Mal.«

»Gerne. Auf Wiedersehen, Frau Bachmann.«

Kathrin Bachmann stieg die wenigen Stufen hinab, die vom Friseursalon auf den Vorplatz hinunterführten, überquerte diesen und ging zu ihrem Auto, das auf der gegenüberliegenden Straßenseite geparkt war. Sie hörte, wie Juliana ihren Salon abschloss, drehte sich noch einmal um und winkte fröhlich. Beim Auto angelangt, kramte sie eine Weile auf der Suche nach ihrem Autoschlüssel in ihrer Handtasche herum. Plötzlich fuhr sie erschrocken zusammen. Im Seitenfenster ihres Autos hatte sich für einen kurzen Moment eine Gestalt gespiegelt. Kathrin Bachmann fuhr herum, die Hände abwehrend erhoben.

Doch da war nichts. Nur eine Reihe geparkter Autos.

»Was …?«

Sie kam sich plötzlich sehr dumm vor, zupfte ihre Jacke zurecht und sah zum Friseursalon hoch. ›Hoffentlich hat Juliana nicht gesehen, wie schreckhaft ich bin.‹ Sie musterte noch einmal die andere Straßenseite und tat dann ihre Befürchtung, jemand könnte ihr hinter einem der geparkten Wagen auflauern, mit einem nervösen Lächeln ab.

›Idiotisch!‹

Sie drehte sich wieder zu ihrem Auto um und setzte die Suche nach dem Autoschlüssel fort, nicht ohne zuvor noch einmal einen prüfenden und zugegeben etwas ängstlichen Blick ins Seitenfenster ihres Autos zu werfen. Aber da war nichts.

›Natürlich nicht.‹

Sie richtete ihre Aufmerksamkeit wieder auf ihre Handtasche. Es war zum Verrücktwerden! Jedes Mal dasselbe Theater. Sie nahm sich einmal mehr vor, zuhause als Erstes ihre Handtasche zu entrümpeln, damit sie es das nächste Mal leichter haben würde, ihren Schlüssel zu finden. Etwas, was sie sich schon Hunderte Male vorgenommen und versucht, doch nie geschafft hatte. Sie lächelte. Alle Dinge in ihrer Handtasche hatten ihre ganz eigene Daseinsberechtigung. Vom Autoschlüssel über die Taschentücher zum kleinen Reiseschminkset, von der Bürste bis hin zu ihrem kleinen Glücksbringer, dem Spiegelelefanten aus schwarzem Ton, der mit bunten Perlen und Spiegeln verziert war und den sie von ihrem Mann nach dessen Reise nach Indien geschenkt bekommen hatte.

Als sie lächelnd an all diese Dinge dachte, fiel ihr auf, dass sie eben diesen Spiegelelefanten ebenfalls nicht finden konnte. Stirnrunzelnd stellte sie die Handtasche auf die Motorhaube und entnahm ihr systematisch Stück für Stück, um sie neben der Tasche zu platzieren. Sie hatte schon fast alles ausgeräumt, als sie den Grund für das Fehlen des Schlüssels und des Elefanten erkannte: Am Saum der Tasche befand sich ein beinahe faustdicker Riss!

»Mist!«

Rasch räumte sie alles wieder in die Handtasche zurück. Zumindest der Autoschlüssel musste ihr entweder auf dem Weg vom Friseursalon zum Auto oder im Salon selbst aus der Tasche gefallen sein. Sie hoffte inständig, dass das Loch nicht schon länger Bestand hatte und dass auch der Elefant rasch wieder zum Vorschein kommen würde.

Gerade hatte sie den letzten Pack Papiertaschentücher wieder in ihrer Handtasche verstaut, als der aufgehende Mond einen dunklen Schatten auf ihr Auto warf. Aus den Augenwinkeln sah sie wieder eine Gestalt im Seitenfenster ihres Autos. Doch diesmal war sie näher, viel näher.

Sie ließ die Handtasche fallen und drehte sich um, doch sie war nicht schnell genug. Etwas raste mit unheimlicher Geschwindigkeit auf sie zu und explodierte an ihrer Schläfe. Ein ungeheurer Schmerz raste durch ihren Kopf und raubte ihr das Bewusstsein, noch ehe sie auf der harten Straße aufschlug.

Blut vermischte sich mit dem Matsch der Schneeschmelze und verwandelte die eben frisierten Haare in eine breiige, grauenerregend rote Masse.

c2-c4 e7-e6

3

Winter schrak hoch und sah nach vorne. Er musste kurz eingenickt sein. Die Scheiben waren beschlagen.

Er fuhr mit der rechten Hand über die Frontscheibe und machte sich ein Guckloch. Zu seiner Erleichterung stand der blaue Peugeot, dem er hierher gefolgt war, immer noch am selben Ort: direkt vor dem orangefarbenen Pub, dessen Eingang von einem grünen Lichtschlauch umgeben war und über dem die Büste einer blonden, leicht bekleideten Bardame thronte.

Müde gähnte er und fuhr sich mit den Händen durch das kurz geschnittene, fettige Haar. Dann griff er sich seine verbliebene Flasche Whiskey, die auf dem Beifahrersitz lag, und genehmigte sich einen Schluck. Dazu musste er den Kopf schon bedenklich weit nach hinten kippen, was ihm ein Stirnrunzeln entlockte. Er hoffte, dass er Frau Köhler bald Ergebnisse liefern konnte, denn dann würde er endlich auch den zweiten Teil seines Honorars kriegen und hätte wieder Geld für sein Lebenselixier: Alkohol und Zigaretten. Bisher hatte er nichts Verdächtiges herausfinden können. Eine ganze Woche lang hatte er den Ehemann von Magdalena Köhler nun schon beschattet, und auch heute weilte dieser bisher genau dort, wo er laut seiner Frau sein sollte: In *Werners Bierhaus*, wo er sich mit einigen Kumpels das Fußballspiel von Werder ansah. Aber vielleicht würde Herr Köhler ja danach statt nach Hause zu seiner Geliebten fahren, und er hätte endlich den Beweis für dessen Untreue?

Winter fröstelte.

Da der Motor abgestellt war, lief auch die Heizung nicht und diese Februarnacht versprach, besonders kalt zu werden. Er zog seinen Mantel vorne enger zusammen und umfasste seine Schultern mit den Händen, doch es wollte sich keine Wärme einstellen.

»Ach, Scheiß drauf!«

Winter startete den Motor seines alten Nissan Micras, peinlich darauf bedacht, das Licht nicht einzuschalten, und ließ die Heizung auf vollen Touren laufen. Doch es kam nur kalte Luft aus den Schlitzen vor ihm. Winter stellte die Heizung fluchend wieder ab und wartete ein paar Minuten. Dann fuhr er sie wieder hoch und endlich blies ihm warme Luft entgegen. Er seufzte wohlig und nahm einen weiteren Schluck Whiskey zu sich, der ihn nun auch von innen wärmte. Dann zog er das Zigarettenpäckchen hervor, das er am Vorabend mit dem letzten Rest zusammengeklaubten Geldes gekauft hatte, und entnahm ihm eine Zigarette.

Einen Moment noch zögerte er. Bei einer Observation zu rauchen, war so ungefähr das Dümmste, was man machen konnte. Der glimmende, rote Punkt war in der Nacht weithin sichtbar. Aber andererseits war Herr Köhler schon seit mehreren Stunden im Pub ... ›Es müsste schon mit dem Teufel zugehen, wenn er gerade jetzt rauskäme.‹ Winter zündete sich die Zigarette an, inhalierte den Rauch genüsslich und seufzte. ›So lässt es sich leben!‹ Er schloss die Augen, nahm einen weiteren Zug und genoss dabei die Wärme, die allmählich das Auto zu füllen begann.

Beinahe wäre er wieder eingenickt. Er öffnete erschrocken die Augen. ›Fehlt nur noch, dass ich mich mit der Zigarette selbst in Brand stecke.‹ Winter grinste bei dem Gedanken und nahm einen weiteren tiefen Zug.

Jemand klopfte an die Scheibe neben seinem Kopf und Winter fuhr erschrocken zusammen. Gleich darauf wurde die Türe seines Autos unsanft aufgerissen und der Mann, den er nun eine ganze Woche lang beschattet hatte, stand vor ihm.

»Wer hat Sie geschickt?«

»Was? Wer … Wer sind Sie?«, stotterte Winter verblüfft.

Köhler, ein großer, glatt rasierter Mann in eleganter Kleidung, dessen Atem nach Bier roch, ließ seinen Blick durch Winters Auto schweifen. An der Flasche *Western Gold* blieb sein Blick kurz hängen, ehe er Winter verächtlich fixierte.

»Meine Frau wahrscheinlich, was?«

»Nein … Ich …«

»Nun geben Sie's schon zu, sie Pfeife!«, fuhr ihn der Mann an. »Sie verfolgen mich schon seit einer Woche und dies derart auffällig, dass ich mich beinahe beleidigt fühle, dass meine Frau keinen fähigeren Mann geschickt hat.« Er schüttelte wütend den Kopf. »Sind Sie Privatdetektiv?«

»Wie bitte? Nein, ich … ich warte auf einen Freund.« Winter merkte selbst, wie dumm seine Ausrede war, doch ihm war auf die Schnelle nichts Besseres eingefallen.

»Seit vier Stunden?« Wieder schüttelte Herr Köhler den Kopf. Diesmal mitleidig. »Unfähig, alkoholsüchtig und auch noch dumm. Ich habe mir Ihr Kennzeichen notiert. Ich werde auch noch Ihren Namen rausfinden – und wenn ich einmal einen Privatdetektiv brauchen sollte, werde ich einen großen Bogen um Sie machen und jemanden engagieren, der die Bezeichnung Detektiv auch wirklich verdient.«

Der Mann knallte die Autotür zu und entfernte sich schnellen Schrittes.

»Scheiße!«

Winter schlug mit der Faust hart aufs Lenkrad und sah zu, wie Köhler in seinen dunkelblauen, stets peinlich auf Hochglanz polierten Peugeot 508 stieg und davonfuhr. Er hatte es verbockt. Den zweiten Teil seines Honorars konnte er sich nun wohl abschminken.

Er unterließ es, dem Wagen weiter zu folgen, sondern fuhr stattdessen zurück zu seiner Wohnung. Aber er war noch nicht allzu weit gekommen, als sein Mobiltelefon klingelte.

»Hallo?«, meldete er sich vorsichtig, nachdem er sich die Nummer des Anrufers besehen hatte.

»Sie verdammter Idiot! Was haben Sie sich eigentlich dabei gedacht? Wissen Sie, was für Probleme ich jetzt am Hals habe?«

»Frau Köhler? Ich … Hat Ihr Mann Sie angerufen?«

»Ja, verdammt noch mal, das hat er. Und er war stinksauer, was ich ihm nicht einmal verübeln kann.«

»Tut mir leid, Frau Köhler. Ich habe ihn nun eine ganze Woche lang beobachtet und stets war er an den Orten, die er Ihnen genannt hatte.«

»Natürlich war er das! Da er Sie bemerkt hat, hat er sich natürlich ganz unauffällig verhalten. Und jetzt, da er gewarnt ist, wird er noch stärker auf der Hut sein. Ich dachte, Sie waren früher Kriminalpolizist!«

»Ja, das war ich, Frau Köhler. Um genau zu sein, haben die mich sogar angefragt, wieder für sie zu arbeiten.«

»Ach ja? Nun, ich kann Sie nicht weiterempfehlen. Ihretwegen habe ich nun eine Ehekrise am Hals und ...«
»Ich dachte, die hätten Sie schon?«
»Was erlauben Sie sich?«
»Tut mir leid, so habe ich das nicht gemeint. Wie sieht es mit dem zweiten Teil meines Honorars aus?«
»Sind Sie verrückt? Das können Sie sich sonst wohin stecken.«
Magdalena Köhler legte auf.
Winter hatte es geahnt. Er warf einen traurigen Blick auf die Whiskeyflasche auf seinem Beifahrersitz. Die gelbe Flüssigkeit bedeckte gerade noch den Boden.
Er seufzte.
›Wo bekomme ich nun Geld her für Alkohol und Zigaretten?‹

4

Kriminalhauptkommissar Heinrich Möller kam Winter freudig entgegen, als dieser die Direktion der Kriminalpolizei Bremen betrat, und streckte ihm freundlich die Hand hin. Winter schüttelte sie.

»Lange nicht mehr gesehen, Richard! Ich freue mich, dass du dir unser Angebot doch noch einmal überlegt hast. Wie geht's dir?«

»Willst du die ehrliche oder die angenehme Antwort?«

»Immer noch der alte Zyniker, was?« Heinrich grinste. »Okay, du hast ja recht, das war eine blöde Frage. Bereit für eine neue Herausforderung?«

»Nein!«

Heinrich lachte laut auf.

»Richard, Richard, du gefällst mir. Ich sehe, du hast deinen trockenen Humor beibehalten – eine gute Sache, wirklich. Eine gute Sache!«

Winter hob die Augenbrauen und sah Heinrich nur schweigend an. Dessen Mundwinkel zuckten kurz – ein Zeichen von Unsicherheit, wie Winter wusste. Er hatte es schon oft bei ihm gesehen.

Einen Moment lang wartete Heinrich noch auf eine Antwort. Als er merkte, dass keine mehr kommen würde, lächelte er verlegen und klopfte Winter auf die Schulter.

»Also, hat mich gefreut, dich wieder einmal zu sehen. Melde dich beim Empfang an, sie wissen Bescheid. Wo

Sabines Büro ist, weißt du ja. Viel Erfolg und ... komm doch bei Gelegenheit zu einem Kaffee bei mir vorbei, ja?«

»Kann es auch ein Whiskey sein?«

Einen Moment lang war Heinrich baff. Dann lachte er nochmals laut und klopfte Winter erneut auf die Schulter.

»Natürlich! Toller Humor, Richard! Also auf ein andermal!«

Er verabschiedete sich und Winter tat, wie ihm geheißen, und meldete sich beim Empfang. Die Sekretärin nickte, nahm den Telefonhörer in die Hand und meldete ihn wohl bei Sabine an, denn als sie den Hörer aufgelegt hatte, meinte sie: »Sie erwartet Sie. Soll ich Ihnen den Weg zeigen?«

Winter schüttelte nur stumm den Kopf und ging den langen Gang entlang.

›Dieselbe Wandfarbe, derselbe sterile Geruch von Reinigungsmitteln.‹

Der Kalender mit den angeblichen Naturweltwundern auf der linken Seite war neu, ansonsten erinnerte ihn alles an damals. Er wich der hässlichen, immergrünen Topfblume aus, die immer noch in der Mitte des geräumigen Ganges stand, klopfte zielgerichtet an die zweitletzte Türe auf der rechten Seite und öffnete sie, ohne eine entsprechende Einladung abzuwarten.

Bis auf zwei Dinge hatte sich das Büro überhaupt nicht verändert, seit er das letzte Mal hier gewesen war: Da war einmal das Namensschild: Statt *Richard Winter / Kriminalkommissar* stand nun *Christian Brunner / Kriminalkommissar* auf dem Tisch gegenüber des Arbeitsplatzes von Sabine Krüger. Außerdem hing ein neues Bild an der Wand. Wo früher ein Foto der Skyline von Los Angeles gehangen hatte, war nun ein gemaltes Bild von einem Segelboot, das bei Sonnenuntergang über einen großen See fuhr.

»Das sieht schrecklich aus«, sagte Winter. »Von wem stammt das?«

»Christian ist Hobbymaler«, antwortete Sabine und deutete mit dem Kopf auf Brunner, »er hat es selbst gemalt – und mir gefällt es.«

Brunner warf ihm einen bösen Blick zu und schlürfte beleidigt an seinem Kaffee. Winter hatte nicht gewusst, dass Brunner ein verkannter Maler war, doch selbst wenn er es gewusst hätte, hätte er die Bemerkung nicht zurückgehalten. Es sah wirklich schrecklich aus.

»Ich bin froh, dass du dich dazu entschließen konntest, uns zu helfen«, sagte Sabine.

»Ich nicht«, antwortete Winter säuerlich, »aber ich brauche das Geld. Ich arbeite allerdings nur gegen Vorauszahlung.«

»Das geht in Ordnung, du kennst ja das Honorar für Externe.«

»Außerdem brauche ich Einsicht in alle Akten und eine Vollmacht, die mich ermächtigt, Zugang und Zugriff zu allen Orten, Personen und Daten zu haben, die für den Fall relevant sein könnten.«

Sie nickte.

»Und ich will meine Waffe wiederhaben.«

»Das wird leider nicht ...«

»Denkst du, ich lege mich ohne Waffe mit einem Serienkiller an?«

»Du wirst dich nicht mit ihm anlegen. Du sollst dir die angeblichen Gespensterhäuser der Opfer ansehen. Abgesehen davon brauchen wir dich, um die von uns gefundenen

Fakten zu deuten. Du wirst also – von den Besuchen in den Häusern der Opfer abgesehen – von deinem ...«, sie stockte einen Moment lang, »... *Büro* aus für uns arbeiten.«

»Du weißt genau, dass das nicht geht. Wenn ich ermitteln soll, dann muss ich auch rausgehen. Und das tu ich nicht ohne Waffe.«

Sie seufzte. »Also gut, ich werde sehen, was ich tun kann.«

»Das reicht nicht. Ehe ich meine Waffe nicht habe, werde ich keinen Finger rühren.«

Sabine sah zu Brunner hinüber. Dieser nickte.

»In Ordnung, aber ich warne dich: Mach nicht, dass ich meine Entscheidung bereue!«

»Keine Angst! Du kennst mich doch, ich bin ein Profi.«

Sie schnaubte nur verächtlich, kramte aber einige Formulare aus einer Schublade ihres Schreibtischs hervor.

»Die hier musst du ausfüllen, unterschreiben und, bevor du gehst, beim Sekretariat abgeben. Ich nehme an, du hast die benötigte Haftpflichtversicherung noch?« Er nickte und sie fuhr fort: »Schick uns den Versicherungsnachweis und ich werde sehen, was ich tun kann. Aber das wird eine Weile dauern.« Als Nächstes reichte sie ihm eine Aktenmappe. »Hier sind alle relevanten Daten zu den Mordfällen zusammengetragen. Hast du die Zeitung heute Morgen schon gelesen?«

Winter schüttelte den Kopf.

»Es hat einen dritten Mord gegeben.« Sabine sah plötzlich betreten zu Boden.

»Und?«

»Das dritte Mordopfer ist keine Unbekannte. Es war Kathrin Bachmann. Du kannst dich sicher noch an sie erinnern. Trug immer hochtoupierte Haare wie aus den 50ern. Sie hat bis vor zwei Jahren hier gearbeitet, ehe sie in den Ruhestand ging.«

Winter schluckte. Er hatte Kathrin Bachmann zwar nur flüchtig gekannt, doch sie war als eine gute Frau und Polizistin anerkannt gewesen. Stets höflich und zuvorkommend, ja beinahe mütterlich.

»Irgendein erkennbares Muster?«

»Ja, alle drei Opfer sind jeweils am Freitagabend entführt und am frühen Sonntagmorgen aufgefunden worden. Alle drei waren … Nun, wie ich schon sagte, sie waren … irgendwie ausgetrocknet. Außerdem fand man bei allen Leichen eine Musikdose – so eine altmodische Spieluhr.«

»Was?«

Sabine deutete auf die Aktenmappe, die Winter in den Händen hielt.

»Steht alles da drin, aber ich wollte es noch erwähnt haben.«

»Das ist … seltsam«, murmelte Winter.

»Wieso?«, wollte Brunner wissen und stand auf.

»Weil es seltsam ist, Herrgott noch mal! Oder finden Sie es normal, dass ein Serienmörder nach jedem Mord eine Spieluhr bei der Leiche hinterlässt?«

»Nein, natürlich nicht«, grummelte Brunner und ließ sich wieder in seinen Bürostuhl sinken.

»Und die Hinterbliebenen des dritten Opfers haben auch Selbstmord begangen?« Winter wandte sich nun wieder Sabine zu.

»Bisher nicht«, sagte sie.

»Geister?«

Sie schüttelte den Kopf.

»Polizeischutz?«

»Natürlich. Aber das hatten die anderen Familien auch.«

»Haben Sie denn schon eine Theorie?«, wollte Brunner wissen.

»Was hat Ihnen Sabine eigentlich über mich erzählt?«, blaffte Winter Brunner an. »Dass ich so eine Art Hyperintelligenz bin? Erwarten Sie von mir, dass ich den Fall löse, ohne die Akten auch nur eingesehen zu haben?« Winter deutete auf das eben erst erhaltene Dossier. »Ich melde mich, sobald ich was weiß, in Ordnung?«

»Entschuldigen Sie, das war nicht …«

»… sehr intelligent von Ihnen, das stimmt. Warum halten Sie also nicht Ihren Mund und hören zu, wenn Erwachsene sich unterhalten?«

»Richard, bitte!« Sabine trat zwischen die beiden.

Brunner erhob sich beleidigt. »Ich geh mal aufs Klo.«

»Gute Idee«, zischte Winter, »Gleich und Gleich gesellt sich gern.«

»Das reicht jetzt! Ich weiß, dass du sauer bist – wegen allem, was passiert ist, und ich kann mir auch gut vorstellen, dass du auf Christian wütend bist, weil er deinen Platz hier eingenommen hat. Doch weil du ja ein ach so guter Profi bist, solltest du deine Emotionen etwas besser unter Kontrolle haben!«

Brunner warf ihm noch einen bösen Blick zu und setzte dazu an, das Büro zu verlassen.

»Du hast recht«, sagte Winter, »es reicht. Ich habe genug gehört, nun will ich die Leichen sehen.«

e2-e3 c7-c5

5

Dr. Alessandro Chino war ein seltsamer Kerl. Gut, alle Rechtsmediziner, die Winter im Laufe seiner Polizistenlaufbahn kennengelernt hatte, waren seltsam gewesen, von daher passte Dr. Chino perfekt ins Bild, das Winter von Rechtsmedizinern hatte. Er war groß, schlaksig, um die fünfzig Jahre alt und trug eine übergroße Brille, hinter der seine Augen sehr klein wirkten. Seine Nase war leicht gebogen und verlieh dem Gesicht etwas Linkisches. Ein spärlicher, grauer Haarkranz bedeckte seinen ansonsten kahlen Schädel und erinnerte Winter – kombiniert mit der Hakennase – etwas an das Aussehen von Mr. Burns aus der Fernsehserie *Die Simpsons*.

»Kommissar Winter«, begrüßte ihn Dr. Chino und streckte ihm freundlich die Hand entgegen, als er ihm in der Eingangshalle des *Instituts für Rechts- und Verkehrsmedizin Bremen* entgegenkam.

Winter schüttelte sie und schauderte. Sie fühlte sich kalt und trocken an und erinnerte ihn an eine Leichenhand. ›Ob das der Preis ist, den ein Leichenseziere für seinen täglichen Umgang mit Leichen in der Kühlbox zu bezahlen hat? Dass er sich mit der Zeit beinahe selbst in einen seiner Kunden verwandelt?‹, dachte Winter schaudernd. Leicht angewidert löste er seine Hand aus dem erstaunlich starken Griff des Rechtsmediziners und schüttelte den Kopf.

»Das war einmal, Dr. Chino. Heute reicht ein ›Herr Winter‹ völlig aus.«

»Ah, ich erinnere mich«, meinte Dr. Chino und schüttelte bedauernd den Kopf. »Hässliche Geschichte, hässliche Geschichte. Ich habe nie verstanden, warum Sie damals gehen mussten.«

Einen Moment lang war es still.

»Wo sind die Leichen?«, wechselte Winter das Thema.

»Im Kühlraum natürlich, im Kühlraum«, lächelte Dr. Chino verlegen und machte eine einladende Geste den langen Korridor hinunter. »Nach Ihnen, Herr Winter.«

Sie gingen nebeneinander durch den langen Gang, und Dr. Chino fragte: »Und was tun Sie nun, Herr Winter?«

»Ich bin Privatdetektiv.«

»Ah.« Dr. Chino nickte. »Und wie kommen ausgerechnet Sie dazu, wieder für die Polizei zu arbeiten? Entschuldigen Sie, falls Ihnen die Frage unangenehm ist, aber Sie müssen sie ja nicht beantworten«, fügte Dr. Chino noch rasch hinzu und lächelte einnehmend, als er sah, wie sich Winters Miene verdüsterte.

»Nun … Vermutlich haben sie gemerkt, dass sie ohne mich nicht arbeiten können, und haben nun eingesehen, was sie damals für einen Fehler begangen haben, als sie mich entlassen haben«, antwortete Winter spöttisch.

Dr. Chino lächelte höflich. Den Rest des Weges legten sie schweigend zurück. Einmal öffnete Dr. Chino den Mund, um etwas zu sagen, besann sich aber dann offenbar eines Besseren und schloss ihn wieder. Winter war es recht. Sie erreichten das Ende des Korridors und betraten den mittleren von drei Fahrstühlen. Dr. Chino drückte den Knopf fürs zweite Untergeschoss und führte Winter dann durch einen weiteren Gang, von dem zahlreiche Türen abzweigten, bis hin zu einem Raum, an dem Winter auf einem Schildchen *Kühlraum 2* lesen konnte. Darüber war in braunen Lettern etwas kunstvoll an die Wand geschrieben: *Mortui vivos docent*. Winter blickte Dr. Chino fragend an.

»Die Toten lehren die Lebenden«, lächelte Dr. Chino. »So, Herr Winter, bitte sehr!« Er reichte ihm einen weißen Kittel, ein paar Gummihandschuhe, einen Mundschutz und eine Haube und kleidete sich dann selbst entsprechend, ehe er die schwere Türe aufstieß. Vor Winter lag ein langgezogener, beinahe leerer Raum, dessen Boden mit braunen und dessen Wände mit weißen Fliesen ausgestattet waren. An der rechten Wand befanden sich einundzwanzig Kühlzellen, jeweils drei übereinander, die nummeriert und mit Zetteln versehen waren. An der gegenüberliegenden Wand waren ein Waschbecken und eine mobile, höhenverstellbare Bahre.

»Mit wem möchten Sie beginnen?«, fragte Dr. Chino.

»Gehen wir chronologisch vor.«

Dr. Chino öffnete eine Kühlzelle, neben der eine Digitalanzeige blinkend *2 °C* verkündete, zog die Kühlschublade heraus und öffnete den darin liegenden Leichensack.

Winter erschrak. Sabine hatte nicht übertrieben. ›Wie ausgetrocknet‹, schoss es Winter durch den Kopf. Der Körper war eingefallen und die Haut spannte sich gerunzelt über den Knochen. An der Kehle sowie an den beiden Handgelenken, in der Bauchgegend und am Unterleib wies der Tote mehrere Nähte auf.

»Mark Gerber, dreiundvierzig, Geschäftsmann, verheiratet, Vater von zwei Kindern«, las Dr. Chino aus den Akten vor, die er einem kleinen Fach am äußeren Kopfende der Schublade entnommen hatte.

»Wie ist er gestorben?«

»Er ist verblutet. Der Täter hat ihm sowohl die Pulsadern als auch die Kehle aufgeschlitzt. Druckstellen an den Schläfen, Brust, Hand- und Fußgelenken legen nahe, dass er gefesselt war, als es passierte. Außerdem deuten die Quetschungen in der Nähe der Wunden darauf hin, dass das Opfer systematisch ... nun sagen wir ... ausgepresst worden ist, wenn Sie verstehen, was ich meine. Kurz nach seinem Tod wurden zudem die Gallenblase und die Blase aufgeschnitten und entleert. Die Volumina der Körperflüssigkeiten gehen gleich null. Etwas, was mir in meiner ganzen Laufbahn noch nie untergekommen ist. Und ich habe viele Leichen seziert, das können Sie mir glauben, Herr Kommissar«, fügte Dr. Chino hinzu.

»Winter. *Kommissar* war einmal.«

»Entschuldigen Sie, die Macht der Gewohnheit, Sie verstehen?«

Winter nickte. »Können wir davon ausgehen, dass der Mörder über gute medizinische Kenntnisse verfügen musste, um die Gallenblase und die Blase aufzuschneiden?«, wollte er wissen.

»Ganz genau. Ein Laie hätte ... sagen wir mal ... einige Male an der Leiche herumschnippeln müssen, um die Gallenblase zu finden, doch der Mörder ist hier sehr fundiert zu Werke gegangen.«

»Die anderen Mordopfer?«

»Haargenau dasselbe Schema. Darf ich ...?« Dr. Chino deutete auf die Leiche Gerbers und Winter nickte. Der Rechtsmediziner schloss den Leichensack wieder, schob ihn zurück ins Kühlfach und zog dann nacheinander die beiden anderen Mordopfer heraus.

»Hermann Weber, sechsundsiebzig, pensionierter Notar, verheiratet, Vater von vier Kindern. Kathrin Bachmann, ledig Vice, achtundsechzig, pensionierte Polizistin, verheiratet, keine Kinder.«

Winter nahm die beiden genauer unter die Lupe. Wie schon bei der ersten Leiche, so sahen auch diese beiden regelrecht ausgepresst und blutleer aus.

»Und die Familienangehörigen?«

Dr. Chino schloss die beiden Leichensäcke und schob sie zurück in ihre Fächer, ehe er die anderen Leichen hervorzog.

»Die Familie von Mark Gerber ist an einer Überdosis Medikamente gestorben. Vermutlich ohne Fremdeinwirkung. Frau Weber ist aus dem Fenster ihrer Wohnung gesprungen, die notabene im siebten Stock lag. Sie war auf der Stelle tot. Auch hier geht man davon aus, dass es ohne Fremdeinwirkung geschah.«

Die Leiche der Letztgenannten bot keinen schönen Anblick, dennoch sah sich Winter lieber ihren zertrümmerten Körper an als die ausgepressten Leichen der Mordopfer.

Er bedankte sich bei Dr. Chino und sie kehrten in die Eingangshalle im Erdgeschoss zurück.

»Meine Visitenkarte, falls Sie noch Fragen haben.«

Winter steckte die Karte dankend ein und reichte Dr. Chino die Hand. Dann verließ er das Institut.

Kaum war er auf der Straße, zog er seinen Flachmann hervor und genehmigte sich einen tiefen Schluck. Dann zündete er sich eine Zigarette an und ging zurück zu seinem Büro.

6

Es klingelte zweimal draußen an der Pforte, doch Paul Bachmann reagierte nicht darauf. Er nahm es nicht einmal wahr. Trübsinnig starrte er auf den Salontisch, auf welchem der kleine Spiegelelefant und der Autoschlüssel seiner Frau lagen.

›Wie konnte das nur passieren?‹

Vor vier Tagen war seine Frau wie jeden zweiten Freitagnachmittag zum Friseur gegangen. Doch dieses Mal war sie nicht zurückgekehrt. Gefunden hatte man nur den Spiegelelefanten und die Autoschlüssel, die sie im Friseursalon verloren hatte, und ihr Auto, das vor dem Salon gestanden hatte.

›War es Schicksal oder Zufall?‹, sinnierte Bachmann kraftlos. Seit elf Jahren hatte sie den Spiegelelefanten als Glücksbringer mit sich herumgetragen, seit dem Tag, als er von seiner Reise nach Indien zurückgekehrt war und ihn ihr geschenkt hatte. Wann immer sie das Haus verlassen hatte, hatte sie ihn in ihrer Handtasche mit sich herumgetragen. ›Und dann wird sie ausgerechnet in dem Moment von einem psychopathischen Mörder entführt, als sie ihren Glücksbringer verloren hat?‹ Bachmann schüttelte traurig den Kopf.

Ein Bild erschien vor seinem inneren Auge, das er seit zwei Tagen vergeblich versuchte zu verdrängen: Kathrin, aufgebahrt im Institut für Rechts- und Verkehrsmedizin, aufs Schändlichste zugerichtet und ... Bachmann biss sich auf die Zähne und rieb sich die feuchten Augen, ehe er ein Glas ergriff und den Cognac darin in einem Zug hinunterkippte.

›Warum ausgerechnet sie?‹

Hatte sie Feinde gehabt, von denen er nichts wusste? Irgendwelche Verbrecher, die sie dingfest gemacht hatte und die sich nun an ihr gerächt haben?

Wieder klingelte es zweimal.

Bachmann wachte aus seinem düsteren Tagtraum auf und stand auf. Nicht unbedingt, um dem Postboten aufzumachen, um den es sich bei dem unerwünschten Besucher mit Sicherheit handelte, sondern vielmehr, um sich einen weiteren Cognac nachzuschenken.

Dennoch trat er an die Eingangstüre, sah kurz auf den Bildschirm der Überwachungskamera – und öffnete dann, nachdem er seine Vermutung bestätigt sah, das Zufahrtsgitter. Er öffnete die Haustür und beobachtete regungslos, wie der Postbote mit seinem Lieferwagen in den Hof fuhr, ausstieg, ihm grüßend zunickte und sich dann zur Rückseite des Gefährts begab. Dort hantierte er einen Moment lang herum, ehe er mit einem riesigen Paket auf ihn zukam.

Bachmann runzelte die Stirn. Er hatte nichts bestellt. Vielleicht seine Frau?

»Guten Morgen«, begrüßte ihn der Postbote.

Bachmann nickte ihm grüßend zu, ohne etwas zu sagen. Er kannte den Mann. Max Schulte stand kurz vor der Pensionierung und für gewöhnlich tauschten sie einige Neuigkeiten miteinander aus, wenn er vorbeikam. Doch heute war Bachmann nicht nach Neuigkeiten zumute.

Schulte trat nervös von einem Fuß auf den anderen, das große Paket immer noch in der Hand. Offenbar wusste er nicht, was er sagen oder machen sollte.

»Herzliches Beileid zu Ihrem Verlust, Herr Bachmann. Es tut mir sehr leid«, sagte er schließlich, ohne ihm in die Augen zu blicken.

»Danke«, murmelte Bachmann und streckte fordernd die Hand nach dem Paket aus. Er hasste diese Beileidsbekundungen. Er wusste auch nicht, wie er reagieren sollte. Das war schon so gewesen, als damals ihr Sohn Peter gestorben war.

Schulte hielt ihm das Paket hin. Es war fast einen Meter breit und über einen Meter lang. Dabei war es aber ziemlich dünn, kaum fünfzehn Zentimeter dick.

»Ich bräuchte dann noch eine Unterschrift«, sagte Schulte und streckte Bachmann das Gerät mit dem Stift hin, auf dem man zwar unterschreiben, die Unterschrift nachher jedoch nicht wirklich lesen konnte.

Bachmann unterschrieb und gab das Gerät an Schulte zurück.

»Wer macht nur so 'was? Ich begreif's nicht. Weiß man schon, wer …?«, fragte Schulte.

Bachmann schüttelte den Kopf. Er wollte nicht unhöflich sein, aber mit einem flüchtigen Bekannten über den Mord an seiner Frau zu sprechen, war nicht gerade das, wonach ihm jetzt der Sinn stand. Er hatte schon unzählige Fragen der Polizei beantworten müssen; er hatte keine Lust, alles nochmals zu erzählen.

»Wiedersehen«, brummte er stattdessen nur, ergriff das Paket und kehrte ins Haus zurück.

Als er die Türe hinter sich ins Schloss warf, hörte er, wie Schulte mit seinem Lieferwagen davonfuhr. Bachmann kehrte ins Wohnzimmer zurück, ergriff die Cognacflasche ein, wofür er ursprünglich aufgestanden war, und betrachtete dabei das Paket erstmals genauer.

Erstaunt hielt er inne. Es war an ihn adressiert, nicht etwa an seine Frau, wie er zunächst vermutet hatte. Irritiert stellte er den Cognac auf den Salontisch und drehte das sperrige Paket in den Händen hin und her. Nirgendwo ein Absender, nur sein Name und seine Adresse, maschinell auf eine Klebeetikette geschrieben.

Bachmann war sich hundertprozentig sicher, dass er nirgendwo offene Bestellungen hatte.

›Hat Kathrin etwas auf meinen Namen bestellt? Aber wieso sollte sie? Das hat sie bisher noch nie gemacht – warum auch?‹

Nun doch etwas neugierig geworden, öffnete Bachmann das Paket. Ein seltsamer Gestank stieg ihm in die Nase.

›Als ob eine Katze daran ihr Revier markiert hätte!‹

Der Inhalt war unter dem Karton noch einmal dick mit Luftpolsterfolie eingepackt. Bachmann entfernte die Folie vorsichtig und erstarrte, als er sah, was darunter zum Vorschein kam.

Vorsichtig legte er es zurück auf den Salontisch und schenkte sich einen weiteren Cognac ein.

›Was zur Hölle …?‹

a2-a3 Lb4xc3+

7

Ungläubiges Schweigen. Kriminalkommissar Winter strich sich nervös über seine Uniform und sah Sabine an, doch sie zuckte nur hilflos mit den Schultern. Hinter ihm begannen zwei Beamte zu tuscheln. Andere folgten ihrem Beispiel.

»Ich weiß, wie ihr euch fühlt«, sagte Heinrich und hob die Hände, worauf es wieder still wurde, »und glaubt mir, es schockiert auch mich, obschon es nicht die erste Kindesentführung in Bremen ist, seit ich hier bin, doch ...« Er seufzte und sah in die Runde. »Ich möchte, dass Richard den Austausch vornimmt.«

»Sie meinen, Richard und ich?«, fragte Sabine, doch Heinrich schüttelte den Kopf.

»Die Anweisung war klar und deutlich: nur eine Person. Fühlst du dich dem gewachsen?«

Winter nickte.

»Dann viel Glück!«

Heinrich stand auf. Alle folgten seinem Beispiel und verließen nacheinander den Raum. Winter ging als Letzter.

»Richard, auf ein Wort noch.« Heinrich kam langsam auf ihn zu. »Keine unnötigen Risiken. Die Sicherheit geht vor, verstanden?«

Winter nickte. »Sicher, keine Angst.«

»Ich habe aber Angst, Richard. Ich habe Angst, weil ich genau weiß, was für ein einfältiger, unfähiger Idiot du bist.«

Winter blinzelte. Hatte sein Vorgesetzter und bester Freund das wirklich gesagt? Er musste sich verhört haben.

»Ich weiß, du wirst es vermasseln und eigentlich sollte ich jemand anderen schicken, doch wenn ich ehrlich bin – es ist mir egal. Es liegt jetzt nicht mehr in meiner Verantwortung, sondern einzig und allein in deiner. Viel Glück und viel Spaß, du Versager.«

Winter stand mit offenem Mund da und sah Heinrich nach, als er ging. Er hatte sich nicht verhört. Heinrich hatte es wirklich gesagt. Doch das Schlimmste war: Winter wusste, dass er recht hatte.

Es klingelte. Sydney bellte. Winter öffnete träge seine Augen und schüttelte verwirrt den Kopf, um die unangenehmen Bilder des Traumes loszuwerden. Doch es fiel ihm schwer, ins Hier und Jetzt zurückzufinden. Der Traum war so realistisch gewesen. Wie immer.

Gähnend sah er auf die Uhr: 8 Uhr. Er fluchte.

›Welcher Vollpfosten …?‹ Er drehte sich in seinem Bett auf die andere Seite und schloss die Augen wieder. Er brauchte seinen Schlaf – selbst auf die Gefahr hin, wieder unangenehme Dinge zu träumen.

Es klingelte erneut.

›Verdammt!‹

Er würde den Teufel tun und nun aufstehen! Sollte sein Besucher später wiederkommen. Doch als es erneut klingelte, riss der Ton nicht mehr ab, untermalt von Sydneys Bellen.

Wutentbrannt wälzte sich Winter aus seinem Bett, schlüpfte rasch in eine schmuddelige Jogginghose und streifte sich das dazugehörende Oberteil über, ehe er sich auf den Weg zur Türe machte.

›Der kann was erleben!‹

Er drehte den Schlüssel um und riss die Türe auf.

»Verdammt! Können Sie nicht lesen? Da steht: Detektei Richard Winter, Öffnungszeiten: Ab zehn Uhr und ...«

Draußen stand eine junge, recht magere und etwas bleiche Frau. Sie trug einen grauen Hosenanzug und dazu eine weiße Bluse. Sie hatte blonde, kurz geschnittene Haare, deutlich vorstehende Wangenknochen und die roten Lippen standen in krassem Gegensatz zu ihrem bleichen Teint. Die großen, grauen Augen verliehen ihr etwas Hilfloses, was allerdings von ihrem forschen Auftreten widerlegt wurde. Sie zückte einen Ausweis und hielt ihn Winter unter die Nase.

»Kriminalobermeisterin Catherine Weiß, darf ich reinkommen?« Dabei sprach sie mit einem deutlich hörbaren englischen Akzent und relativ tiefer Stimme.

»Was soll denn das? Entwickelt sich meine Wohnung nun zum Treffpunkt aller frustrierten Kriminalpolizisten?«

»Herr ...« Weiß sah sich das Namensschild neben der Türe noch einmal an, »... Winter, ich bin Ihnen von der Kriminalpolizei Bremen als Partnerin für den Serienmordfall, in dem Sie ermitteln, zugeteilt worden.«

»Partnerin? Nein! Scheiße, nein, ich arbeite alleine, das sollten die doch mittlerweile wissen!«

»Haben Sie wirklich gedacht, Sie kriegen ein fürstliches Honorar, Zugang zu allen Akten und Daten und eine Schusswaffe, ohne dass Ihnen jemand dabei auf die Finger schaut? Tss ... Sie sollten die Regeln für externe Ermittler besser kennen!«

»Ach, Scheiße ... ja, ich ...«

»Oder halten Sie sich für etwas Besonderes und denken, dass die Regeln für Sie nicht gelten?«

»Ich schätze, so was in der Art, ja.«

»Da muss ich Sie leider enttäuschen. Darf ich nun reinkommen?«

»Ja, wenn's sein muss.«

»Ich befürchte, es muss.«

Grummelnd gab Winter den Weg frei. Weiß rümpfte die Nase, als sie sich des Chaos gewahr wurde, das in seinem Büro herrschte. Als sie Sydney sah, hellte sich ihr Gesicht dafür merklich auf. Die Hündin eilte freudig wedelnd herbei und legte sich vor ihr auf den Rücken. Winter runzelte die Stirn. Normalerweise verhielt sich Sydney Fremden gegenüber misstrauisch und ängstlich.

»Braver Hund.« Weiß lächelte, dann wandte sie ihre Aufmerksamkeit wieder Winter zu. »Also, was haben Sie bisher herausgefunden?«

»Soll das ein Verhör sein oder was?« Als sie nicht reagierte, fuhr Winter seufzend fort: »Ich habe mich durch die langweiligen Akten gequält und mir die Leichen im Institut für Rechtsmedizin angesehen. Reicht das für den ersten Tag?«

Sie nickte. »Und was haben Sie heute vor?«

»Sie meinen, nachdem ich bis zehn Uhr geschlafen habe?«

»Nein, ich meine ab jetzt.«

»Hören Sie, *Süße*, Ihretwegen werde ich meinen Arbeitsrhythmus nicht umstellen. Sie können von mir aus gerne hier warten oder um zehn Uhr wiederkommen, aber ...«

»Solange Sie für uns arbeiten, bestimmen wir die Regeln. Der Arbeitstag beginnt um acht Uhr. Zugegebenermaßen wird er heute etwas später beginnen, da Sie verschlafen haben, aber ...«

»Verschlafen? Hallo? Sind Sie von der Gestapo geschickt worden oder vom KGB?«

»Nein, von der Kriminalpolizei Bremen. Und nun ziehen Sie sich an.«

»Scheiße!«

Als Winter aus dem Schlafzimmer wieder in sein Büro trat, stand Weiß vor dem Fenster und sah hinaus.

»Tolle Aussicht, was?«, grinste Winter und trat neben sie. Das Fenster ging auf einen dreckigen Hinterhof, der voller Leitungen, Antennen, Müllcontainern und offen herumliegendem Abfall war.

»Besser als der Rest der Wohnung«, sagte sie und drehte sich um. »Also, was haben Sie heute vor?«

»Nachdem ich meinen Kaffee geschlürft habe, werde ich den Ehemann des dritten Mordopfers besuchen und die Wohnungen der beiden ersten Mordopfer besichtigen. Geht das für Sie in Ordnung?«

»Ja, das ist gut. Gehen wir.«

»Wir? Ich sagte: *Ich* werde den Ehemann besuchen und die Wohnungen besichtigen. Wir können uns gerne morgen wieder treffen, aber ...«

»Wir!«

»Scheiße!«

»Das sagten Sie bereits. Also, gehen wir?«

8

Das Anwesen der Familie Bachmann befand sich etwas außerhalb Bremens. Es bestand aus einer weiß gestrichenen, zweistöckigen Villa und einem Park, der das Haus umgab. Das Grundstück war eingezäunt und die Zufahrtsstraße wurde von einem Gitter mit Gegensprechanlage und Videoüberwachung versperrt. Nachdem Winter seine Vollmacht in die Linse gehalten hatte, war das Tor aufgeschwungen und hatte den Weg für seinen alten Nissan Micra freigegeben. Keine zwanzig Meter hinter dem Gitter befanden sich einige Parkplätze. Ein glänzender schwarzer BMW der 7er-Reihe besetzte eines der Felder und Winter parkte seinen Wagen daneben.

Ein Mann kam ihnen entgegen, kaum waren sie ausgestiegen. Winter schätzte ihn um die siebzig. Er trug einen perfekt sitzenden Anzug und sein beinahe kahler Schädel wurde nur noch durch einen schmalen Kranz weißer Haare geschmückt. Ein weißer Schnauz zierte sein Gesicht.

»Was kann ich für Sie tun? Die Polizei war doch schon mehrmals da«, sagte er und leiser Ärger schwang in seiner Stimme mit.

»Ich ...«

»Wir!«, zischte Weiß, doch Winter ignorierte sie.

»Ich bin als Spezialermittler von der Polizei zurate gezogen worden. So leid es mir tut, Herr Bachmann, so muss ich doch von Ihnen verlangen, mir alles noch einmal ganz genau zu erzählen und mir Einsicht in Ihr Haus und alle Unterlagen Ihrer Frau zu gewähren.«

Paul Bachmann seufzte, nickte aber dann ergeben und machte eine einladende Geste.

»Natürlich, verzeihen Sie mein forsches Auftreten, doch die letzten Tage …« Er verstummte und wandte sich ab. Dann zog er ein Taschentuch aus seiner rechten Hosentasche und führte es zu seinen Augen.

»Bitte folgen Sie mir«, sagte er, als er sich wieder etwas gefasst hatte.

Bachmann führte sie in ein geräumiges Wohnzimmer und bot ihnen Tee und Kaffee an, doch Winter lehnte höflich ab.

»Wann haben Sie ihre Frau das letzte Mal gesehen?«, wollte er stattdessen von ihm wissen.

»Letzten Freitagnachmittag. Sie hatte einen Termin beim Friseur. Sie kehrte nie zurück.«

Weiß hatte einen Notizblock aus ihrer Handtasche hervorgezaubert und machte sich eifrig Notizen.

»Haben Sie einen Verdacht, wer Ihre Frau getötet haben könnte? Hatte sie Feinde?«, fragte Winter weiter.

Bachmann schüttelte den Kopf, hielt inne und zuckte schließlich hilflos mit den Schultern.

»Nein, eigentlich nicht, aber … Sie wissen ja, wie das ist: Sie war früher Polizistin. Schon möglich, dass sie sich da einige Feinde gemacht hat.«

Winter nickte, obschon er bezweifelte, dass ein persönlicher Feind von Kathrin Bachmann sie umgebracht hatte. Die drei Mordopfer schienen ihm bisher willkürlich ausgewählt. Noch hatte er keinerlei Zusammenhänge erkennen können.

»Hat sich Ihre Frau in letzter Zeit seltsam benommen? Hat sie irgendwelche neuen Bekanntschaften gemacht?«

Bachmann verneinte.

»Die Fragen, die ich Ihnen jetzt gleich stellen werde, werden Ihnen vielleicht etwas seltsam vorkommen, aber ich wäre froh, wenn Sie sie dennoch nach bestem Wissen beantworten würden.«

Bachmann sah Winter etwas irritiert an, nickte aber.

»Haben Sie oder Ihre Frau sich jemals mit Okkultismus beschäftigt? Gläserrücken, Pendeln, Wahrsagen …?«

Bachmanns Augen verengten sich und er schüttelte den Kopf. Sein Blick machte deutlich, was er von derartigen Praktiken hielt.

»Haben Sie oder Ihre Frau schon – ›Geister‹ gesehen oder sind in Ihrem Haus jemals irgendwelche seltsamen Dinge vorgegangen? Geräusche, die nicht hierhin gehörten, Dinge, die verschwunden sind, Bilder, die von der Wand fielen, oder Ähnliches?«

»Nein! Ich weiß, worauf Sie hinauswollen. Die anderen Hinterbliebenen haben den Geist ihrer Verstorbenen gesehen. Bei mir war das nicht der Fall und es wird auch nicht passieren, weil ich nicht an Geister glaube!«

»Natürlich. Entschuldigen Sie, reine Routine.«

Winter stand auf und bat den Hausherrrn, sich die Räume ansehen zu dürfen.

Bachmann führte sie durch das Anwesen und öffnete ihnen alle Zimmer. Im Treppenhaus hingen einige große, teuer aussehende Gemälde mit Porträts von Familienmitgliedern, wie Bachmann ihm erklärte, als Winter sich dahingehend erkundigte. Bachmann outete sich als großer Kunstliebhaber, was denn auch unübersehbar war,

war doch das gesamte Haus voll von großen Gemälden, die nicht nur Porträts, sondern auch historische und zum Teil auch moderne Sujets zeigten. Doch abgesehen von der Vorliebe für Kunst konnte Winter nirgendwo etwas Ungewöhnliches erkennen.

Als sie wieder bei der Eingangstüre anlangten, reichte ihm Bachmann die Hand. Winter wollte sich schon verabschieden, als ihm noch etwas einfiel.

»Haben Sie vielleicht noch ein aktuelles Foto von Ihrer Frau, Herr Bachmann?«

»Ich habe was Besseres. Haben Sie Ihr Handy dabei?«

Winter nickte verwirrt. Bachmann bedeutete ihnen, ihm zu folgen, dann führte er sie in sein Büro. Der Gestank von Urin stieg Winter in die Nase, als er den großen, hellen Raum betrat. Er kannte diesen Geruch. Er erinnerte ihn an früher, als er noch eine Katze gehabt hatte. Rot war sie gewesen und sie hatte ständig in der Wohnung markiert.

»Haben Sie eine Katze?«

Bachmann reagierte nicht auf die Frage, sondern schritt um seinen Schreibtisch herum und hob dann ein großes Gemälde, das zuvor hinter dem Schreibtisch an der Wand gelehnt hatte, auf den Tisch. Es war ein Porträt von Kathrin Bachmann.

Winter stockte. Das Bild schien auf den ersten Blick nicht einmal sonderlich gut gelungen und dennoch … Winter kniff die Augen leicht zusammen und sah noch einmal genauer hin. Frau Bachmanns Oberkörper war leicht nach links gedreht, doch ihr Kopf war dem Betrachter zugewandt und ein warmes Lächeln umspielte ihre Lippen. Unwillkürlich zogen sich auch Winters Mundwinkel leicht nach oben. Es sah so realistisch aus, dass man fast meinen mochte, Frau Bachmann würde gleich zu sprechen beginnen.

Winter machte einen Schritt auf das Bild zu und dann noch einen. Ihm war, als ob alles rund um ihn herum verblasste. Da war nur noch dieses Bild. Dieses wundervolle Gemälde, das ihn in seinen Bann zog und ihn nicht mehr losließ. Er hätte jetzt gerne einen Whiskey gehabt – der Gedanke löste ihn aus seiner Starre und er dachte, dass er seine Meinung von eben grundsätzlich revidieren müsse. Das Porträt war mitnichten nicht sonderlich gut. ›Es ist fantastisch!‹ Winter hatte nie ein beeindruckenderes Bildnis einer Person gesehen.

»Ich habe es heute erst erhalten.«

Bachmanns Worte drangen wie aus weiter Ferne an Winters Ohren und rissen ihn in die Wirklichkeit zurück. Er blinzelte und wollte den Kopf wenden, um Bachmann anzusehen, doch er musste sich beinahe mit Gewalt von dem Anblick des Bildes losreißen. Als es ihm endlich gelungen war, zog er verwirrt die Stirn in Falten.

»Ich wusste nicht einmal, dass meine Frau es in Auftrag gegeben hatte. Vermutlich wollte sie mich damit überraschen«, fuhr Bachmann fort. Der Stolz, der für einen Moment sein Gesicht erhellt hatte, wich wieder der Traurigkeit.

»Das ist … ein unglaublich gutes Porträt«, brachte Winter mühsam hervor. Seine Sinne klärten sich nur allmählich wieder. Er unterdrückte den Drang, das Bild erneut anzusehen. »Sie haben recht. Es steht einem Foto in nichts nach, im Gegenteil.«

Winter kramte sein Smartphone aus der Manteltasche und fotografierte das Porträt. Es befand sich zwar ein Foto von Frau Bachmann in den Akten, doch musste es bereits einige Jahre alt sein, denn auf diesem Porträt sah sie doch schon wesentlich älter und reifer aus. Vielleicht würde ihm das eben gemachte Foto noch von Nutzen sein, wenn er sich bei dem Friseur und in der Nachbarschaft nach Frau Bachmann umhörte.

Zum zweiten Mal begaben sie sich danach zur Eingangstüre. Auf dem Weg dorthin sprach Winter das Thema an, das ihm schon seit Beginn des Besuches auf dem Magen lag.

»Sie wissen, dass Ihre Frau nicht das erste Opfer dieses Täters war?«

Bachmann nickte grimmig. »Ich verfolge die Nachrichten, Herr Winter.«

»Dann haben Sie sicher auch mitgekriegt, dass die Familien der anderen beiden Opfer kurze Zeit danach Selbstmord begangen haben?«

Abermals nickte Bachmann, doch gleichzeitig machte er eine wegwerfende Handbewegung.

»Keine Angst, ich werde mir nichts antun. Ihr Psychologe hat schon mit mir gesprochen und ist zu dem Schluss gekommen, dass ich nicht gefährdet bin. Sie müssen sich also keine Sorgen um mich machen.«

»Gut.«

Winter atmete tief durch, als Bachmann die Eingangstüre öffnete und die kalte Winterluft in seine Lungen strömte. Er zog seine Brieftasche hervor und entnahm ihr eine etwas abgewetzte Visitenkarte, die er Bachmann hinhielt.

»Rufen Sie mich an, falls irgendetwas Seltsames passieren sollte oder wenn Ihnen sonst noch etwas einfällt.«

Bachmann nickte, verabschiedete sich und schloss die Türe. Winter und Weiß gingen nebeneinander auf Winters Auto zu.

»Das Porträt von dieser Frau Bachmann«, begann Weiß etwas verwirrt, »… diese Frau kommt mir irgendwie bekannt vor.«

»Das wundert mich nicht: Sie hat bis zu ihrer Pensionierung bei der Polizei gearbeitet, schon vergessen? Vermutlich haben Sie auf dem Revier irgendwo mal ein Bild von ihr gesehen.«

Weiß nickte nachdenklich.

»Und? Was halten Sie von Herrn Bachmann?«, wollte Winter wissen.

»Er schien mir glaubwürdig und psychisch durchaus stabil.«

»Den Eindruck hatte ich auch. Hoffen wir, dass das nicht täuscht.«

Lc1-b2 Sb8-c6

9

Winter stieg aus dem Auto und öffnete die Knöpfe seines beigen Mantels. Dieser erste Tag im März versprach – entgegen seinen astronomischen Eigenschaften – frühlingshaft zu werden.

Die Familie Gerber hatte ein schlichtes, weißes Einfamilienhaus mit Satteldach und kleiner Dachterrasse am Stadtrand von Bremen bewohnt. Es hatte kaum Garten, da die Einfamilienhäuser hier sehr nah beieinander standen. Bis auf das rot-weiße Band mit der Aufschrift *Polizeiabsperrung*, welches das Grundstück umspannte, deutete nichts darauf hin, dass sich hier vor Kurzem eine Familientragödie abgespielt hatte. Sabine und Brunner warteten bereits vor dem Haus. Winter hob das Band leicht an und folgte dann Weiß, die unter dem Band durch und dann auf die beiden zu schritt.

»Und? Was Neues?«, begrüßte Sabine sie, doch Winter schüttelte den Kopf.

Brunner öffnete die Haustür und bedeutete ihnen, ihm zu folgen.

»Die Spurensicherung war bereits hier«, erklärte Brunner, während er ihnen das Haus zeigte. »Keine neuen Erkenntnisse bisher.«

»Na ja, zumindest fast keine«, ergänzte Sabine.

Winter sah sie nur fragend an, worauf sie fortfuhr: »Wir haben eine Art Tagebuch auf Herrn Gerbers Computer gefunden, doch bisher konnten wir darin ebenfalls keine nützlichen Informationen entdecken.«

»Kannst du es mir mailen?«, fragte Winter, worauf Sabine nickte.

»Immer noch dieselbe Mailadresse?«

Diesmal war es Winter, der nickte.

Brunner führte sie durch Wohnzimmer, Küche, Schlafzimmer, zwei Kinderzimmer und Büro, als Weiß plötzlich hinter Winter hart die Luft einsog.

»Das Bild«, flüsterte sie ihm zu.

Winter hielt inne. Weiß hatte recht. Im Büro von Mark Gerber stand ein Porträt. Und sofort fiel ihm auch wieder dieser unangenehme Geruch auf, der schon Bachmanns Büro erfüllt hatte. Brunner wollte das Büro gerade wieder verlassen, doch Winter ging vor dem Bild, das an der Seite des Schreibtisches lehnte, in die Knie und nahm es genauer in Augenschein.

Wie schon beim Porträt in Bachmanns Villa, so zog ihn auch dieses Gemälde an. Einmal den Blick darauf gerichtet, konnte er die Augen nicht mehr davon abwenden. Jede Linie, jede Falte und Furche in dem Gesicht war eine Augenweide, ja, sah geradezu *lebendig* aus. Sein Blick verlor sich in den tiefen, unergründlichen Augen des abgebildeten Mannes. Zweifellos: Auch dieses Porträt war außergewöhnlich. Und es war im selben Stil gemalt wie dasjenige von Frau Bachmann! Winter riss sich von dem Anblick los, kramte aufgeregt sein Handy aus der Tasche hervor und öffnete das Foto, das er vom Bild in Bachmanns Villa gemacht hatte.

»Das ist es«, hauchte Winter mehr zu sich selbst. »Das kann einfach kein Zufall sein!«

Die abgebildeten Personen hatten exakt die gleiche Körperhaltung: Auch Mark Gerber hatte den Oberkörper leicht nach links gedreht, während er den Kopf lächelnd dem Betrachter zuwandte.

»Das ist was?« Sabine trat neben ihn und musterte das Bild, während auch Brunner wieder ins Zimmer kam und stirnrunzelnd auf Winter herabblickte.

»Das ist die Gemeinsamkeit! Das, was die Opfer verbindet!«, antwortete Winter aufgeregt. »Ich möcht wetten, dass wir auch bei den Webers ein Porträt des Ermordeten finden.«

»Wie kommst du darauf?«

Statt einer Antwort bückte sich Winter noch tiefer und nahm das Bild genauer in Augenschein. In der unteren linken Ecke fand er, wonach er suchte: *Harlekin* stand dort in schwungvollen Lettern geschrieben. Rasch streifte er sich Plastikhandschuhe über, drehte das Bild um und suchte auch die Rückseite ab, fand aber keinerlei weitere Hinweise auf die Identität des Malers.

»Richard! Was hat es mit diesem Bild auf sich?« Sabine klang ungeduldig. Sie hatte sich nun ebenfalls neben ihm in die Hocke sinken lassen.

»Harlekin«, murmelte Winter.

»Richard!«

»Ein ähnliches Porträt befand sich auch bei Herrn Bachmann, dem Ehemann des letzten Opfers«, antwortete Winter erregt.

»Das könnte auch Zufall sein«, befand Brunner und erntete damit einen bösen Blick Winters.

»Bachmann hat das Bild erst heute gekriegt und das Beste: Er wusste überhaupt nicht, dass seine Frau es anfertigen ließ! Was sagen Sie dazu?«

»Vielleicht wollte sie ihn überraschen?«
»Glaube ich nicht.« Er wandte sich an Sabine. »Wir müssen diesen Maler finden. Hat Gerber dieses Bild in seinem Tagebuch erwähnt?«

Sabine und Brunner sahen sich an und nickten dann beinahe gleichzeitig.

»Da war ein Eintrag über einen Maler, aber wir haben ihm keine Bedeutung beigemessen«, sagte Sabine.

»Ich will diesen Eintrag lesen«, sagte Winter. Er erhob sich und deutete fragend auf den Computer, der auf dem Schreibtisch stand. Sabine nickte und Winter drückte den Startknopf.

Er hörte, wie Sabine hinter ihm unwillkürlich die Luft anhielt.

»Das Bild ist wirklich unglaublich realistisch«, flüsterte sie, während der Computer sich hochfuhr. Dann trat sie neben ihn, öffnete gezielt einen Ordner auf dem Desktop und darin eine Word-Datei, die mit dem Titel *Tagebuch, Januar 2016* beschriftet war.

»Der Eintrag stammt vom 30. Januar«, sagte Sabine und las vor: »Heute war ich in der Stadt bei einer kleinen Malerfirma, bei der ich ein Porträt von mir in Auftrag gegeben habe. Es soll eine Überraschung für Christina werden. Und wenn es gut herauskommt, was ich natürlich hoffe, werde ich von Christina und den Kindern auch eines anfertigen lassen. Der kleine Betrieb war mir auf Anhieb sympathisch und die bisherigen Arbeiten haben mich denn auch überzeugt. – Seltsam war nur, dass ich etwas Blut geben musste, das fürs Porträt verwendet werden soll. Es würde dem Bild eine persönliche Note geben, teilte man mir mit. Erst wollte ich ablehnen, aber schließlich habe ich eingewilligt.

Manchmal muss man im Leben auch etwas Verrücktes tun, nicht wahr?«

»Das ist unser Täter«, sagte Winter triumphierend.

»Es passt alles zusammen«, bestätigte auch Weiß, »die ausgetrockneten Leichen und die Bilder.«

»Gute Arbeit, Richard«, sagte Sabine und klopfte ihm auf die Schulter.

»Gut«, lobte auch Brunner und nickte anerkennend, »sehr gut.«

»Steht da noch mehr über diesen Maler drin?«, wollte Winter wissen, doch Sabine schüttelte den Kopf.

»Herr Gerber ist dreizehn Tage später verschwunden. Obschon es noch mehr Einträge gibt, werden weder der Maler noch das Porträt wieder erwähnt.«

»Es könnte also sein, dass der Mörder ein Maler ist«, meinte Brunner nachdenklich.

»Könnte sein. Könnte aber auch sein, dass die beiden einfach den gleichen Kunstmaler kannten«, warf Weiß ein.

Doch Brunner fuhr unbeirrt fort: »Aus dem Eintrag geht allerdings nicht hervor, ob es sich um einen Mann oder um eine Frau handelt. Aber wir wissen nun, dass er den Künstlernamen ›Harlekin‹ führt und dass er für die Bilder das Blut und vielleicht sogar noch weitere Körperflüssigkeiten der Opfer verwendet hat. Wie krank ist das denn?«

»Ob er noch weitere Körperflüssigkeiten für die Bilder verwendet hat, müssen wir noch überprüfen«, sagte Sabine. »Wir nehmen das Bild mit und bringen es zur Analyse ins Labor. Außerdem müssen wir herauskriegen, wer dieser Maler oder diese Malerin ist. Christian, kannst du dich bitte darum kümmern?«

Sabine hatte sich erhoben und Brunner die Hand auf den Arm gelegt. Die Geste wirkte seltsam vertraut, was Winter mit einem ärgerlichen Stirnrunzeln zur Kenntnis nahm.

»Ich werde das Bild von der Spurensicherung abholen lassen«, nickte Brunner und ging.

Sabine schaltete den Computer wieder aus und zeigte ihnen den Rest des Hauses, doch außer dem Bild und dem Tagebuch fanden sie keine weiteren Hinweise mehr. So machten sie sich auf den Weg zur Wohnung der Webers.

Diese hatten in einem modernen Block mit großen Fenstern in der Stadtmitte von Bremen gewohnt. Hier reihten sich mehr als ein Dutzend dieser weißen, hohen Wohnblöcke aneinander und beherbergten so Hunderte Bewohner auf kleinster Fläche.

»Ich hoffe, du hast recht, und wir finden auch hier ein ähnliches Porträt«, sagte Sabine, als sie die Wohnungstüre aufschloss, »sonst können wir wieder von vorne beginnen.«

Doch schon, als sie das Wohnzimmer betraten, wurden sie fündig. Winter wusste es bereits, bevor er das Porträt sah. Er wusste es im selben Moment, in dem seine Nase den penetranten Gestank von Urin erkannte, der auch dieses Zimmer erfüllte. Neben der Couch stand ein Porträt von Hermann Weber. Und wiederum zeigte es das Opfer nach links gedreht und lächelnd. Er war aufgeregt und wusste nicht, ob vom Jagdfieber, das mit dem Bild belohnt worden war, oder vom Bild selbst. Auch dieses Bild hatte etwas, womit es ihn in seinen Bann zog und ihn nicht mehr loszulassen gewillt war. Die weißen Haare Hermann Webers standen oben etwas auf, und es sah so aus, als würden sie aus dem Bild herausstehen und als könnte man sie anfassen oder gar ausreißen. Die gefleckte Haut im Gesicht des älteren Mannes, die tiefen Furchen, die das Leben hineingegraben hatte, die feinen Lachfältchen um die Augen – Winter unterdrückte den Drang, das Bild anzufassen, um sich davon zu überzeugen, dass es wirklich nur ein Bild war. Fast meinte er, das Lachen des alten Mannes zu hören.

›Unsinn! Das ist unmöglich!‹, ging es ihm durch den Kopf. ›Wer kann so echt malen?‹

Es musste einfach vom gleichen Künstler stammen, dessen war sich Winter sicher. Weiß beugte sich hinab und entzifferte die Unterschrift des Künstlers.

»Harlekin«, verkündete sie und Winter nickte lächelnd.

»Hat Herr Weber vielleicht auch ein Tagebuch geführt?«, wollte er von Sabine wissen.

»Wir haben bisher keine nützlichen Spuren in der Wohnung gefunden.«

Sie führte sie durch die geräumige Wohnung, welche die ganze Etage des obersten, siebten Stocks ausfüllte. Doch auch Winter und Weiß fanden keine weiteren Spuren mehr, sodass sie sich schließlich von Sabine verabschiedeten, während diese veranlasste, dass Webers Porträt ebenfalls zur Untersuchung ins Labor gebracht wurde. Um das Bild bei Herrn Bachmann werde sie sich am nächsten Tag kümmern, meinte sie.

Weiß fuhr mit Winter zurück zu seiner Wohnung, wo sie ihr Auto abgestellt hatte.

»Also dann ... Ich wünsche Ihnen noch einen schönen Abend«, verabschiedete sich Winter und schloss die Eingangstüre seines Wohnblocks auf.

»Sie wünschen mir einen ›schönen Abend‹? Um 13 Uhr?« Weiß zog die Augenbrauen hoch. Erstaunlich hoch. »Ich denke, ich komme noch mit rein. Wir können noch etwas Recherche bezüglich dieses Malers betreiben.«

»Aber das tut doch Brunner schon«, entgegnete Winter.

»Doppelt genäht hält besser, finden Sie nicht auch?«

Winter gab sich seufzend geschlagen.

Als sie seine Wohnung betraten, flitzte Sydney blitzschnell an ihm vorbei und begrüßte Weiß schwanzwedelnd. Winter runzelte etwas verärgert die Stirn. Normalerweise begrüßte die Hündin ihn auf diese Weise, wenn er nach Hause kam. Er ging zu seinem Schreibtisch und startete gleich den Computer. Dann griff er sich ein Dosenbier aus seinem Schrank, doch Weiß war mit zwei raschen Schritten bei ihm und riss ihm die Dose aus der Hand.

»Was zum …?«

Doch Weiß ließ Winter nicht ausreden. »Kein Alkohol während der Arbeit! Sie kennen doch die Regeln?«

›Zum Teufel mit ihr!‹

Sie setzten sich vor den Computer und Winter begann, das Internet zu durchforsten. Erst versuchte er es bei Google mit den Schlagwörtern »Maler« und »Harlekin«. Doch darunter fand er nur Internetseiten mit verstorbenen Malern, die den Harlekin als Motiv verwendet hatten, wie Pablo Picasso oder Heribert Beck. Außerdem gab es ein Bild mit Namen *Der Harlekin-Maler* aus dem 18. Jahrhundert. Als Nächstes versuchte er es mit den Stichworten »Maler« und »Bremen«, was ihn zu den *Gelben Seiten* von Bremen führte, in welchen 173 Malereibetriebe eingetragen waren.

»Die kann Brunner überprüfen«, knurrte er und gab als nächstes »Porträt« und »Bremen« ein. Doch dies wiederum führte ihn zu Porträtfotografen, was auch nicht seine Absicht gewesen war. Also fügte er das Schlagwort »Maler« hinzu. Nun erhielt er einige interessante Treffer. Allein vier Porträtmaler fand er im bundesweiten Branchenbuch, drei weitere hatten eine eigene Internetseite, und als er den Suchbegriff »Porträtmaler« nochmals auf den *Gelben Seiten* eingab, erhielt er zehn Treffer.

»Pff...«, machte Winter und Weiß nickte lächelnd.

»Da kommt wohl eine Menge Arbeit auf Sie zu.«

»Auf mich? Moment! Sie wollten doch die ganze Zeit mit mir zusammenarbeiten, also ...«

»Das stimmt, ich bin Ihre Partnerin in dieser Sache, doch ich fürchte, diese Recherchen müssen Sie alleine tätigen. Von mir wird erwartet, dass ich einen Bericht über die heutigen Ereignisse schreibe. Aber wir können auch gerne tauschen, wenn Sie wollen?«

»Pah!« Winter winkte ärgerlich ab. »Ist ja gut. Der Fall ist sowieso schon so gut wie gelöst. Auf einem der Porträts finden wir sicher DNA-Spuren vom Täter und dann sollte es uns ein Leichtes sein, ihn zu überführen.«

»Ich hoffe es«, sagte Weiß und erhob sich. »Sie spielen Schach?« Weiß deutete auf das angefangene Spiel.

Winter nickte. »Ja, früher war ich mal ganz gut.«

»Gegen wen?«

»Alexej Sorokin.«

»Ein Nachbar von Ihnen?«

Winter lachte. »Nein, Alexej wohnt in Woronesch, das ist in Russland«, fügte er noch hinzu.

»Aha ...?«

»Ich habe Alexej bei einem internationalen Turnier vor etwas mehr als zehn Jahren kennengelernt. Damals habe ich noch bei Werder Bremen Schach gespielt. Er hat mich damals aus dem Turnier geworfen, doch ich habe es ihm nicht übelgenommen, er hat einfach besser gespielt. Nach meiner Niederlage haben wir miteinander über die Schachentwicklung philosophiert und wir kamen überein, dass es schade sei, dass heutzutage mit dem Internet alles moderner wird und viele Leute Schach nur noch über den Computer, übers Internet spielen und wie schön es doch früher war, als man noch echtes Fernschach mit Postkarten spielen konnte. Heute kaum mehr vorstellbar, nicht?«

»Sie haben Fernschach gespielt?«

Winter ignorierte ihre Frage und fuhr fort: »Mehr aus Jux machte ich den Vorschlag, es doch noch einmal mit Fernschach zu versuchen, und zu meiner Überraschung war Alexej sofort dabei.«

Weiß musste lachen. »Sie wollen mir tatsächlich erzählen, dass Sie Fernschach mit einem Russen spielen?«

Winter nickte. »Seit zwölf Jahren schreiben wir uns Postkarten. Die Regeln sind einfach. Erstens: nie zweimal dieselbe Postkarte. Zweitens: Für einen Zug hat man eine Woche Zeit.«

»Faszinierend«, meinte Weiß und trat näher ans Brett heran. »Sie spielen Weiß?«

»Schwarz. Das ist ja das Problem.«

Sie nickte lächelnd. »Ja, da haben Sie wohl tatsächlich ein Problem. Ich spiele auch Schach. Vielleicht können wir uns ja mal duellieren?«

»Durchaus. Aber erst muss ich einen Ausweg aus dieser Situation finden. Sie haben nicht zufällig eine Lösung für mich bereit?«

»Wir werden sehen. Lösen wir erst mal den Fall und danach …« Weiß grinste. »Ich hätte da schon eine Idee …«

»Ehrlich?« Winter war verblüfft. Er hätte schwören können, dass die Situation ausweglos war. »Na, sagen Sie schon!«

»Später vielleicht. Ich glaube, im Moment haben Sie genug andere Dinge, um die Sie sich kümmern müssen. Wir sehen uns morgen. Um acht Uhr.« Sie lächelte ihm noch einmal zu und verließ die Wohnung.

›Sie hat eine *Idee*?‹

Winter erhob sich und trat selbst an das Tischchen heran. Dann musterte er die Situation ein weiteres Mal. Aber er konnte es drehen und wenden, wie er wollte, es fiel ihm kein Ausweg aus dieser Patsche, in die er sich selbst hineingespielt hatte, ein. Er selbst hatte nur noch drei Figuren übrig: König, Dame und einen Bauer, während Alexej über König, Dame und drei Bauern verfügte. Bei dieser geringen Anzahl an Spielfiguren bedeuteten zwei Bauern in der Regel bereits einen entscheidenden Vorteil, der nicht mehr aufzuholen war.

›Doch was, wenn doch?‹

Winter seufzte und ging zu seinem Wandschrank. Dieser war, seit er den Vorschuss gekriegt hatte, glücklicherweise wieder frisch aufgefüllt. Auch die Telefonrechnung hatte er endlich bezahlt, sodass er nun wenigstens wieder erreichbar war.

Wann hatte er den letzten Zug von Alexej gekriegt? Das musste nun schon bald einen Monat her sein. Sein Zug war also seit mehreren Wochen überfällig. Er nahm sich eine Bierdose und eine Flasche »Queen Margot« und schlurfte zurück zu seinem Schreibtisch. Dort sah die Situation aber auch nicht viel angenehmer aus, und vor allem roch sie nach Arbeit. Nach verdammt viel Arbeit.

Aber wenigstens hatte er nun wieder genug Bier und Whiskey.

10

Das Pendel schwang hin und her. Erst sachte und langsam, dann immer schneller, drängender, fordernder. Winter folgte seinem Gang mit den Augen.
Von rechts nach links.
Von links nach rechts.
Es war die Antwort auf seine Frage, auf seine Zweifel, auf seine Hoffnungen. Und es würde ihn nicht trügen. Das hatte es noch nie getan.
Von rechts nach links.
Von links nach rechts.
Er wusste nun, wie er die Situation angehen würde. Er wusste, wie er mit dem Risiko umgehen musste, das eigentlich gar keines war.
Von rechts nach links.
Von links nach rechts.
Plötzlich veränderte sich das Pendel. Es wuchs, während es noch hin und her schwang, wurde größer und größer, veränderte seine Form, bis es schließlich die ungefähre Form und Größe eines Menschenkopfes erreicht hatte. Dann öffnete sich plötzlich inmitten des Pendels ein – Mund! Gleichzeitig schwang es immer schneller hin und her. Ein Schrei ertönte, der Winter durch Mark und Bein fuhr. Der Schrei wurde immer lauter und lauter, sodass sich Winter die Ohren zuhalten musste. Doch das nützte nichts, denn der Laut schien direkt in seinem Kopf zu

sein. Und auf einmal erschien auf dem pendelnden Kopf ein rotes Mal, das immer größer und größer wurde. Blut spritzte mit jeder Pendelbewegung umher, spritzte Winter ins Gesicht, in die Nase, in den Mund, in die Ohren und in die Augen.
Und Winter schrie ...

Etwas klingelte. Nicht einmal oder zweimal, sondern andauernd. Winter drehte sich auf die andere Seite und versuchte das lästige Klingeln zu ignorieren, doch es wollte nicht aufhören. Es hatte ihn zwar aus seinem Albtraum gerissen, doch Winter verfluchte dennoch die Tatsache, dass es ihn nicht wieder einschlafen ließ.
Müde richtete er sich auf die Ellbogen auf und blickte sich in seinem Schlafzimmer um. Da erst merkte er, dass das Klingeln nicht aus seinem Schlafzimmer herrührte.
Er sah auf die Uhr: 7.30 Uhr.
Winter fluchte und erhob sich langsam. Das Klingeln dauerte an. Er zog sich ein T-Shirt über und trottete ins Wohnzimmer, wo Sydney ihn vorwurfsvoll anschaute.
Dann erblickte er den Störenfried: Es war ein altmodisch aussehender Wecker und er stand auf seinem Schreibtisch, direkt hinter dem Computer. Stirnrunzelnd nahm er ihn zur Hand und schaltete ihn aus. Den Wecker hatte er nie zuvor gesehen. Er hatte schon vor Jahren aufgehört, sich von solch einem Folterinstrument wecken zu lassen, und dieses hinterhältige Exemplar stammte ganz gewiss nicht von ihm.
›Weiß!‹
Sie musste ihm das abscheuliche Teil gestern in die Wohnung geschmuggelt haben! Sie hatte ihn ja, kurz bevor sie

gegangen war, noch gewarnt, am nächsten Tag um acht Uhr bereit zu sein.

›Dieses Miststück!‹

Seufzend schlurfte er zum Schreibtisch und warf den Wecker in den Abfalleimer. Da fiel sein Blick auf das Telefon, bei dem ein rotes Licht blinkte, und es durchfuhr ihn wie ein Blitz: Sein Telefon hatte mitten in der Nacht geklingelt, doch er war zu betrunken gewesen, aufzustehen und es abzunehmen. Neugierig geworden, wer ihm da mitten in der Nacht eine Nachricht hinterlassen hatte, setzte er sich auf seinen Bürostuhl und drückte auf den Play-Knopf.

»Sie haben eine neue Nachricht«, säuselte eine Frauenstimme aus dem Lautsprecher. »Erste neue Nachricht.« Dann erklang eine Männerstimme, die Winter vage bekannt vorkam.

»Herr Winter? Hier ist Bachmann, ich … Bitte nehmen Sie das Telefon ab, wenn Sie dies hören, es ist dringend. Ich … ich weiß nicht, was ich machen soll, ich glaube, ich werde verrückt. Es … Ich weiß, das klingt unglaublich, aber …« Bachmann hielt kurz inne. Sein Atem setzte für einen Moment aus.

Völlige Stille.

Dann setzte Bachmanns Atem wieder ein. Schneller als zuvor, als wäre er gerannt. »Haben Sie das gerade gehört? Es ist … sie! Sie lacht. Das geht jetzt schon seit einer halben Stunde so. Ich habe das ganze Haus nach ihr abgesucht, aber ich konnte sie nicht finden. Doch ich bin ganz sicher, dass es ihr Lachen ist!«

Wieder Stille, als ob Bachmann am anderen Ende der Leitung horchen würde.

»Da war es wieder! Ich kenne dieses Lachen. Aber das ist unmöglich! Ich ... ich habe gehört, was den anderen Angehörigen der Mordopfer passiert ist, Herr Winter! Sie haben Geister gehört und gesehen! Und nun passiert es hier auch! Ich werde verrückt, ich ... Was ist das? Oh, mein Gott! Sie ... sie ist da! Was ...? Was ist mit ... *Nein*!«

Die Verbindung wurde unterbrochen und dann ertönte wieder die Frauenstimme des Anrufbeantworters: »Nachricht hinterlegt am 2. März um 00.35 Uhr.«

Winter legte auf. Sein Puls raste.

»Verdammt!«

Er verfluchte sich für seine Antriebslosigkeit und Versoffenheit, dass er das Telefon ignoriert hatte, und zog sich so rasch wie möglich an. Als er aus dem Haus stürmte, wäre er fast mit Weiß zusammengeprallt, die ihm entgegenkam.

»Ich bin beeindruckt«, spöttelte sie. »Ich habe mich innerlich schon darauf vorbereitet, Sie wieder wecken zu müssen. – Was ist passiert?«, fragte sie dann alarmiert, als sie seinen gehetzten Blick sah.

»Das erkläre ich Ihnen unterwegs, kommen Sie.«

Wie ein Irrer raste Winter durch Bremen. Allfällige Strafzettel würde er später der Polizei zurückschicken, dachte er grimmig lächelnd. Er hoffte nur, dass sie nicht zu spät kommen würden.

Vor dem Anwesen der Bachmanns hielt er an, stieg aus und klopfte an die Scheibe des grauen Volvos, der auf der gegenüberliegenden Straßenseite geparkt war. Die Scheibe wurde heruntergelassen und ein junger Polizist in Zivil, den er nicht kannte, sah ihn müde und fragend an.

»Ist letzte Nacht irgendetwas Ungewöhnliches passiert?«, wollte Winter von dem Mann wissen.

»Nein ... nein, aber ... Wer sind Sie überhaupt?«

Winter ignorierte die Frage, überquerte die Straße und klingelte an der Gegensprechanlage vor dem Tor.

Niemand antwortete.

Winter fluchte ungehemmt, machte Weiß ein Zeichen auszusteigen, und dann begann er, über das Gitter zu klettern. Er hörte, wie hinter ihm sowohl Weiß als auch der Polizist ausstiegen.

»Was tun Sie da? Wer sind Sie?«, wollte der Polizist wissen und überquerte nun ebenfalls die Straße. Auch auf der Beifahrerseite des Volvos war nun ein weiterer Polizist in Zivil ausgestiegen und sah sich die Szene stirnrunzelnd an.

»Richard Winter, ehemaliger Kriminalkommissar, nun Privatdetektiv. Ich handle im Auftrag Ihrer Polizei, Herr ...?«

»Koch. Ach so, Sie sind das. Entschuldigen Sie. Weshalb klettern Sie denn über das Gitter?«

»Weil er nicht aufmacht, ok? Irgendetwas muss diese Nacht passiert sein. Er hat mir auf den Anrufbeantworter gesprochen und nach Hilfe geschrien.«

»Oh mein Gott.«

»Ja, das können Sie laut sagen!«

Mittlerweile hatte Winter die Spitze des Gitters erreicht und begann, vorsichtig über die zahlreichen Spitzen hinwegzusteigen. Gerade als er dachte, es geschafft zu haben, blieb er mit seinem Mantel an einer Spitze hängen. Mit einem lauten »Ratsch« riss der Mantel.

»Verdammte Scheiße!«, fluchte Winter.

Der Mantel war noch ein Überbleibsel aus seiner Zeit bei der Polizei gewesen. Er stieg auf der anderen Seite hinunter und besah sich den Schaden genauer, während Weiß ihm folgte.

»Der ist ruiniert.«

»Kommen Sie schon, wir haben im Moment Wichtigeres zu tun!« Weiß landete neben ihm auf dem Boden und schritt bereits auf das Anwesen der Bachmanns zu. Einer der beiden Polizisten machte nun ebenfalls Anstalten, über das Gitter zu klettern, während der zweite zum Wagen zurücklief. Winter musste sich beeilen, zu Weiß aufzuschließen, die schon beinahe die Türe erreicht hatte. Dann klingelte er. Als wieder niemand öffnete, hämmerte er mit der Faust an die Türe.

»Herr Bachmann! Öffnen Sie! Ich bin es, Richard Winter von der Kriminalpolizei Bremen!«

Winter sah sich um. Die Türe sah sehr solid aus, die würden sie kaum ohne entsprechendes Werkzeug aufbrechen können. Sie mussten es also bei einem der Fenster versuchen. Gerade als er seine Gedanken aussprechen wollte, öffnete sich die Türe doch noch. Dahinter stand Paul Bachmann. Er war leichenblass und zitterte leicht.

»Alles in Ordnung?«, wollte Winter wissen. »Ich habe Ihre Nachricht gehört. Tut mir leid, dass ich nicht rangegangen bin, ich habe einen ziemlich tiefen Schlaf, wissen Sie, und ...«

»Ich habe sie gesehen«, hauchte Bachmann und Tränen rannen ihm über die Wangen. »Ich habe sie gesehen und dann ...« Er verstummte.

»Was ist passiert, Herr Bachmann?« Der Polizist hatte das Gitter mittlerweile auch überwunden und kam angerannt. Doch ehe Bachmann antworten konnte, winkte Winter ab. »Mir scheint, er steht unter einem Schock. Ich werde ihn vernehmen. Bitte kontaktieren Sie sofort den zuständigen Psychologen. Wir brauchen ihn.«

Der Polizist sah noch einmal zu Bachmann hin, nickte dann aber und entfernte sich wieder.

»Dürfen wir reinkommen?«, fragte Winter. Bachmann sah auf und nickte abwesend. Er führte sie ins Wohnzimmer und ließ sich in seinen Sessel plumpsen.

»Also, was genau ist letzte Nacht passiert?«, wollte Winter wissen.

Erst antwortete Bachmann nicht. Es machte fast den Anschein, als habe er die Frage gar nicht gehört. Sein Blick schien irgendwo festzuhängen. Gerade als Winter meinte, er müsse die Frage wiederholen, antwortete Bachmann doch noch.

»Ich bin mitten in der Nacht aufgewacht«, wisperte er. Er sprach so leise, dass sich Winter vorbeugen musste, um ihn überhaupt zu verstehen. »Jemand ... lachte. Erst dachte ich, ich würde noch träumen, denn ... das war unmöglich.«

»Was war unmöglich?«, fragte Winter leise.

»Das Lachen. Es war ... Es war ...« Bachmann lachte humorlos auf und schüttelte verzweifelt den Kopf. »Ich weiß nicht, wie und warum, doch es war das Lachen meiner verstorbenen Frau.« Er holte tief Luft, drehte den Kopf und sah Winter nun direkt in die Augen. Und was Winter dort sah, ließ ihn frösteln. Bachmann stand kurz vor dem Wahnsinn. »Ich dachte erst, ich würde noch träumen, doch ... das tat ich nicht.« Wieder schüttelte er den Kopf, senkte den Blick und rieb sich mit den beiden Handflächen müde über das Gesicht. »Das tat ich nicht! Verstehen Sie? Ich habe nicht geträumt!« Seine Stimme war nun lauter geworden. Seine Augen flackerten irre.

»Was für ein Lachen war es denn?«, fragte Winter sachte. »War es ein fröhliches Lachen? Oder eher ein trauriges, ein ironisches vielleicht?«

Bachmanns Augen verdüsterten sich, dann fuhren sie plötzlich hin und her, als suchten sie etwas. Angst keimte in ihnen auf. Der Wahnsinn dahinter schien einen Schritt näher zu kommen und seine Stimme brach beinahe, als er seinen Blick wieder senkte und fortfuhr: »Es war ein ... böses Lachen. Ein durch und durch ... böses Lachen.«

»Was geschah danach?«

»Ich habe versucht, dem Lachen nachzugehen. Ich wollte sie finden, verstehen Sie?«

Winter nickte mitfühlend.

»Ich ... ich konnte sie erst nirgends finden. Das Lachen schien von überall herzukommen. Ich wurde beinahe wahnsinnig. Da fiel mir ein, dass Sie mir Ihre Visitenkarte gegeben haben und ... da habe ich mein Handy geholt und Sie angerufen.«

»Am Telefon sagten Sie, Sie hätten sie gesehen?«

»Während ich bei Ihnen anrief, habe ich meine Suche nach ihr fortgesetzt. Und plötzlich habe ich sie auch gefunden.« Bachmann atmete schwer.

Winter hatte plötzlich Angst, dass Bachmann einen Herzinfarkt oder einen Schlaganfall kriegen würde.

»Sie ... sie ...« Bachmanns Stimme brach ab und weitere Tränen traten in seine Augen. Er wandte den Kopf ab und zog ein Taschentuch hervor.

»Was hat sie gesagt?«

»Sie ... sie hat geschrien. Sie hat geschrien, es möge doch aufhören, er möge sie doch bitte endlich töten, und dann ... ist sie ... verschwunden.«

»Sie ist verschwunden?«

»Ich weiß, was Sie nun denken.« Bachmanns Stimme klang plötzlich wieder klarer und kräftiger. »Sie glauben mir nicht – und wie auch? Ich würde es ja selbst nicht glauben, hätte ich es nicht mit eigenen Augen gesehen. Ja, sie ist verschwunden, verblasst, hat sich in Luft aufgelöst und das Lachen hat aufgehört.«

»Keine Angst, Herr Bachmann, ich glaube Ihnen. Ich hatte selbst schon eine Begegnung mit … Deshalb hat man mich zu diesem Fall hinzugezogen. Ich glaube Ihnen!«

»Fragen Sie ihn, wo er den Geist gesehen hat«, flüsterte ihm Weiß zu.

Winter sah sie irritiert an. Sie hatte wieder ihren Stift und ihren Notizblock in der Hand und schrieb eifrig alles auf, was Bachmann sagte.

»Können Sie mir die Stelle zeigen, wo Sie den Geist gesehen haben?«, fragte Winter.

Bachmann nickte, erhob sich und bedeutete ihnen, ihm zu folgen. Er führte sie in sein Büro.

»Sie lag auf meinem Schreibtisch. Sie … hat sich darauf gewunden und … versucht, sich hin- und herzuwerfen, doch es schien, als ob sie … darauf angebunden wäre oder so, obschon ich keine Fesseln erkennen konnte.« Bachmann wandte sich wieder ab.

Weiß und Winter näherten sich dem Schreibtisch.

»Das Porträt«, hauchte Weiß und Winter fuhr es kalt den Rücken herab. An der Rückseite des Schreibtisches lehnte das Porträt von Frau Bachmann. Er nickte grimmig und näherte sich dem Bild langsam. Dabei vermied er es, das Gemälde direkt anzusehen. Stattdessen fixierte er mit seinem Blick den Rahmen – nach der Geschichte, die er eben gehört hatte, war ihm die Wirkung, welche dieses Bild beim ersten Mal auf ihn gehabt hatte, nicht mehr geheuer. Er bückte sich und besah sich die Unterschrift auf dem Gemälde: *Harlekin*. Dies bestätigte seine Vermutungen. Er stand auf und drehte sich wieder zu Herrn Bachmann um.

»Ich glaube das Porträt – das Porträt Ihrer Frau ist *verflucht*, Herr Bachmann«, sagte er und wusste selbst nicht, wie er das genauer erklären sollte und ob Bachmann ihn nun seinerseits für verrückt halten würde.

»Verflucht?«

»Wir haben bei allen drei Opferfamilien solche Porträts gefunden und alle haben von … Erscheinungen gesprochen. – Wie Sie jetzt! Das kann kein Zufall sein.«

»Heißt das, dass meine Frau … wirklich so leiden musste, wie ich es gesehen habe?« Bachmanns Stimme war nur noch ein Hauch, und Winter fürchtete nun ernsthaft, dass er zusammenbrechen würde, wenn er ihm die Wahrheit sagte. Doch was war schon die Wahrheit?

»Nein«, log er deshalb und senkte den Blick. »Das muss nichts heißen, Herr Bachmann.« Er räusperte sich, ehe er fortfuhr: »Wir werden das Bild mitnehmen und untersuchen. Ich denke … was Sie gesehen haben, steht in direktem Zusammenhang zu diesem Porträt. Wenn wir es mitnehmen, wird es Sie in Ruhe lassen.«

»Aber … es ist so schön, ich … ich möchte es gerne behalten.«

»Herr Bachmann!« Winters Stimme wurde nun eindringlich. »Das Bild ist verflucht, glauben Sie mir! Wenn Sie es behalten, wird sich das … wiederholen.«

Bachmann sah ihn beinahe trotzig an, sodass Winter aussprach, was er wirklich glaubte.

»Wollen Sie Ihrer Frau wirklich jede Nacht beim Sterben zusehen?«

Bachmann blickte noch einen Moment lang verständnislos, doch dann schüttelte er traurig den Kopf.

»Natürlich nicht.«

»Es tut mir leid, Herr Bachmann, aber es ist der einzige Weg. Ich rufe nun die Spurensicherung an.«

Nachdem Winter Sabine über alles am Handy informiert hatte, verabschiedeten sie sich von Herrn Bachmann. Draußen kam ihnen gerade der Psychologe entgegen, der sich ihnen als Dr. Beck vorstellte. Winter erklärte ihm, was in der Nacht passiert war, ehe sie sich in Winters kleines Auto setzten und zurückfuhren.

»Brunner hat auch nicht mehr rausgefunden als ich«, informierte Winter Weiß während der Rückfahrt über sein Telefonat mit Sabine. »Es gibt weder in Bremen noch in der Umgebung einen Maler, der unter dem Künstlernamen ›Harlekin‹ bekannt wäre. Brunner und Sabine verhören gerade die Porträtmaler, auf die ich auch gestoßen bin, doch mittlerweile bezweifle ich, dass es so einfach ist.«

»Und was tun wir jetzt?«, wollte Weiß wissen.

»Erst rufe ich Dr. Chino an und frage ihn, ob er bezüglich der Porträts schon etwas rausgefunden hat. Danach befragen wir die letzten Personen, welche die drei Opfer lebend gesehen haben. Frau Bachmann war zuletzt beim Friseur, Herr Gerber bei der Arbeit und Herr Weber beim Einkaufen. Da wird es natürlich schwierig, jemanden zu finden, der sich an ihn erinnert, aber beim Friseur und bei Gerbers Arbeitskollegen hören wir vielleicht was Neues.« Winter klaubte sein Mobiltelefon aus der Manteltasche.

»Während des Fahrens sollte man nicht telefonieren. Das ist verboten«, wies ihn Weiß zurecht.

»Stimmt«, sagte Winter fröhlich, »verhaften Sie mich doch, Kriminalobermeisterin Weiß.«

Weiß sah ihn nur missmutig von der Seite her an, während er die Nummer des Instituts für Rechts- und Verkehrsmedizin wählte. Es dauerte einen Moment, bis die Empfangsdame ihn zu Dr. Chino durchgestellt hatte, doch dann war dessen Stimme laut und deutlich zu vernehmen. Winter stellte das Smartphone auf Lautsprecher und legte es vorne auf das Armaturenbrett.

»Kommissar Winter? Schön von Ihnen zu hören. Ich habe Neuigkeiten.«

Winter wollte Dr. Chino gerade zurechtweisen, dass er schon lange nicht mehr Kommissar war, doch dann unterließ er es und fragte ihn stattdessen nach den Neuigkeiten.

»Sie hatten recht mit Ihrer Vermutung. Auf den Gemälden fanden sich tatsächlich DNA-Spuren, und zwar diejenigen der jeweiligen Opfer. Die Bilder sind also wirklich mit den Körpersäften der Opfer gemalt worden. Zumindest teilweise«, fügte er noch hinzu.

»Irgendwelche anderen DNA-Spuren, abgesehen von denen der Opfer? Irgendeinen Hinweis auf den Täter?«

»Das kann ich noch nicht mit Sicherheit sagen, ich warte noch auf die letzten Ergebnisse, Herr Kommissar.«

»Gut, geben Sie mir bitte Bescheid, sobald Sie die definitiven Resultate haben. Ach, übrigens: Sie erhalten heute noch ein drittes Bild. Ich möchte, dass Sie es ebenfalls untersuchen.«

»Mache ich, Herr Kommissar. Ich wünsche Ihnen noch einen schönen Tag.«

»Das wünsche ich Ihnen auch, danke.«

Winter legte auf. »Frau Bachmanns Friseur oder Herrn Gerbers Arbeitskollegen?«

Weiß überlegte nicht lange. »Zum Friseur.«

»Dachte ich mir«, lächelte Winter. »Ihr Frauen seid doch alle gleich.«

Weiß grinste und hob entschuldigend die Schultern.

11

Die zwölf Spieluhren standen säuberlich aufgereiht auf dem Tisch.

›Ein letztes Mal will ich ihren Klang hören, will ich sehen, wie sie sich drehen, tanzen und singen.‹

Zeigefinger und Daumen zogen eine Spieluhr nach der anderen auf. Elefanten, Löwen, Prinzessinnen, Ritter, Drachen, Autos und Flugzeuge drehten sich im Kreis. Zwölf Melodien vermischten sich zu einer einzigartigen Kakofonie.

›Ein Requiem für Richard Winter.‹

Am Tisch lehnten einige Rahmen und Leinwände. Hinter den Spieluhren lagen Pinsel, Paletten und Malkästen sorgfältig aufgereiht, bereit für den Transport. Daneben standen verschieden große Gefäße, die Flüssigkeiten in allen Farben und jeglicher Konsistenz enthielten: Ein großes Glas enthielt eine dickflüssige rote Substanz, während eine kleine Phiole mit einer durchsichtigen Flüssigkeit gefüllt war. In einem eckigen Glas schwamm etwas Dunkelgelbes und ein hohes kleines Gefäß enthielt eine bräunliche Masse. Ein Dutzend weiterer Gefäße standen in Reih und Glied daneben. Ein übler Geruch erfüllte den Keller.

›Dieser abgefuckte Ex-Polizist hat in kürzester Zeit mehr herausgefunden als die ganze Kriminalpolizei Bremens. Gut so. Endlich mal jemand, der die Zusammenhänge erkennt. Jemand, der in der Lage ist, meine Genialität zu erkennen. – Doch nun ist es genug! Ich werde mich seiner annehmen müssen. Er wird ein wundervolles Bauernopfer abgeben. Und schon bald wird er sich wünschen, diesen Fall nie angenommen zu haben. Doch dann ist es zu spät. – Zu spät für ihn.‹

12

Wieder hörte er sie lachen. Bachmann schoss auf. Er war schweißgebadet.

›Das kann nicht sein! Die Spurensicherung hat doch das Bild gestern abgeholt! Dieser Polizist hat mir doch versichert, dass der Spuk damit vorbei sei!‹

Oder hatte er am Ende nur geträumt? Es wäre wohl nur zu verständlich gewesen, wenn ihm sein Unterbewusstsein nach allem, was er erlebt hatte, solch einen Traum unterjubeln würde.

Wieder dieses Lachen.

Bachmann fuhr zusammen. Dies war eindeutig kein Traum! Er ließ sich auf sein Bett zurücksinken, steckte den Kopf unter sein Kissen und hielt sich zusätzlich die Ohren zu, doch das Lachen drang durch Kissen und Hände und wurde nicht einmal leiser.

»Bitte, hör' auf«, stammelte Bachmann und Tränen liefen ihm über die Wangen. »Kati, bitte hör' auf! Lass mich in Ruhe!«

Das Lachen schien sich noch zu verstärken, als ob sie ihn für seine Schwäche auslachen würde.

Tränenüberströmt schleuderte Bachmann das Kissen zur Seite und betätigte ängstlich den Schalter des Nachttischlämpchens. In den Sekundenbruchteilen, ehe das Licht anging, malte er sich bereits aus, den Geist seiner Frau vor sich stehen zu sehen, doch zu seiner Erleichterung lag das geräumige Schlafzimmer verlassen da wie zuvor: das große Doppelbett mit dem cremefarbenen Gestell aus

Holz, dessen Kopfteil geschwungen und gepolstert war, direkt gegenüber der mächtige Wandschrank aus demselben Holz, rechts vom Bett ein dazu passendes Sideboard mit einem großen, ebenfalls geschwungenen Spiegel darüber und linkerhand die Türe, die ins Badezimmer führte.

Zitternd schwang er die Beine aus dem Doppelbett, griff sich den Morgenmantel, der auf dem Stuhl neben dem Bett lag, und warf ihn sich über. Dann stand er auf.

Es war eindeutig das Lachen seiner Frau. Doch wie schon in der Nacht zuvor war es kein fröhliches Lachen. Es klang gequält und zugleich irgendwie hämisch. Solch ein Lachen hatte er noch nie von seiner Frau gehört und doch war es zweifelsfrei ihre Stimme, die durch die große Villa hallte.

»Lieber Gott, bitte mach, dass es aufhört«, betete Bachmann, schloss die Augen und faltete die Hände. »Bitte mach, dass es aufhört, ich bitte dich, ich bitte dich!«

Er öffnete die Augen wieder und sah sich ängstlich um. Das Lachen hatte tatsächlich aufgehört, als hätte sein Gebet es vertrieben. Etwas, was er zwar gehofft, woran er aber nicht wirklich geglaubt hatte. Bachmann lauschte noch einen Moment lang, dann – als immer noch alles ruhig war – öffnete er vorsichtig die Türe, die in den Flur führte. Dieser lag verlassen und still vor ihm. ›Sollte das Gebet tatsächlich gewirkt haben?‹ Er betätigte den Lichtschalter und durchsuchte zitternd vor Angst die Zimmer des ersten Stocks, ehe er ins Erdgeschoss hinunterstieg und sowohl das Wohnzimmer, die Küche wie auch das Büro und das Badezimmer durchsuchte. Doch auch hier war alles ruhig und verlassen. Schließlich begab er sich auch noch in den Keller, aber auch dort fand er nichts Außergewöhnliches vor.

›Danke, lieber Gott! Ich danke dir von ganzem Herzen!‹

Er kehrte zurück in sein Schlafzimmer, zog den Morgenmantel aus, warf ihn auf den Stuhl und setzte sich auf das Bett. Dann fuhr er sich mit beiden Händen durch die schütteren grauen Haare und schlug das Laken zurück.

Ein fahles, kreideweißes Gesicht, umrahmt von braunen Locken, starrte ihn an. An ihrer Kehle und den Handgelenken waren rote Linien zu sehen, aus welchen Blut tropfte.

Bachmann schrie auf, fuhr hoch und schritt zurück – und sank dann kraftlos in die Knie. Er verbarg das Gesicht in seinen Händen. Er wollte diesen Anblick nicht länger ertragen müssen. Es war seine Frau, seine Kathrin, schrecklich zugerichtet.

»Bitte, Kati, lass mich in Ruhe«, flüsterte er. »Ich liebe dich, du weißt, ich liebe dich abgöttisch, doch tu mir das nicht an, Kati, ich bitte dich! Ich verliere den Verstand!«

Es kam keine Antwort. Bachmann nahm langsam die Hände vom Gesicht und blickte zitternd zu der Stelle hin, wo ihm eben noch seine Frau erschienen war.

Das Bett war leer.

Er atmete auf, blickte sich suchend um. Schließlich erhob er sich langsam. Da hörte er plötzlich das Geräusch von fließendem Wasser. Eine böse Vorahnung beschlich ihn und Gänsehaut breitete sich auf seinem ganzen Körper aus.

Das Geräusch kam aus dem Bad, das vom Schlafzimmer aus zugänglich war. Langsam, Schritt für Schritt, näherte sich Bachmann der nur angelehnten Türe des Badezimmers. Kurz davor blieb er stehen und schloss die Augen noch einmal zu einem stummen Gebet.

»Bitte, lieber Gott, lass sie nicht da drin sein!«

Als er die Augen öffnete, stand die Türe des Badezimmers offen. Es war leer, doch der Wasserhahn der Badewanne war aufgedreht und dem Dampf nach zu schließen, der sich langsam entwickelte, war es heißes Wasser, das in die Badewanne floss.

›Sie mochte es, heiß zu baden‹, ging es ihm durch den Kopf und ein weiterer Schauer durchströmte ihn.

»Kathrin? Bist du da?«, rief er vorsichtig in die Leere des Badezimmers hinein.

Wieder kam keine Antwort. Stattdessen öffnete sich langsam auch der Warmwasserhahn des Waschbeckens und heißes Wasser strömte in den Abfluss.

»Schatz? Bitte hör auf damit! Ich … Es tut mir so leid, was dir passiert ist, und ich würde alles dafür geben, es rückgängig machen zu können, damit wir wieder zusammen sein könnten, aber …«

Bachmann hielt inne. Der Badezimmerspiegel hatte begonnen, sich zu beschlagen, und Bachmann hielt den Atem an. Er trat langsam näher an den Spiegel heran, schluckte schwer, hob dann die Hand und wischte darüber. Ängstlich starrte er in den Spiegel – doch alles was er sah, war sein eingefallenes, schreckverzerrtes Gesicht. Er atmete auf und drehte den Wasserhahn zu. Dann ging er zur Badewanne und drehte auch diesen Hahn zu. Skeptisch beäugte er ihn noch eine Weile, ehe er sich umdrehte und das Badezimmer verlassen wollte.

Da hörte er es: das Tropfen des Wasserhahns.

Wieder drehte er sich zur Badewanne um und drehte erneut am Warmwasserhahn, doch der war bereits am Anschlag. Er drehte auch den Kaltwasserhahn, doch auch dieser ließ sich nicht weiter zudrehen. Und dennoch tropfte es.

›Seltsam‹, dachte er, ›der hat bisher nie getropft.‹

Er sah noch einmal genauer hin und wünschte sich im selben Moment, es nicht getan zu haben. Die Wassertropfen fielen nicht regelmäßig in die Badewanne hinein. Nein, manche klebten länger am Hahn, ehe sie runterfielen, während andere sich sofort in die Badewanne stürzten, als wären sie begierig darauf, Selbstmord zu begehen. Dann wiederum gab es Momente, in denen keine Wassertropfen austraten und solche, in denen sie in schneller Reihenfolge hinunterfielen.

›Das ist doch nicht möglich!‹

Und dann überkam ihn eine Erkenntnis, und ein kalter Schauer lief ihm über den Rücken. ›Morsezeichen! Das sind Morsezeichen!‹ Er trat noch näher heran und beobachtete nun ganz genau, wie die Tropfen fielen, und endlich verstand er.

—·— ——— —— —— ——·· ··— —— ·· ·—·

›Komm zu mir.‹

Ein Wispern ertönte. Es schien von überall her gleichzeitig zu kommen und Bachmann konnte die Worte nicht verstehen. Er konzentrierte sich stattdessen weiter auf die Tropfen:

··— —·· —· —·· ·—·· ·· —·—· ···· ·
——·— ··— ·— ·—·· · —·

›Unendliche Qualen.‹

· ·—· ·—·· ——— ··· ··— —· ——·

›Erlösung.‹

»Es tut mir so leid, mein Schatz«, hauchte Bachmann. »Sag mir, wie ich dir helfen kann, ich bitte dich!«

Es gibt nur einen Weg, teilten ihm die Wassertropfen mit, *lass mich nicht im Stich.*

»Nein!«, flüsterte er entsetzt. »Nein, das ... das kann nicht dein Ernst sein.«

Erlösung, tropfte es aus dem Wasserhahn, *bitte!,* und Bachmann nickte traurig.

»Keine Angst, mein Schatz, ich werde dich nicht im Stich lassen.«

Bachmann drehte sich langsam um und verließ das Badezimmer wieder. Dann setzte er sich auf sein Bett und öffnete die Nachttischschublade. Er blickte noch einmal auf und nun umspielte ein trauriges Lächeln seine Lippen. In der Türe des Badezimmers stand Kathrin Bachmann und nickte sanft.

13

»Wie ist er gestorben?«, wollte Winter von Weiß wissen.

»Vermutlich Selbstmord«, antwortete diese und deutete auf die Pistole, die neben Bachmanns Körper auf dem Bett lag. »Die Spurensicherung wird uns sicherlich einige Antworten liefern, aber ich würde meinen, damit hat er sich erschossen.«

Weiß hatte am Telefon sehr aufgeregt geklungen. Er solle sich umgehend zu Herrn Bachmanns Anwesen begeben. Winter war noch zu müde gewesen, um nachzufragen, um was es denn eigentlich ginge. Das war nun schon das dritte Mal in Folge gewesen, dass Weiß ihn frühmorgens geweckt hatte!

›Verdammte Streberin!‹

Nun sah er jedoch den Grund für ihre Erregung; sie war gerechtfertigt gewesen: Paul Bachmann lag in seinem eigenen Blut auf seinem Bett.

»Verdammt! Und ich dachte, wir hätten den Selbstmord verhindert, indem wir das Bild weggeschafft haben.«

»Ach ja, was das Bild angeht …« Weiß hielt inne und bedeutete Winter, ihr zu folgen. Sie führte ihn ins Erdgeschoss hinunter und ins Arbeitszimmer von Herrn Bachmann. Dann deutete sie stumm auf den Schreibtisch.

Winter stockte der Atem.

Auf dem Schreibtisch thronte das Porträt von Frau Bachmann.

»Das … kann nicht sein«, entfuhr es ihm. »Die Spurensicherung hat das Gemälde doch gestern abtransportiert und in die Gerichtsmedizin zu Dr. Chino gebracht. Ich habe ihn gestern Abend noch angerufen, er hat es mir bestätigt. Aber wie um alles in der Welt kommt dieses Bild wieder hierher?«

Weiß zuckte nur hilflos mit den Schultern. »Als ich heute Morgen hier eintraf, stand es schon da.«

»Wie haben Sie überhaupt davon erfahren?«

»Der Psychologe hat Herrn Bachmann heute Morgen so vorgefunden. Er habe gestern mit ihm abgemacht, heute um acht Uhr noch einmal nach ihm zu sehen, erklärte er.«

»Verdammt! Haben Sie Dr. Chino schon angerufen?«

Weiß verneinte, also zog Winter sein Mobiltelefon hervor und ließ sich mit dem Rechtsmediziner verbinden.

»Kommissar Winter?« Ein verlegenes Lächeln und Hüsteln folgte. »Sie … Sie werden nicht glauben, was hier passiert ist!«

»Lassen Sie mich raten: Das Porträt von Frau Bachmann ist verschwunden.«

»Was? Wie …? Woher wissen Sie …?«

»Weil ich es hier vor mir sehe, verdammt! Und weil Paul Bachmanns Leiche einen Stock über mir liegt! Können Sie mir das vielleicht erklären?«

»Nein, ich habe keine Ahnung, wie das passieren konnte! Als ich heute Morgen meine Untersuchungen an dem Bild fortsetzen wollte, war es nicht mehr da.«

»Irgendwelche Einbruchspuren?«

»Nein, nicht die Geringsten.«

»Haben Sie Überwachungskameras im Labor?«

»Nein, warum auch?«

»Sie würden gut daran tun, darüber nachzudenken, in Zukunft welche zu installieren!«

»Wir haben aber welche im Eingangsbereich.«

»Aha. Und? Haben Sie sie schon überprüft?«

»Nein, dazu fehlte mir die Zeit, aber ich habe bereits entsprechende Anweisungen gegeben.«

»Gut. Melden Sie es mir, wenn Sie Ergebnisse haben.«

»Mache ich. Wiederhören, Herr Kommissar.«

Winter legte auf, ohne sich zu verabschieden. »Gibt es irgendwelche Einbruchspuren an diesem Haus?«, wandte er sich an Weiß.

Sie zuckte mit den Schultern. »Keine offensichtlichen, aber die Spurensicherung ist ja unterwegs. Danach werden wir mehr wissen.«

Winter seufzte und schüttelte den Kopf. Er hatte einen Verdacht, doch er wusste nicht, ob er ihn äußern konnte, ohne dass Weiß ihn für verrückt halten würde. »Ich weiß, das klingt jetzt vielleicht doof«, überwand er sich schließlich doch noch, »aber könnte es nicht auch sein, dass das Bild von selbst zurückgekehrt ist?«

»Wie meinen Sie das, ›von selbst‹?«

»Nun ja«, er trat etwas verlegen von einem Fuß auf den anderen, »wenn wir es wirklich mit einem verfluchten Bild zu tun haben, dann ... Ich meine, was, wenn es immer wieder zu seinen Verwandten zurückkehrt, bis es ... bis es seine Mission abgeschlossen hat?«

»Seine *Mission*?«

»Alle nahen Verwandten haben, kurze Zeit nachdem sie das Porträt gekriegt haben, Selbstmord begangen. Ich weiß, das klingt seltsam, aber mir kommt es so vor, als ob diese Bilder alleine zu dem Zweck geschaffen worden wären, ihre Liebsten in den Wahnsinn zu treiben.«

»Sie haben recht. Das klingt tatsächlich verrückt. Ich meine … ja, wir haben Sie zu Rate gezogen, weil Sie offensichtlich mehr von diesem ganzen okkulten Zeug verstehen als wir, aber Bilder, die von selbst an ihren Bestimmungsort zurückkehren und eine Mission verfolgen …? Ich weiß nicht.«

Einen Moment lang standen sie beide ratlos da und blickten stumm auf das verdammte Porträt.

»Ich glaube ja selbst nicht, dass dieses Bild den Weg wie durch Zauberhand hier hereingefunden hat«, meinte Winter schließlich und riss sich von dem Anblick los. »Ich werde mir mal die Eingangstüre genauer ansehen.«

Gerade als sie das Büro verließen, traf das Team von der Spurensicherung ein. Derweil sich die Spezialisten in den ersten Stock begaben, besah sich Winter die schwere Eingangstüre der Villa. Auf den ersten Blick sah alles ganz normal aus. Das Schloss schien nicht beschädigt und doch … Als Winter genauer hinsah, erkannte er rund um das Schloss herum einige frisch aussehende Kratzer im Metall. Als ob jemand kürzlich das Schloss mit einem anderen Gegenstand als dem zugehörigen Schlüssel traktiert hätte. – Winter glaubte seine Theorie bestätigt. Er würde sich dies natürlich von der Spurensicherung bestätigen lassen, aber es sah tatsächlich so aus, als wäre jemand hier eingebrochen. Seine Gedanken beschleunigten sich.

›Wenn es in Dr. Chinos Labor keinerlei Einbruchsspuren gibt (oder hat dieser sie einfach nicht bemerkt?), hier aber schon, kann das eigentlich nur bedeuten, dass jemand, der Zugang zu Dr. Chinos Labor hat, das Bild dort entwendet und es danach in Bachmanns Villa geschmuggelt hat. Doch wer außer Dr. Chino selbst hat Zugang zu dessen Labor?‹

Er richtete sich auf und blickte nachdenklich auf das Schloss herunter.

›Sowohl Rechtsmediziner und deren Studenten als auch die Kriminalpolizei‹, gab er sich die Antwort gleich selbst. ›Aber mit Sicherheit auch das Putzpersonal und der Hausmeister und vielleicht noch weitere Personen.‹

Das war ein ziemlich großer Kreis potentieller Verdächtiger und er enthielt viele Personen, die an dem Fall selbst beteiligt waren und die er persönlich kannte.

›Doch wem kann ich dann überhaupt noch trauen? Und ist der Mörder überhaupt identisch mit demjenigen, der das Bild aus der Gerichtsmedizin entwendet hat?‹

Winter schwindelte es ob all der Fragen.

»Was haben Sie?« Sein Zustand musste sich wohl deutlich auf seinem Gesicht abgezeichnet haben, denn Weiß sah ihn irritiert an. »Geht es Ihnen nicht gut?«

»Doch, doch, alles in Ordnung«, versicherte er hastig. »Ich muss nur etwas an die frische Luft. Kommen Sie, wir befragen die Nachbarn, ob ihnen in der vergangenen Nacht irgendetwas aufgefallen ist.«

Sie nickte und verließ die Villa. Argwöhnisch sah Winter ihr einen Moment lang nach, ehe er ihr folgte. ›Sie war heute Morgen als Erste hier. Laut ihrer Aussage hat der Psychologe sie alarmiert.‹ Er nahm sich vor, ihn demnächst darauf anzusprechen.

Die Befragung blieb wie schon am Vortag, als sie die Friseurmeisterin und die Arbeitskollegen von Mark Gerber befragt hatten, ergebnislos: Da das Grundstück der Bachmanns recht groß war, befanden sich keine Häuser in unmittelbarer Nähe zu der Villa. Niemandem war etwas aufgefallen. Niemand hatte den Schuss gehört oder sonst etwas Verdächtiges bemerkt.

»Lassen Sie uns eine Pause einlegen«, meinte Winter müde, als sie gegen Mittag mit der Befragung der Nachbarn fertig waren. »Treffen wir uns um zwei Uhr beim Polizeipräsidium?«

Weiß schüttelte den Kopf. »Ich komme um zwei zu Ihnen. Ich hoffe, dass wir bis dahin erste Ergebnisse der Spurensicherung vorliegen haben.«

Sie verabschiedeten sich und Winter fuhr zurück zu seiner Wohnung. Als er gut zwanzig Minuten später den Wohnblock betrat, beschlich ihn ein seltsames Gefühl.

Irgendetwas stimmte nicht.

Er hörte mehrere aufgeregte Stimmen von oben und Sydney bellte ununterbrochen. Rasch stieg er die Stufen zum zweiten Stock hoch, wo er seine Wohnung hatte. Die Türe war offen und die Stimmen kamen eindeutig aus seinem Apartment.

Winter fluchte unterdrückt. Langsam schlich er zum Eingang und spähte vorsichtig um die Ecke. Erstaunt hielt er inne: Gleich hinter der Türe standen zwei Polizisten in Uniform. Sydney war am Schreibtisch angebunden und warf sich bellend gegen die Hundeleine, die sie hielt.

»Scheiße!«, fluchte Winter, entspannte sich und trat ein. »Was ist passiert? Wurde eingebrochen? Und warum bin ich immer der Letzte, der so was erfährt?«

Die Polizisten versteiften sich, ihre Hände fuhren zu den Pistolenhalftern, als sie ihn erblickten. Offenbar hatte er sie erschreckt. Sydneys Bellen verstärkte sich und die Stimmen, die aus seinem Schlafzimmer drangen, erstarben. Dann traten Sabine und Brunner daraus hervor und kamen auf ihn zu.

»Richard ...«, begann Sabine.

»Was ist hier los?«, fragte er.

Sabine sah betreten zu Boden und rang nervös mit den Händen.

»Es tut mir leid, aber wir müssen Sie verhaften«, sagte Brunner schließlich und nickte den beiden Polizisten vor ihm zu. Ehe sich Winter versah, waren diese hinter ihn getreten und versperrten den Ausgang.

»Verhaften?« Winter fiel aus allen Wolken. »Seid ihr jetzt völlig durchgeknallt?«

»Wir wissen es«, sagte Sabine leise.

»Ihr wisst was?«

»Wir waren in deinem Schlafzimmer, Richard«, sagte Sabine beinahe sanft, als würde sie einem Kleinkind erklären, dass sie gesehen hat, wie es verbotene Süßigkeiten genascht hatte, und dass jede weitere Lüge sinnlos wäre.

»Und? Ich gebe zu, mein Schlafzimmer ist vielleicht nicht das sauberste, aber ...«

»Wir haben alles gefunden, Richard. Warum hast du das getan? Ging es um Rache?«

»Ihr habt *was* gefunden?«

»Stellen Sie sich nicht dumm, Herr Winter!«, schaltete sich da Brunner wieder ein. »Die Malutensilien, die Farben, die Spieluhren ...«

»Malutensilien? – Ihr denkt, ich wäre der Mörder?« Winter lachte kurz und humorlos auf. »Ich kann euch versichern, ich hatte noch nie ein Talent fürs Malen.«

»Richard! Es hat keinen Sinn es zu leugnen! Wir haben alle Beweise!« Sabine deutete hinter sich aufs Schlafzimmer.

Winter wähnte sich je länger je mehr in einem schlechten Film. Mit drei großen Schritten durchquerte er sein Wohnzimmer, an Sabine vorbei, sah ins Schlafzimmer und erstarrte: Es sah aus, als wäre ein Wirbelwind hindurchgefahren. Das Bett war zerwühlt, Kissen und Decke lagen am Boden. Die Schubladen seines Nachttischchens waren offen und der Inhalt über den Boden verstreut. Der Schrank stand ebenfalls offen und darin ... Winter traute seinen Augen nicht: Im unteren linken Abteil lagen ein Dutzend Spieluhren verschiedenster Größe und Machart. Im Fach darüber standen allerlei Behälter, Flaschen und große Gläser mit verschiedenen, übel aussehenden Flüssigkeiten. Im mittleren Abteil des Schrankes waren unterschiedliche Pinsel, Paletten und Malkästen untergebracht. Seine Kleidung lag im Schrank und am Boden rundherum verstreut und an der Wand lehnten einige große Rahmen und Leinwände.

»Was ...? Das ... das ist nicht möglich ... Ich ... Woher ...?« Winter verstummte und sah sich hilflos um.

Brunner und Sabine traten neben ihn.

»Die Beweislage ist eindeutig, Richard«, sagte Sabine und versuchte angestrengt, nicht in seine Richtung zu blicken, was ihr nur halbwegs gelang. »Und das ist noch nicht alles. Der Grund, warum wir deine Wohnung überhaupt durchsucht haben, ist ... Dr. Chino hat die Ergebnisse der DNA-Tests erhalten, er ... er hat DNA-Spuren von dir auf den ersten beiden Bildern gefunden. Die Ergebnisse der DNA-Tests des dritten Bildes stehen noch aus, aber ...«

»Was?«

Brunner trat an ihm vorbei und deutete auf die Flüssigkeiten in den Behältern. »Wir werden die Sachen untersuchen lassen. Doch ich zweifle nicht daran, dass wir hier die Restflüssigkeiten der drei Mordopfer finden werden ... und Ihre DNA-Spuren mittendrin.« Er machte wieder einen Schritt auf Winter zu und legte seine Hand auf sein Pistolenhalfter. »Legen Sie bitte Ihre Hände auf den Rücken, Herr Winter.«

Winter wich instinktiv zurück und spürte, wie die beiden Polizisten in seinem Rücken sich spannten.

»Ich weiß nicht genau, was hier für ein Spiel gespielt wird, aber ... Sabine, ich bitte dich, das kann nicht dein Ernst sein! Du kennst mich besser als jeder andere hier. Der Mörder muss mir all das hier untergejubelt haben. Ich soll der Sündenbock sein! Ihr glaubt doch nicht tatsächlich, dass ich hinter all diesen Morden stecke?« Plötzlich ging ihm ein Licht auf und er blickte Brunner fest in die Augen. »Das Bild von Frau Bachmann ist heute wieder bei den Bachmanns aufgetaucht. Es gibt Einbruchspuren an der Eingangstüre der Bachmanns, aber keine im Labor von Dr. Chino. Der Mörder muss jemand sein, der Zugang zur Gerichtsmedizin hat. Und es muss jemand sein, der malt. Ist es nicht ein Zufall, dass beides auf ihn hier zutrifft?« Winter deutete auf Brunner. »Unser Hobbymaler mit Zugang zur Gerichtsmedizin, der in der Lage wäre, alle Beweise zu fälschen und ...«

»Herr Winter, das reicht jetzt!« Brunner trat drohend auf ihn zu. »Auch Sie hatten Zugang zur Gerichtsmedizin. Sie versuchen doch nur, Ihre Haut zu retten, doch dafür ist es nun zu spät.« Er nickte den Polizisten hinter Winter noch einmal zu. Winter hörte, wie sie vortraten.

»Ihr seid allesamt Narren!« Winter lachte bitter auf. »Es ist noch nicht vorbei. Das Morden wird nicht aufhören, ihr werdet sehen.«

»Hände auf den Rücken, Herr Winter«, sagte einer der Polizisten. Der andere legte ihm seine Hand auf die Schulter.

»Und was passiert mit Sydney?«

»Sydney?« Brunner runzelte die Stirn, doch Sabine hob beruhigend die Hand.

»Ich werde mich um sie kümmern, keine Angst.«

Als sich kaltes Metall um seine Handgelenke schloss, schüttelte Winter den Kopf und schloss ergeben die Augen. ›Der Mörder hat mich reingelegt!‹

14

Sabine beobachtete Richard, der im angrenzenden Verhörraum saß, durch den Einwegspiegel hindurch. Er sah schrecklich verbraucht aus.

›Zwanzig Jahre älter‹, schoss es ihr durch den Kopf. ›Wie ein Sechzigjähriger.‹

Bleiche Haut, fettige schwarze Haare mit vielen grauen Strähnen, die er noch nicht gehabt hatte, als sie noch zusammen gewesen waren. Unrasiert und überhaupt ungepflegt.

›Und ungesund.‹

Er hatte die Hände in Handschellen auf dem Tisch ausgebreitet und den Blick beinahe trotzig gesenkt. Er hatte nicht mehr viel mit dem Mann gemein, in den sie sich vor über zehn Jahren verliebt hatte. Sie sah ihn noch vor sich, wie sie ihn zum ersten Mal getroffen hatte: hochgewachsen, schlank, aber muskulös, glatt rasiert, kurze schwarze Haare, stets ein schelmisches Lächeln um den Mund. Es war bei einem Betriebsausflug gewesen. Sie waren der gleichen Bowling-Bahn zugeteilt worden.

»Sie sind die neue Kriminalkomissaranwärterin?«, hatte er gefragt und ihr die Hand hingestreckt. »Ich bin Richard.«

Sie nickte und schüttelte seine Hand. »Sabine. Ich habe schon viel von dir gehört.«

»Ach ja? Ich hoffe, doch nur Gutes?«

Sie wiegte den Kopf leicht hin und her und lachte dann. »Ja, es war schon ziemlich beeindruckend. Du scheinst hier eine große Nummer zu sein.«

Er winkte ab und lachte verlegen, nahm eine Bowlingkugel zur Hand, holte aus und warf sie. Zumindest hatte er das vorgehabt, denn die Kugel rutschte ihm aus der Hand, als er hinten Schwung holte, und traf Sabine mit voller Wucht im Bauch. Alle Luft wich aus ihren Lungen. Sie klappte zusammen und ihr wurde kurz schwarz vor Augen.

Als sie wieder zu sich kam, kniete er mit hochrotem Kopf und besorgtem Gesicht über ihr und hielt ihren Kopf in seiner Hand.

»Das tut mir so leid«, sagte er. »Alles in Ordnung?«

Sie keuchte und hustete, richtete sich langsam auf und ließ sich dann von ihm aufhelfen. »Mir wurde gesagt …«, keuchte sie, »niemand schieße besser … als du. Du würdest … stets dein Ziel treffen.«

»Hab' ich ja«, grinste er, wurde aber sofort wieder ernst, als er den entsetzten Ausdruck auf ihrem Gesicht sah. »Nein, tut mir wirklich leid. Dieser Sport lag mir noch nie. Ich lade dich dafür auf einen Drink ein, ok?«

»Nach dieser Aktion hätte ich mindestens ein Abendessen verdient«, sagte sie mürrisch und er nickte gespielt zerknirscht.

»Na gut. Dann halt ein Abendessen. Strafe muss sein, ich versteh' schon.«

Sie hatte seinen trockenen, schwarzen Humor geliebt, genauso wie seine hilfsbereite und elegante Art. Jetzt fragte sie sich, wo all diese guten Eigenschaften geblieben waren.

Kevin Beutler, Mordkommission »Akte Harlekin«, nickte ihr, Heinrich und Brunner zu und betrat dann den

Verhörraum. Sie mochte den Mann nicht, obschon er verdammt gut aussah. Doch er wusste es und verhielt sich dementsprechend. Er war eingebildet und arrogant, großgewachsen, muskulös, hatte dunkle, nach hinten gekämmte Haare, war glattrasiert und stets elegant gekleidet.

Sie hatte Richard selbst vernehmen wollen, doch Heinrich hatte ihr Anliegen abgeschmettert. Weder sie noch Heinrich oder Brunner durften dieses Verhör führen, schließlich war sie Richards ehemalige Lebenspartnerin und Heinrich ein Freund, womit sie beide befangen waren. Zudem hatten Brunner, Heinrich und sie Richard für diesen Fall engagiert – unter Umständen konnten sie für diese Fehlbesetzung selbst belangt werden.

›Richard soll der Mörder sein? Richard soll all diese Unschuldigen ermordet und ihre Körperflüssigkeiten auf Leinwand gebannt haben?‹ Das erschien Sabine so lächerlich, dass sie beinahe laut losgelacht hätte, wäre es nicht so tragisch und realistisch gewesen. Die Beweise waren eindeutig und sie sprachen allesamt gegen ihn. ›Es ist unmöglich, trotz all der Beweise!‹

»Guten Tag«, sagte Beutler, knallte eine Aktenmappe auf den Tisch und setzte sich im Verhörraum Richard gegenüber hin.

»Ist kein guter Tag«, knurrte Richard.

»Nun, das kommt wohl auf die Sichtweise an. Aber lassen wir das. Sie sind hier, weil Sie der Morde an Mark Gerber, Hermann Weber und Kathrin Bachmann verdächtigt werden. Was haben Sie dazu zu sagen?«

»Dass ich es verdammt noch mal nicht war natürlich!«

»Wo waren Sie am 12. Februar zwischen 18 und 19 Uhr?«

»Keine Ahnung. Ist lange her. Vermutlich zuhause.«

»War jemand bei Ihnen, der dies bezeugen kann?«

»Nein«, knurrte Richard, korrigierte sich aber umgehend: »Doch. Sydney.« Die Andeutung eines Grinsens erschien auf Richards Gesicht.

»Sydney? Sie kann das bezeugen?«

Richard nickte.

»Ist sie ihre Freundin?«

»Gewissermaßen, ja.«

»Was heißt das? Wohnt sie bei Ihnen?«

»Ja.«

»Seltsam, davon steht in den Akten nichts.« Beutler öffnete die Mappe und blätterte in einigen Dokumenten herum. »Wie lautet ihr Familienname?«

Sabine seufzte und schüttelte den Kopf: Es würde Beutler nicht nachsichtiger machen, wenn er herausfand, dass Richard ihn auf den Arm nahm.

›Hör mit dem Scheiß auf!‹, dachte sie.

»Sie hat keinen Familiennamen«, antwortete Richard.

»Wie bitte? Wie soll das gehen? Niemand hat *keinen* Familiennamen!«

»Sie ist ein Hund.«

Beutlers Gesicht lief rot an und sein Gesichtsausdruck gefror. Er klappte die Aktenmappe zu und schob sie zur Seite. Dann beugte er sich vor und sah Richard in die Augen.

»Ich dachte, gerade Sie sollten wissen, dass man sich die ermittelnden Polizisten nicht zum Feind machen sollte, Herr Winter.« Er lehnte sich wieder zurück und fuhr sich mit der rechten Hand nervös über die Haare.

›Hat wohl gerade realisiert, dass er sich vor mir, Heinrich und Brunner zum Affen gemacht hat‹, dachte Sabine grinsend. Sie mochte es ihm gönnen.

»Sie haben also kein Alibi für den 12. Wie sieht's mit dem 19. Februar aus zur gleichen Uhrzeit?«
Richard schüttelte den Kopf.
»26. Februar zwischen 18.30 und 19 Uhr?«
»Meine sozialen Kontakte beschränken sich auf das Bier im Kühlschrank und meinen Fernschachpartner in Woronesch.«
Beutler seufzte gespielt. »Sieht nicht gut aus, Herr Winter. Kannten Sie die drei Opfer? Mark Gerber, Hermann Weber und Kathrin Bachmann?«
»Kathrin Bachmann kannte ich flüchtig vom Polizeidienst her. Hab' sie aber seit sechs Jahren nicht mehr gesehen.«
»Haben Sie mit ihr zusammengearbeitet, damals?«
»Nein. Wir haben nie am selben Fall gearbeitet.«
»Haben Sie sich gut mit ihr verstanden oder hatten sie öfters Meinungsverschiedenheiten?«
»Weder noch. Wie ich schon sagte: Ich kannte sie nur flüchtig.«
»Malen Sie gerne?«
Richard schüttelte den Kopf. »Hab' seit der Schule keinen Buntstift mehr angefasst.«
»Konnten Sie gut zeichnen, damals?«
Wieder Kopfschütteln. »Habe in der Grundschule mal einen Elefanten gezeichnet. Die Lehrerin fragte mich, ob ich das wäre.«
»Verfügen Sie über gute medizinische Kenntnisse? Haben Sie vielleicht mal irgendwo ein Praktikum diesbezüglich gemacht?«
Wieder verneinte Richard. »Hören Sie«, sagte er dann und lehnte sich etwas vor, »ich kann eine Leber nicht von einer Milz unterscheiden. Ich war es nicht!«

»Das wird sich zeigen. Wir haben Farbtöpfe mit ... humanen Flüssigkeiten und Ausscheidungen in Ihrer Wohnung gefunden. Woher haben Sie die?«

»Die habe ich nicht in meine Wohnung gelegt. Die muss mir der Mörder untergejubelt haben.«

»Natürlich. Das wäre für den Moment alles.« Beutler erhob sich, verließ ohne ein Wort des Abschieds den Raum und trat wieder zu Sabine, Heinrich und Brunner ins angrenzende Zimmer, von wo aus man den Delinquenten beobachten konnte, ohne selbst von ihm gesehen zu werden.

»Schuldig«, sagte Beutler, als er die Türe hinter sich zugemacht hatte.

Sabine schüttelte den Kopf. »Dafür ist es wohl etwas zu früh, Kevin. Etwas mehr Professionalität, bitte!«

Beutler grinste. »Wollen wir wetten?«

Sabine schnaubte. Heinrich legte ihr den Arm auf die Schulter.

»Noch ist nichts bewiesen, obschon die Indizien gegen ihn sprechen. Aber ... Richard ist nicht mehr derselbe Mann wie früher. Vielleicht hat ihn die ganze Sache vor sechs Jahren um den Verstand gebracht. Ich brauche eine psychologische Einschätzung seines seelischen Zustands. Am besten von Heinz Kaufmann. Zumindest müssen wir nun die Möglichkeit ernsthaft in Betracht ziehen, dass er der Mörder sein könnte.«

Richard drehte im Verhörraum den Kopf und sah sie an. Und obwohl Sabine wusste, dass er nichts sehen konnte außer einem Spiegel, wusste sie doch irgendwie, dass er sie anschaute. Sein Blick war beinahe flehend.

»Aber was, wenn er recht hat?«, versuchte Sabine es noch einmal wider besseren Wissen. »Was, wenn ihm tatsächlich jemand all die Dinge in seine Wohnung geschmuggelt hat?«

»Und wie erklärst du dir seine DNA-Spuren auf all den Bildern?«, warf Brunner ein.

»Wir werden die Wahrheit herausfinden, Sabine, so wie wir es immer tun«, sagte Heinrich, »aber erst will ich, dass Kaufmann die psychologische Abklärung macht.«

15

Die Mutter weinte, der Vater versuchte, stark zu bleiben, doch Winter merkte ihm an, wie sehr er sich zusammennehmen musste, um nicht ebenfalls in Tränen auszubrechen. Die beiden kamen Winter im Salon der riesigen, lichtdurchfluteten Villa irgendwie verloren vor.

›Verloren – fast wie ihre Tochter‹, ging es ihm durch den Kopf.

»Sie werden sie uns doch wieder zurückbringen, nicht wahr?«, fragte der Vater. Er trug eine Brille mit viel zu großen Gläsern. Die Haare hatte er mit einem seitlichen Scheitel nach rechts gekämmt, der Maßanzug saß perfekt.

Winter nickte.

»Keine Sorge, ihre Tochter wird wohlbehalten zu Ihnen zurückkehren. Wir gehen kein Risiko ein, das tun wir nie.«

›Lügner!‹, wisperte eine Stimme in seinem Kopf, doch Winter ignorierte sie.

Die Mutter schniefte noch einmal, stand dann auf und reichte ihm die Hand. Sie trug einen Morgenmantel. Ihre Haare waren ungekämmt und ihre Augen rot vom vielen Weinen.

»Ich danke Ihnen. Gott segne Sie!«

»Keine Angst. Es wird alles gut, Franziska«, sagte der Vater und strich seiner Frau tröstend übers Haar.

»Nein, das wird es nicht«, hörte Winter sich plötzlich sagen.

Der Vater und die Mutter blickten überrascht auf.

Winter wusste nicht, warum er das gesagt hatte, er hatte es nicht sagen wollen. »Aber keine Angst, Ihre Tochter wird einen schnellen Tod sterben«, meinte Winter weiter und erschrak über sich selbst. Was tat er da? Warum sagte er so was? Er wollte es nicht, doch er konnte auch nichts dagegen tun, die Worte sprudelten ohne sein Zutun aus seinem Mund. »Das Pendel hat es vorausgesagt, es wird einen schnellen Tod geben, keine großen Schmerzen, kein großes Leiden, von einem Moment auf den anderen wird sie weg sein.«

Die Mutter brach in Tränen aus und sank zu Boden. Der Vater sah Winter ungläubig an, starr vor Schreck und unfähig, etwas zu unternehmen.

»Ihr seid noch jung«, fuhr Winter fort und hätte sich dafür ohrfeigen können, »ihr könnt jederzeit ein neues Kind zeugen. Das hilft euch über die Trauerphase hinweg.«

Winter begann zu lachen. Sein Lachen wurde lauter und lauter, schwoll an zu einem wahren Orkan, bis seine eigenen Ohren zu platzen drohten. Doch er konnte nicht aufhören, er musste weiterlachen, immer weiter und weiter ...

Ein Geräusch weckte und erlöste ihn. Winter schoss hoch. Einen Moment lang hatte er Mühe, sich zu orientieren. Wo war er? Durch ein vergittertes Fenster fiel etwas Mondlicht in seine karge Zelle. In der einen Ecke gab es ein Waschbecken und eine Toilette, in der anderen einen kleinen Tisch, auf dem ein noch kleinerer Fernseher stand, und davor einen Stuhl.

Plötzlich kam ihm alles wieder in den Sinn und er setzte sich stöhnend auf.

Das Geräusch ertönte wieder. Es klang, als ob sich jemand an dem Schloss seiner Zellentüre zu schaffen machte. Stirnrunzelnd erhob er sich und dann schwang die Türe auch schon auf. Catherine Weiß erschien im Eingang zu seiner Zelle, eine Taschenlampe in der Hand. Das einfallende Mondlicht fiel auf ihr blondes Haar und auf ihr blasses Gesicht und ließ es noch bleicher aussehen, als es ohnehin schon war. Sie richtete den Strahl der Taschenlampe auf sein Gesicht und er hob schützend die Arme vor die Augen.

»Weiß? Was tun Sie hier?«

»Winter? Schnell, folgen Sie mir!«

»Ihnen folgen? Sind Sie nicht ganz dicht?« Winter setzte sich wieder auf seine Pritsche, die sein Gewicht quietschend aufnahm und sich bedenklich weit absenkte. »Damit wäre meine Schuld endgültig bewiesen.«

»Ist das Ihr Ernst?«

»Was? Natürlich ist das mein Ernst.«

»Ich riskiere hier Kopf und Kragen, um Sie zu befreien, und Sie wollen hier drin bleiben?«

»Hören Sie, Frau Weiß, ich weiß es wirklich zu schätzen, dass Sie das für mich tun, aber wenn ich jetzt fliehe, werde ich endgültig zum Täter abgestempelt.«

»Aber das sind Sie doch längst! Haben Sie die drei Opfer denn umgebracht?«

»Nein, natürlich nicht, ich …«

»Na, also. Die Indizien sprechen aber eine andere Sprache, zudem haben Sie keine Alibis. Für keinen einzigen der drei Mordfälle! Wenn Sie denen nicht das Gegenteil beweisen können und den wahren Mörder ans Messer liefern, werden die Sie womöglich für den Rest Ihres Lebens wegsperren. Ist Ihnen das nicht klar?«

»Das können die nicht, ich bin unschuldig.«

Weiß lachte kurz und humorlos auf. »Sie sind noch naiver, als ich dachte. Die haben überall Ihre DNA-Spuren gefunden: Fingerabdrücke, Haare, Speichel, die ganze Palette.«

»Das ist nicht möglich ... Wie ...?«

»Ich weiß auch nicht wie, aber wenn Sie hier drin bleiben, sind Sie erledigt.«

Winter schwieg. Wie kamen seine Fingerabdrücke, seine Haare und sein Speichel auf all die Sachen? Der Täter musste die Beweise gezielt so platziert haben. Aber woher hatte dieser all die Dinge?

»Ich habe nicht mehr viel Zeit«, zischte Weiß ungeduldig. »Kommen Sie oder ich schließe hier wieder ab und verschwinde alleine.«

»Scheiße! Warten Sie, ich komme.«

Winter erhob sich, streifte sich seine Kleidung über und sammelte seine wenigen Habseligkeiten ein, die sie ihm gelassen hatten. Dann folgte er Weiß, die bereits wieder in den Gang verschwunden war. Als er die Zelle verlassen hatte, schloss sie die Türe hinter ihm sorgfältig wieder ab.

»Wir wollen ja nicht, dass sie Ihre Flucht vor morgen früh bemerken«, grinste sie. »Hier sind Ihre Sachen.«

Weiß hielt ihm eine Tasche hin und öffnete sie kurz, sodass er einen Blick hineinwerfen konnte: Mobiltelefon, Brieftasche, Schlüsselbund. Alle persönlichen Besitztümer, die sie ihm weggenommen hatten, als sie ihn hier hineingesteckt hatten.

»Es ist nicht Ihr Handy«, sagte sie, »das wäre zu gefährlich. Man würde Sie innerhalb kürzester Zeit orten. Ich habe Ihnen ein neues Smartphone mit Prepaidkarte gekauft.«

»Warum tun Sie das?«, fragte Winter, während sie durch den Korridor schlichen.

Weiß zuckte mit den Achseln.

»Ich … glaube nicht an Ihre Schuld. Nennen Sie es weibliche Intuition. Und ich kann den Gedanken nicht ertragen, dass der Mörder ohne Strafe davonkommt, während Sie unschuldig da drin vermodern.«

Winter lächelte. Langsam wurde sie ihm sympathisch.

Weiß hatte ganze Arbeit geleistet. Es war ihm schleierhaft, aber schlichtweg auch egal, wie sie es angestellt haben mochte, aber sie gelangten nach draußen, ohne einer einzigen Wache zu begegnen, und alle Überwachungskameras, die sie passierten, schienen ausgeschaltet zu sein, denn das rote Licht, das normalerweise unterhalb der Kameras blinkte, blieb aus.

»Was jetzt?«, fragte Winter, als die kühle Nachtluft über sein Gesicht strich.

»Verschwinden Sie für eine Weile. Tauchen Sie unter. Und ermitteln Sie weiter, Sie sind doch Privatdetektiv, oder?« Weiß grinste schelmisch, dann drehte sie sich um und ging mit weit ausgreifenden Schritten davon.

»Und Sie?«, rief ihr Winter nach.

»Ich bleibe mit Ihnen in Kontakt«, rief sie ihm über die Schulter hinweg zu. »Keine Angst, Sie werden mich nicht so schnell los, ich melde mich!«

Dann hatte die Nacht sie verschluckt. Und Winter blieb alleine zurück.

Lf1-d3 Lc8-f5

16

Winter lief ziellos durch Bremens Straßen. Er wusste nicht, wohin er gehen und was er tun sollte. Er hatte immer gedacht, dass es gar nicht mehr schlimmer kommen konnte, nachdem sie ihn bei der Kripo rausgeworfen hatten und er sein Elend im Alkohol ertränkte.

›Es geht immer schlimmer‹, dachte er nun verbittert.

Nach Hause konnte er nicht mehr, er wurde gesucht und wusste haargenau, was das bedeutete: keine Kreditkarten, keine Mailabrufe oder sonstige Verwendungen persönlicher Logins im Internet, nichts, woraus die Polizei auf seinen Standort schließen konnte. Er musste untertauchen. An einem Ort, wo ihn niemand vermuten würde.

›Vielleicht bei einem Freund?‹

Winter lachte kurz und bitter auf. Er hatte keine Freunde und auch keine Familie mehr. Sabine war seine letzte Freundin gewesen, doch die stand jetzt auf der anderen Seite.

›Aber ich hab' Bekannte. Doch ob ich denen vertrauen kann?‹

Seine Schritte führten ihn automatisch in die Richtung seiner Wohnung. Dabei kreuzte er die Straße *Am Fuchsberg*. Und plötzlich wusste er, wohin er gehen konnte. Er folgte der Straße und blieb schließlich beinahe an deren Ende vor einem Einfamilienhaus stehen. Es besaß einen großen Garten mit einem gedeckten Sitzplatz.

›Wie oft hab' ich früher mit ihm hier gesessen, ein Bier getrunken und über die Schlechtigkeit dieser Welt philosophiert?‹

Winter schüttelte den Kopf und näherte sich der Haustür. Ein Licht ging an und ein Hund begann zu bellen. Winter erschrak und blieb wie erstarrt stehen. Er fühlte sich ertappt, als hätte er in das Haus seines ehemaligen Freundes einbrechen wollen. Bange sah er sich um und beinahe erwartete er, dass überall in der Nachbarschaft Lichter angehen und neugierige Blicke aus den Fenstern geworfen werden.

›Blödsinn!‹

Es war mitten in der Nacht, niemand hatte ihn gesehen und niemand würde wegen des Bellens eines Hundes aufstehen und nachsehen, was da los war. Er kannte die Leute und deren Faulheit. Er hatte jahrelang mit ihnen zu tun gehabt.

Das Bellen hielt an. Es war eindeutig aus dem Haus vor ihm gekommen.

›Wusste gar nicht, dass er sich einen Hund hält.‹

Sein Zeigefinger näherte sich der Türklingel und hielt inne. Es war zwei Uhr morgens. Er war gerade aus dem Gefängnis ausgebrochen und stand im Begriff, einen Polizisten aus dem Bett zu klingeln. Noch dazu einen, der es hasste, im Schlaf gestört zu werden, wie er nur allzu oft betont hatte.

›Es war eine schlechte Idee, hierher zu kommen.‹

Winter wollte sich umdrehen und wieder gehen, als im oberen Stock des Hauses ein Licht anging. Dann hörte er, wie jemand die Treppe herunterpolterte, und dann ging auch im Erdgeschoss das Licht an. Winter zögerte kurz und die Gelegenheit, sich doch noch abzusetzen, war vertan. Die Türe wurde aufgerissen und Heinrich erschien, in Bademantel und Hausschuhen, eine Pistole in der einen, einen großen Deutschen Schäferhund am Halsband in der anderen Hand. Als er Winter erblickte, erstarrte er. Der Hund hingegen versuchte, sich loszumachen – wohl um sich auf Winter zu stürzen. Winter schluckte und hoffte, dass es ihm nicht gelingen würde.

»Du? Was um alles in der Welt machst du hier? Loki! Aus! Platz!«

Der Hund folgte aufs Wort. Er hörte auf zu bellen und legte sich hin. Doch seine Augen folgten jeder von Winters Bewegungen aufmerksam.

»Hallo Heinrich«, sagte Winter unbeholfen. »Entschuldige die Störung, aber ich …«

»Du solltest doch im Gefängnis sein! Meine Fresse, sag' bloß, du bist ausgebrochen?«

»Nein, ich …« Winter seufzte, schließlich nickte er ergeben. »Ja.«

»Verdammt! Du bist vollkommen verrückt!«

»Du glaubst doch nicht wirklich, dass ich all diese Morde begangen habe?«

»Es spielt doch keine Rolle, was ich glaube! Du bist wahnsinnig! Und noch dazu tauchst du hier auf? Bei mir?«

»Ich weiß, das war nicht sehr geschickt, aber … Du hattest mich auf einen Whiskey eingeladen, erinnerst du dich?«

Heinrich starrte ihn fassungslos an. »Alles was recht ist, Richard, aber dein Humor geht mir langsam auf die Nerven!«

»Hör zu, ich … Ich brauche eine Unterkunft, zumindest für diese eine Nacht, ich hatte gehofft …«

»Eine Unterkunft? Bei mir? Du bist nicht nur verrückt, sondern auch noch dreist! Weißt du, was ich dadurch riskieren würde? Wenn das herauskommt, dann …«

»Das muss ja niemand erfahren und morgen früh bin ich weg. Bitte, lass mich nicht darum betteln!«

Heinrich runzelte die Stirn und musterte Winter verärgert.

»Schatz? Was ist da unten los?«, hörte Winter eine Frauenstimme von oben.

»Nichts. Es ist alles in Ordnung. Es gibt … ein Problem auf dem Revier, das ist alles.«

Winter hörte, wie oben eine Türe geschlossen wurde, und atmete auf.

»Also gut.« Heinrich rieb sich die Augen und machte dann eine einladende Geste. »Mein Haus ist auch dein Haus. Bis morgen früh.«

Winter nickte dankbar und trat ein. Heinrich schloss die Türe und bedeutete Winter, ihm zu folgen. Der Hund blieb an Ort und Stelle liegen. Heinrich führte ihn ins Wohnzimmer, wo er schnurstracks zur Bar lief und ihnen zwei Whiskeys einschenkte. Dann setzten sie sich auf die Couch.

»Warum bist du ausgerechnet zu mir gekommen?«

Winter leerte seinen Whiskey in einem Zug und suchte nach den passenden Worten.

»Versteh mich nicht falsch, ich … Ich habe nicht vor, einfach zu fliehen. Ich will den wahren Mörder überführen und meine Unschuld beweisen. Doch das kann ich schlecht, wenn ich im Gefängnis sitze.«

»Warum meinen immer alle Häftlinge, sie könnten ihre Unschuld beweisen, wenn sie erst einmal aus dem Gefängnis raus wären? Dein Ausbruch macht dich noch verdächtiger, als du schon warst!«

Als Winter nicht antwortete, zuckte Heinrich die Schultern und fuhr fort: »Aber wie auch immer, du hast meine Frage nicht beantwortet.«

»Ich brauche Zeit, um meine Unschuld zu beweisen. Du bist Sabines direkter Vorgesetzter. Kannst du sie nicht dazu bringen, mich für eine Weile in Ruhe zu lassen, damit ich den wahren Schuldigen suchen kann?«

Heinrich hatte eben einen Schluck Whiskey nehmen wollen, doch nun hielt er inne und setzte das Glas wieder ab.

»Das kann nicht dein Ernst sein, Richard! Du bist der Hauptverdächtige in einem Serienmordfall und bist zudem gerade aus dem Gefängnis ausgebrochen! Du bittest mich nicht nur, dich bei mir aufzunehmen, nein, du bist dazu auch noch so dreist, mich darum zu ersuchen, die Ermittlungen gegen dich zu sabotieren?«

»Ich weiß, das ist viel verlangt, aber …«

»Selbst wenn ich es wollte, könnte ich es nicht. Richard. Du warst selbst Ermittler bei uns, du weißt genau, dass ich das nicht machen kann. Man würde Fragen stellen, die ich nicht beantworten könnte.«

Winter nickte. Er hatte nicht wirklich damit gerechnet, dass Heinrich ihn unterstützen würde. Dazu war er viel zu egoistisch, rechtsgläubig und karrieregeil. Das war er schon immer gewesen. Einen Moment lang schwiegen sie beide. Jeder hing seinen eigenen Gedanken nach. Schließlich erhob sich Heinrich.

»Du kannst hier auf der Couch schlafen. Wir sehen uns morgen.«

Heinrich wollte das Zimmer verlassen, doch Winter rief ihm hinterher: »Danke, Heinrich! Ich weiß das zu schätzen!«

Heinrich drehte sich noch mal um und lächelte. »Kein Problem. Unserer alten Freundschaft willen.« Dann verließ er das Zimmer.

Winter hörte, wie er die Treppe hochstieg. Dann das Geräusch einer sich öffnenden und schließenden Türe. Dann nichts mehr.

Winter erhob sich und schlurfte müde zur Bar. Heinrich würde sicherlich nichts dagegen haben, wenn er sich noch etwas Whiskey nachschenkte. Er ergriff die Flasche und grinste, als er das Etikett betrachtete: ein Highland Park Single Malt aus dem Jahre 1984. Ein wahrlich edler Tropfen.

Er nahm die Flasche mit, zog Schuhe und Mantel aus und legte sich auf die Couch. Wenigstens ein Lichtblick an diesem ansonsten beschissenen Tag!

17

Winter wartete schon eine ganze Weile am angegebenen Treffpunkt, am Waldweg in der Nähe des Restaurants *Waldbühne* im Bürgerpark Bremen. Die Sonne war erst vor Kurzem aufgegangen und er hatte schon Dutzende Male auf die Uhr gesehen, um sich zu vergewissern, dass die Uhrzeit stimmte. Das Restaurant würde erst in einigen Stunden öffnen, doch der Entführer war schon seit einer halben Stunde überfällig. Winter dachte schon, die Übergabe sei aus irgendeinem Grund geplatzt und der Mann komme nicht mehr.

Dann näherte sich endlich ein schwarzer BMW mit getönten Scheiben. Der Wagen fuhr bis auf etwa zwanzig Meter an Winter heran und hielt dann an. Eine Weile lang passierte nichts. Vermutlich sondierte der Entführer die Lage und versuchte einzuschätzen, ob es sicher war, auszusteigen.

Plötzlich öffnete sich die Türe und ein Mann stieg aus. In der rechten Hand hielt er eine Pistole. Er trug eine Sonnenbrille und eine Baseballmütze. Ein schwarzer Bart bedeckte einen großen Teil seines Gesichts. Winter schätzte, dass es sich dabei um einen falschen Bart handelte.

›Mist!‹, dachte Winter. ›Das wird es mir noch schwieriger machen, den Mann richtig einzuschätzen.‹

Doch glücklicherweise hatte ihm das Pendel dafür ja bereits einen Ratschlag erteilt.

Und das Pendel hatte immer recht.

Der Mann schritt langsam auf Winter zu und auch Winter setzte sich in Bewegung und ging dem Entführer entgegen.

»Wo ist das Mädchen?«, fragte Winter.

»Im Auto«, sagte der Mann.

»Hol' sie raus, ich will sie sehen.«

»Nein, zuerst will ich das Geld sehen.«

›Nein, so läuft das nicht‹, dachte Winter, ›gib nicht nach!‹

Das Pendel hatte immer recht.

»Nein, zuerst will ich sehen, dass sie noch lebt«, sagte er deshalb.

Der Mann sah ihn irritiert an, dann begann er zu lachen.

»Du willst sie sehen? Du willst sie wirklich sehen? Bitte sehr, aber sag nicht, ich hätte dich nicht gewarnt.«

Winter fuhr es eiskalt über den Rücken, als der Mann mit einem irren Kichern den Kofferraum öffnete und hineinzeigte. Winter näherte sich langsam der Rückseite des Wagens, ohne den Mann aus den Augen zu lassen. Als er endlich hineinblicken konnte, drehte sich ihm der Magen um. Er verlor die Beherrschung über seinen Körper und übergab sich. Der Mann lachte.

»Ich hatte dich doch gewarnt. Es ist kein schöner Anblick.« Der Mann streckte ihm ein Taschentuch entgegen. »Bitte sehr.«

Winter griff danach und putzte sich den Mund. Da erst fiel ihm der eklige Geruch auf, der vom Taschentuch ausging. Er besah es sich eingehender und erstarrte. Der Mann hatte ihm kein Taschentuch angeboten, nein, es war ein Stück Haut und es triefte vor Blut.

»Nein!«, schrie Winter und der Mann lachte ...

Einmal mehr weckte ihn das Klingeln eines Telefons. Müde öffnete Winter die Augen und hatte erneut Mühe, sich zu orientieren, denn der Traum wirkte noch nach.
›So ist es nicht gewesen‹, dachte Winter.
Wenn die Träume wenigstens die Wirklichkeit abbilden würden. Doch obschon nichts schlimmer als die Wirklichkeit sein konnte – seine Träume fanden immer einen Weg, ihn noch stärker zu peinigen, als er dies je für möglich gehalten hätte.
Langsam kamen nun die Erinnerungen an den gestrigen Tag zurück und damit auch die Erinnerung daran, wo er war. Es war stockfinster in Heinrichs Wohnzimmer, also musste es noch immer mitten in der Nacht sein. Winter sah auf die Uhr: 3:34.
Stirnrunzelnd nahm er das Smartphone aus der Tasche, das Weiß ihm gegeben hatte. Der Anruf kam von einer unterdrückten Nummer. Erst war Winter versucht, den Anrufer wegzudrücken, doch dann überwand er sich und nahm ab. Wenn ihn jemand um diese Uhrzeit anrief, musste es wirklich sehr dringend sein. Erst dann fiel ihm ein, wie albern seine Gedanken waren: Das Telefon stammte von Catherine Weiß, er war ein Flüchtiger – und er dachte nur ans Schlafen! Das letzte Mal, als er einen Anruf in der Nacht ignoriert hatte, hatte er es bitter bereut.
»Ja?«
»Sie müssen fliehen. Schnell!« Eine Frauenstimme. Sie kam Winter vage bekannt vor.
»Wer ist da?«
»Weiß. Sie haben nicht viel Zeit, fliehen Sie!«

»Weiß? Aber … was …?«

»Ihr Freund hat die Polizei angerufen. Sie werden bald bei Ihnen sein.«

»Was? Heinrich? Nein, das kann nicht sein, das würde er nie …«

»Glauben Sie's oder lassen Sie's. Aber beklagen Sie sich später nicht, ich hätte Sie nicht gewarnt. Und noch einmal werde ich Sie nicht aus dem Gefängnis befreien.«

Winter wollte etwas erwidern, doch Weiß hatte bereits wieder aufgelegt. Einen Moment lang starrte er noch wie gelähmt das Mobiltelefon an, dann schoss er hoch und zog Schuhe und Mantel an.

»Scheiße! Verdammte Scheiße!« Niemandem konnte man heutzutage noch trauen! ›Verdammter Bastard!‹

So leise wie möglich schlich er zur Haustür. Ein Knurren ließ ihn innehalten. Loki lag noch immer in unveränderter Position hinter der Haustüre am Boden. Allerdings hatte er den Kopf angehoben und funkelte Winter aus tückischen Augen an.

»Scheiße, auch das noch!«

Langsam wich Winter wieder zurück, bis er im Wohnzimmer war. Dann trat er an eines der Fenster und öffnete es. ›Dann halt auf diesem Weg.‹

»Richard! Ich dachte, du wolltest bis morgen bleiben?«

Das Wohnzimmerlicht ging an. Winter hielt inne und drehte sich um. Heinrich war ins Wohnzimmer getreten. Er war nun vollständig angezogen.

»Warum hast du das getan?«, fragte Winter enttäuscht.

»Du hast meinen Highland Park ausgetrunken«, antwortete Heinrich mit Blick auf die leere Flasche, die auf dem Salontisch stand. »Der hat mich über zweihundert

Euro gekostet. Ich denke, das ist Grund genug, findest du nicht?« Heinrichs Stimme klang scherzhaft, doch seine Augen straften seine Worte Lügen. Winter ignorierte ihn und setzte dazu an, aus dem Fenster zu klettern.

»Das würde ich lieber bleiben lassen.«

Winter drehte sich noch einmal um. Heinrich hatte seine Dienstwaffe gezogen und auf ihn gerichtet. Winter hob langsam die Hände und machte einen Schritt auf Heinrich zu, doch dieser schüttelte den Kopf.

»Schön stehen bleiben.«

»Ich war's nicht, Heinrich! Ich schwöre es! Bitte gib' mir eine Chance! Lass mich gehen! Um der alten Zeiten willen!«

»Um der alten Zeiten willen?« Heinrich lachte auf. »Weißt du eigentlich, in was für eine Scheiße du mich damals mit deiner Nummer hineingeritten hast?«

»Ach, darum geht's hier? Nach all den Jahren? Ich habe meinen Job verloren bei der *Nummer* und du bist nachtragend, weil du einen Rüffel gekriegt hast?«

»Du hast Mist gebaut und beinahe hätte dies auch mich den Job gekostet! Verdammt noch mal, ich hatte dir verboten, es auf diese Weise anzugehen!«

»Wir waren Freunde!«

»Richtig! Wir waren Freunde!«

»Wie konnte es so weit kommen, Heinrich?«

»Wie es so weit kommen konnte?« Wieder lachte Heinrich auf. »Du hast es vermasselt, Richard! Du hast mich hintergangen, du hast dich über alle Regeln und Befehle hinweggesetzt. Herrgott, du hast ein Menschenleben auf dem Gewissen – und da fragst du mich, wie es so weit kommen konnte?«

Von draußen war Motorenlärm zu hören. Autotüren wurden geöffnet und wieder zugeschlagen. Heinrich sah über die Schulter und für einen kurzen Moment war er abgelenkt. Winter drehte sich um und hechtete aus dem Fenster. Hinter sich hörte er Heinrich aufschreien, dann landete er bereits unsanft auf dem Rasen.

»Richard! Das ist sinnlos, bleib stehen!«, rief ihm Heinrich nach.

Doch Winter dachte nicht daran, aufzugeben. Er stemmte sich hoch und rannte, so schnell er konnte, davon. Ein Schuss ertönte, Loki begann wieder zu bellen. Stimmengewirr hinter ihm, doch Winter beachtete all dies nicht. Er durchquerte den Garten, brach rücksichtslos durch die dahinterliegende Hecke, rannte durch einen weiteren Garten, vorbei an einem Einfamilienhaus, über eine Straße, durch einen weiteren Garten, über eine weitere Straße, durch einen kleinen Wald und fand sich vor einem Weiher wieder.

›Der Oslebshauser Park‹, schoss es ihm durch den Kopf.

Kurzerhand sprang er in das eiskalte Wasser und schwamm durch den Weiher hindurch. Dieser war nicht groß und auch nicht sonderlich tief, doch zu dieser Jahreszeit bitterkalt. Winter biss auf die Zähne. Vielleicht würde ihm dies etwas Zeit verschaffen, wenn sie, wie er befürchtete, mit Hunden – mit Loki – nach ihm suchten.

Als er das andere Ende des Weihers erreichte und zitternd aus dem Wasser stieg, hörte er hinter sich Stimmen und das Bellen eines Hundes. Durch die Bäume hindurch konnte er vereinzelt Taschenlampen aufblitzen sehen. Winter rannte weiter. Doch schon nach kurzer Zeit musste er stehen bleiben. Die Kälte und Nässe, seine Kondition und der übermäßig genossene Whiskey machten ihm zu schaffen.

Zitternd ließ er sich in die Hocke sinken und atmete einige Male tief durch.

›Was soll ich bloß tun? Wohin gehen? Die Stadt verlassen? – Sinnlos. Spätestens morgen werden sie mich zur nationalen Fahndung ausschreiben. Aber bis dahin muss ich eine Unterkunft gefunden haben, wo ich zumindest für ein paar Tage bleiben kann. Keine Hotels! Aber wohin dann?‹

Er hatte keine Antwort auf diese Frage, doch er wusste, dass er nicht lange hier bleiben durfte, wollte er nicht doch noch von Heinrich erwischt werden.

Er richtete sich wieder auf und begann, im Laufschritt den Park zu durchqueren.

›Hätte ich doch bloß diesen verdammten Job nicht angenommen!‹ Alles in ihm hatte sich dagegen gesträubt, doch das verdammte Geld hatte ihn schließlich dazu getrieben und …

Wie ein Blitz durchfuhr es ihn und plötzlich wusste er, wohin er gehen konnte.

18

Bus und Tram hatten ihn in gut anderthalb Stunden in die Nähe seines Ziels gebracht. Da er davon ausging, spätestens am nächsten Tag durch alle Lokalnachrichten zu flimmern, verließ er den Bus vorsichtshalber drei Haltestellen von seinem Ziel entfernt. Es war ja immerhin möglich, dass ihn einer der wenigen Fahrgäste oder der Busfahrer selbst erkennen und verpfeifen würde.

Es war angenehm warm im Bus gewesen, doch als er nun ausstieg, schlug die Kälte wie eine Welle erneut über ihm zusammen und seine immer noch feuchte, am Körper klebende Kleidung tat ein Übriges dazu, ihn zittern zu lassen. Er legte die Strecke bis zu seinem Ziel im Laufschritt zurück, was ihn wieder etwas aufwärmte.

Als das eingezäunte Anwesen vor ihm auftauchte, hielt er kurz inne, um die Umgebung einer eingehenden Musterung zu unterziehen. Doch nach einer Weile atmete er beruhigt durch. Keine Autos, keine Personen weit und breit. Winter ging davon aus, dass das Haus nicht mehr überwacht wurde. Er kletterte erneut über das Gitter, wie schon Tage zuvor, und ging dann auf die große Tür der Villa zu.

Dort angelangt, klingelte er erst einmal. Sicher war sicher. Es konnte ja immerhin sein, dass sich irgendein Verwandter der Bachmanns zwischenzeitlich hier eingenistet hatte.

Doch es blieb alles still.

Die Türe war abgeschlossen, also umrundete er das Haus, schlug ein Fenster auf der Rückseite ein und stieg ein. Nun kam ihm zugute, dass er vor ein paar Tagen hier gewesen und von Herrn Bachmann durchs Haus geführt worden war. Rasch begab er sich ins Schlafzimmer. Die Spurensicherung hatte das blutige Laken vom Bett entfernt und mitgenommen, doch ein großer Fleck auf der Matratze darunter zeugte noch immer von der Bluttat, die hier begangen worden war. Winter öffnete den Schrank und atmete erleichtert auf: Die Kleidung von Herrn Bachmann war noch da. Er zog seine nassen Klamotten aus und stieg kurz unter die Dusche, ehe er trockene Sachen aus dem Schrank der Bachmanns anzog. Dann machte er einen Abstecher zur Schnapsbar. Sein Herz machte einen kleinen Sprung, als er den 21-jährigen *Glenfiddich* sah. Er nahm die Flasche mit und kehrte ins Schlafzimmer zurück, wo er sich müde auf die saubere Seite des Bettes fallen ließ. Er öffnete den Whiskey und nahm einen großen Schluck. Dann seufzte er wohlig und schloss die Augen.

Sd2xe4 Db6xb2

19

Winter schritt langsam auf den Mann zu. Dieser musterte ihn und ließ seinen Blick dann kontrollierend über die Umgebung schweifen.

›Er prüft, ob ich auch wirklich alleine gekommen bin‹, dachte Winter. Er würde achtgeben müssen. Der Mann wirkte auf ihn wie jemand, der genau wusste, was er tat, und vor allem wie jemand, der dies nicht zum ersten Mal machte. Einen kleinen Moment lang fragte er sich, ob er das Risiko bei diesem Mann wirklich eingehen konnte, doch dann wischte er diesen Gedanken wieder beiseite.

Das Pendel hatte immer recht.

Als er ihn beinahe erreicht hatte, zog der Mann eine Pistole aus der Hosentasche hervor.

»Wo ist das Mädchen?«, fragte Winter.

»Im Auto«, sagte der Mann.

»Hol' sie raus, ich will sie sehen.«

»Nein, zuerst will ich das Geld sehen.«

Winter zögerte einen kurzen Moment. Der Mann klang selbstsicher und bestimmt. Dennoch durfte er jetzt keine falsche Schwäche vortäuschen. Er musste Stärke demonstrieren und dem Entführer zeigen, wer hier das Sagen hatte.

Das Pendel hatte immer recht.

»Nein, zuerst will ich sehen, dass sie noch lebt.«

Die Augenbrauen des Mannes hoben sich, sein Gesicht wirkte verärgert. Doch schließlich nickte er.

»Also gut, ich zeige sie dir, aber danach will ich Geld sehen, sonst ...« Der Mann fuhr sich mit der rechten Hand über die Kehle und sah Winter drohend an. Dieser nickte und der Entführer öffnete die hintere Tür des Autos. Dann zerrte er jemanden heraus. Es war ein kleines Mädchen von vielleicht zehn Jahren. »Wie du siehst, lebt sie noch. Also, wo ist das Geld?«

»Es wird alles gut, Kleines«, sagte Winter beruhigend. Das Mädchen blickte Winter in die Augen und begann zu lachen. Ein hämisches und gleichzeitig trauriges Lachen.

»Alles wird gut?«, fragte sie und antwortete wie zu sich selbst: »Nichts wird gut. Mein Gott, sie haben mein Leben in die Hände eines unfähigen Versagers gelegt!« Das Mädchen drehte sich zu ihrem Entführer um und zuckte gleichgültig mit den Schultern. »Bring mich doch gleich um, dann haben wir es hinter uns.«

Winter war sprachlos.

»Du hast recht«, sagte der Mann, hob die Pistole und schoss der Kleinen in den Kopf. Winter stürmte vorwärts und fing das sterbende Mädchen auf. Dann ließ er es sachte zu Boden gleiten.

»Versager«, flüsterte das Mädchen, ehe es die Augen für immer schloss, »Versager.«

Ein Geräusch weckte ihn. Winter gähnte und öffnete halbherzig die Augen. Es war immer noch stockdunkel draußen. Als er auf die Uhr schaute, erkannte er, dass es erst halb fünf war. Er fluchte. Seit er diesen verdammten Job angenommen hatte, wurde ihm einfach kein Schlaf mehr gegönnt! Nicht dass sein Schlaf in den letzten Jahren jemals erholsam gewesen wäre ...

Als er das Geräusch, das ihn geweckt hatte, erneut hörte, fuhr ihm ein kalter Schauer über den Rücken und er setzte sich kerzengerade auf.

Jemand lachte!

Panisch fuhr Winters Hand in Richtung der Nachttischlampe und im dritten Anlauf gelang es ihm auch, endlich Licht zu machen.

Das Schlafzimmer war leer.

Winter setzte sich auf und sah sich instinktiv nach etwas um, was er als Waffe gebrauchen könnte. Schließlich wurde er in einem Gehstock fündig, der neben der Türe an der Wand lehnte. Er ergriff ihn und trat vorsichtig auf den Gang hinaus. Wieder ertönte das Lachen. Und seltsamerweise schien es von überall her zu kommen – gleichzeitig aber auch von nirgendwo.

›Es ist das Lachen einer Frau‹, dachte Winter.

Es war ein böses und gleichzeitig ein trauriges Lachen. Winter erschauerte, aber er wusste genau, wohin er gehen musste. Er machte Licht auf dem Flur, stieg dann langsam die Treppe hinunter und betrat das Arbeitszimmer von Herrn Bachmann.

Und da sah er sie. Sie lag auf dem Schreibtisch und warf sich zuckend hin und her. Es war eine ältere Frau. Sie hatte braune, hochtoupierte Haare, trug strenge Kleidung und Winter wusste, wer sie war.

Wieder ertönte das Lachen, doch obschon sich Winter sicher war, dass es das Lachen von Frau Bachmann war, schien es nicht aus ihrem Mund zu kommen. Es kam aus allen Richtungen gleichzeitig. Aus dem Mund der alten Frau aber kam ein Stöhnen und Seufzen, von Zeit zu Zeit ein Schrei, ein Weinen oder ein Schluchzen.

Und dann plötzlich wandte sie den Kopf und sah ihn an. Und da erst sah er, dass ihr Hals voller Blut war.

»Hilf mir!«, gurgelte sie. »Hilf mir!«

Winter machte langsam ein paar Schritte auf die Gestalt zu, hob den Stock und versuchte, sie damit anzustupsen. Doch wie er erwartet hatte, ging der Stock durch Kathrin Bachmann hindurch.

»Hilf mir! Hilf mir!«

»Wie?«, stammelte Winter unbeholfen. »Wie kann ich Ihnen helfen?«

Der Geist bäumte sich auf und plötzlich erschien auch Blut an seinen Handgelenken. Es tropfte zu Boden, doch sobald es auf den Boden traf, verschwand es. Kathrin Bachmann schrie und bäumte sich noch einmal auf.

»Wer hat Ihnen das angetan? Sprechen Sie mit mir, ich bitte Sie!«

Winter trat noch näher an die Frau heran, doch diese begann, nun rasch zu verblassen. Wenige Augenblicke danach war die Erscheinung verschwunden und zurück blieb nur – das Bild.

Offenbar hatte die Spurensicherung darauf verzichtet, es wieder in die Gerichtsmedizin zu bringen, da Dr. Chino es bereits untersucht hatte – oder es war von alleine wieder zurückgekehrt. Winter gefiel die erste Variante eindeutig besser.

Das Gemälde lehnte locker am Schreibtisch. Winter packte das Porträt und ging damit ins Wohnzimmer. Dort stellte er es neben den Kamin und begann dann langsam, Holz aufzuschichten. Von Zeit zu Zeit warf er einen Blick auf das Bild, wie um sicherzugehen, dass es noch da war und sich nicht etwa verändert hatte oder erneut zum Leben erwachte. Frau Bachmann schien ihn hämisch anzugrinsen, wann immer er ihr einen Blick zuwarf, und so wandte er sich jeweils schnell wieder ab. Nach einigen Minuten brannte das Feuer im Kamin und Winter nahm das Gemälde zur Hand.

»Ich hoffe, das wird Sie erlösen, Frau Bachmann. Es tut mir leid, was passiert ist, aber ich verspreche Ihnen, ich werde Ihren Mörder finden.«

Er wartete noch einen Moment und schalt sich dann in Gedanken selbst einen Narren. ›Worauf warte ich? Dass das Bild mir eine Antwort gibt?‹ Ein letzter Blick auf das Porträt – sie grinste immer noch – und dann – stutzte er. Er wollte das Gemälde ins Feuer werfen, doch irgendetwas in ihm sträubte sich, wehrte sich mit aller Vehemenz dagegen, dieses Meisterwerk zu vernichten. Winter biss die Zähne zusammen, schloss die Augen und warf das Bild ins Feuer.

Dann setzte er sich auf die Couch und beobachtete, wie die Flammen langsam an dem Bild zu lecken begannen. Er spürte ein Verlangen danach, das Bild aus dem Kamin zu nehmen und so im letzten Moment vor dem Feuer zu retten. Doch stattdessen starrte er nur grimmig geradeaus.

Halb hatte er erwartet, dass sich das Porträt nicht verbrennen ließe, doch er hatte sich getäuscht. Die Flammen erfassten es rasch und bald brannte das Bild lichterloh.

Winter lehnte sich zurück und schloss seufzend die Augen. Draußen begann es zu dämmern.

20

Sabine hatte Heinrich selten so wütend gesehen. Das erste und letzte Mal, dass er so ausgerastet war, war vor sechs Jahren gewesen, als er herausgefunden hatte, was Richard getan hatte. Er saß in seinem teuren Bürostuhl hinter dem noch teureren braunen Schreibtisch aus Mahagoni. In seinem Büro herrschte akribische Ordnung: ein Computer, ein Telefon, ein Drucker, zwei Fächer mit Dokumenten und eine offene Aktenmappe auf dem Schreibtisch und Dutzende Ordner, die allesamt säuberlich beschriftet waren, dahinter. An der einen Wand hing ein Bild von einem Surfer, der von einer riesigen Welle beinahe verschluckt wurde, an der anderen Seite die Flagge Deutschlands.

»Wie um alles in der Welt konnte er fliehen?«, tobte er.

Sabine und Brunner sahen sich ratlos an und zuckten beinahe gleichzeitig mit den Schultern.

»Das – wissen wir noch nicht«, sagte Sabine vorsichtig, weil sie befürchtete, ihr Vorgesetzter würde gleich den nächsten Wutanfall kriegen und sie diesmal als Ziel und Opfer desselben auswählen. »Seine Zelle ist jedenfalls nicht aufgebrochen, sondern aufgeschlossen worden. Wir gehen davon aus, dass er einen Helfer hatte. Jemanden, der ihm zur Flucht verholfen hat.«

»Einen Helfer? Willst du damit sagen, wir haben einen Verräter in unseren Reihen?« Heinrich raufte sich die Haare. »Das wird ja immer schlimmer.«

Sabine setzte dazu an, etwas zu sagen, ließ es aber dann doch bleiben. Sie wusste keine Antwort.

»Habt ihr die Überwachungsvideos schon angeschaut?«

Sabine warf Brunner einen auffordernden Blick zu, doch der gab vor, es nicht zu bemerken. Er sah nur geradeaus. ›Feigling!‹

»Ja ... sie ... Zum Zeitpunkt des Ausbruchs sind die Überwachungskameras ausgefallen. Es muss eine technische Störung gewesen sein.«

»Verdammt! Das kann kein Zufall sein. Ich will, dass ihr alle, die zur fraglichen Uhrzeit Dienst hatten, verhört und überprüft.«

Sabine und Brunner nickten.

»Mistkerl! Und wir haben ihn auch noch als externen Ermittler eingestellt. Um seinen eigenen Fall zu lösen! Er muss sich ins Fäustchen gelacht haben, als er uns an der Nase herumgeführt hat!«

»Aber ... irgendwie ergibt das doch alles keinen Sinn«, sagte Sabine. »Ich meine, wenn er wirklich der Mörder ist, warum kommt er dann mitten in der Nacht zu dir und bittet dich um Zeit, damit er seine Unschuld beweisen kann?«

»Ich vermute, dass er schizophren ist«, meldete sich da Brunner zu Wort. »Das Erlebnis vor sechs Jahren muss ihn in den Wahnsinn getrieben haben. Vielleicht weiß er gar nicht, was er alles angestellt hat.«

»Wie auch immer, wir müssen ihn kriegen, und zwar bald. Die Akte Harlekin ist schon zu lange offen! Wo könnte er sich versteckt halten? Was hat er für Freunde, Verwandte? Denkt nach!«

»Keine Ahnung. Ich kenne den Kerl kaum.« Brunner zuckte nur hilflos mit den Schultern und sah Sabine an.

»Ich hatte in den letzten sechs Jahren keinen Kontakt mehr zu ihm«, sagte sie zögernd, »doch ... ich bezweifle, dass er überhaupt noch Freunde hat. Soweit ich weiß, hat er damals jeglichen Kontakt zur Außenwelt abgebrochen. Es sei denn, er hat neue Freunde gefunden, von denen ich nichts weiß.«

»Was ist mit seiner Familie? Er hatte doch einen Stiefvater. Lebt der noch?«

Nun war es an Sabine, mit den Schultern zu zucken. »Keine Ahnung, aber mit ihm ist er damals im größten Streit auseinandergegangen. Er hat ihm die Schuld an allem gegeben. Er wäre wohl die letzte Person, die er um Hilfe bitten würde.«

»Wer weiß. Richard ist wie ein in die Enge getriebenes Tier. Er wird jeden Strohhalm ergreifen, der sich ihm anbietet. Ich will, dass ihr diesen Mann überprüft. Vielleicht versteckt sich Richard ja trotzdem bei ihm.«

Heinrich schickte sie mit einem ärgerlichen Wink hinaus, und sie verließen sein Büro.

»So stinksauer habe ich Herrn Möller noch nie erlebt«, sagte Brunner, als sie einige Meter zwischen sich und den tobenden Kriminalhauptkommissar gelegt hatten.

»Ich denke, er ist in erster Linie auf sich selber wütend, weil er Richard hat entkommen lassen, als er ihn eigentlich schon gestellt hatte.«

»Er hätte ihn auf der Stelle erschießen sollen, als er die Gelegenheit dazu hatte«, sagte Brunner verächtlich.

»Spinnst du?« Sabine war fassungslos. Dann sagte sie zögerlich: »Ich glaube ... Irgendetwas ist faul an der ganzen Sache.«

»Ach was, akzeptiere endlich, dass dieser Mann nicht mehr derselbe ist wie der, den du vor sechs Jahren verloren hast.«

»Das weiß ich ja. Und trotzdem ...«

»Also, wohin geht's? Wo finden wir diesen Stiefvater?«, fragte Brunner, als sie ins Auto stiegen.

»Zur Schevemoorer Heide. Zumindest hat er früher dort gewohnt.«

»Und wie heißt er?«

»Hagedorn. Benjamin Hagedorn.«

21

Der Mann sah nervös aus. Sehr nervös. Das passte.

Das Pendel hatte immer recht.

Er sah sich immer wieder nach allen Seiten um, wie um sich zu vergewissern, dass Winter wirklich alleine gekommen war. Dann zog er eine Pistole aus der Hosentasche.

»Wo ist das Mädchen?«, fragte Winter.

»Im Auto«, sagte der Mann.

»Hol' sie raus, ich will sie sehen.«

»Nein, zuerst will ich das Geld sehen.«

Winter musterte den Mann, versuchte ihn einzuschätzen. Der Entführer schwitzte stark. Unter seinen Achseln zeichneten sich dunkle Flecken auf dem hellen Hemd ab. Auf seiner Stirn glänzten Schweißtropfen, sein Atem ging schnell, seine Augen fuhren nervös hin und her. Winter kam zu einem Entschluss.

Das Pendel hatte immer recht.

»Nein, zuerst will ich sehen, dass sie noch lebt.«

Der Mann sah ihn irritiert an, dann rang er nervös mit den Händen.

»Also gut, ich zeige sie dir, aber danach will ich Geld sehen, sonst …« Er fuhr sich mit der rechten Hand über die Kehle und sah Winter dabei drohend an. Winter nickte und der Mann öffnete die hintere Tür des Autos. Dann zerrte er jemanden heraus. Es war ein kleines Mädchen von höchstens zehn Jahren, das sich ängstlich umblickte.

»Wie du siehst, lebt sie noch. Also, wo ist das Geld?«

»Es wird alles gut, Kleines«, sagte Winter beruhigend.

Die Kleine blickte Winter in die Augen, schluckte schwer und nickte tapfer. Winter lächelte ihr aufmunternd zu, zog seine Pistole und richtete sie direkt auf den Entführer.

Das Pendel hatte immer recht.

»Hey, was soll das?« Der Mann wedelte nervös mit seiner Pistole umher. Ein einsamer Schweißtropfen fiel von seiner Stirn hinunter und landete auf dem Kopf des kleinen Mädchens.

»Ich sage dir, was das soll: Es wird kein Lösegeld geben, keinen einzigen Cent.«

»Was? Du hast kein Geld dabei? Das Mädchen ist tot, Mann!« Die Pistole schwenkte herum und zielte nun genau auf den Kopf des Mädchens.

»Ich sage dir nun, wie das hier ablaufen wird.« Winter schluckte.

Das Pendel hatte immer recht.

»Es gibt vier Möglichkeiten. Möglichkeit eins: Du schießt auf mich, dann werde ich noch genügend Zeit und Energie haben, auf dich zu schießen. Ich war in meinem Ausbildungsjahrgang der beste Schütze, deswegen hat man mich ausgewählt, mich hier mit dir zu treffen. Ergebnis: Wir sterben beide. – Möglichkeit zwei: Du erschießt das Mädchen, dann werde ich dich erschießen und sagen, dass es Notwehr war. Ergebnis: Du und das Mädchen, ihr sterbt beide. – Möglichkeit drei: Du versuchst, dich mit dem Mädchen davonzumachen, dann werde ich dich erschießen. Ergebnis: Nur du stirbst. Diese Variante gefällt mir recht gut. – Vierte Möglichkeit: Du lässt das Mädchen gehen, steigst in deinen Wagen und fährst davon. Ergebnis: Niemand stirbt.«

»Ich will mein verdammtes Geld, du Arschloch!« Die Hand des Entführers begann zu zittern.

»Es wird kein Geld geben, ich habe keins dabei. Also entscheide dich. Vier Möglichkeiten. Bei dreien davon wirst du sterben.« Winters Hand war ganz ruhig. Seine Pistole zielte genau auf die Stirn des Mannes vor ihm.

Ein Schuss krachte. Der Kopf des Mädchens wurde zurückgeworfen. Blut spritzte umher. Winter sah fassungslos mit an, wie das kleine Mädchen blutüberströmt zu Boden fiel. Die Pistole des Entführers schwenkte herum, der Lauf der Waffe zielte auf Winter.

Das Pendel hatte ihn betrogen.

Ein zweiter Schuss löste sich peitschend aus einer Pistole. Zwischen den Augen des Entführers erschien ein roter Punkt, dann sank er zu Boden, wo er neben dem toten Mädchen zu liegen kam.

Das Pendel hatte ihn betrogen.

Winter ließ seine Dienstwaffe fallen und eilte zu dem gestürzten Mädchen hin. Dessen Augen waren gebrochen.

Das Pendel hatte ihn betrogen.

Winter erwachte, als die ersten Sonnenstrahlen des neuen Tages auf sein Gesicht fielen. Er schüttelte den Kopf, um die Geister der Vergangenheit zu verscheuchen; er wusste ganz genau, dass es unmöglich war. Sie begleiteten ihn seit sechs Jahren, Nacht für Nacht.

Er rieb sich gähnend die Augen und setzte sich auf der Couch auf. Sein Blick fiel auf den Kamin, in dem nur noch ein Häufchen Asche von den Ereignissen der letzten Nacht zeugte. Dann suchte Winter die Küche auf und fand dort auch tatsächlich genügend Lebensmittel, um sich ein fürstliches Frühstück zu bereiten. Er machte sich zwei Scheiben Toast, nahm sich dazu Butter, Erdbeermarmelade, Streichwurst, einige Scheiben Käse und eine Flasche Bier und setzte sich damit wieder ins Wohnzimmer.

Während er Butter und Marmelade auf seine erste Toastscheibe strich, fragte er sich, ob er sich nun schuldig fühlen müsste, da er gerade die letzten Vorräte des toten Ehepaars Bachmann vernichtete.

›Nein‹, beantwortete er seine eigene Frage. ›Im Gegenteil, es wäre schade um all die guten Lebensmittel, die ansonsten im Müll landen, sobald die Wohnung geräumt wird.‹ Winter biss genüsslich in den Toast und spülte mit einem Schluck Bier nach.

Motorenlärm riss ihn aus seinen Gedanken. Winter verschluckte sich beinahe. Er fluchte, trat ans Fenster und sah hinaus. Es war der Briefträger, der gerade einen Stapel Briefe in den Briefkasten warf, dann wieder in sein Auto stieg und davonfuhr.

Winter atmete erleichtert auf.

Er wartete noch einen Moment, bis der Motorenlärm verklungen war, dann öffnete er die Türe und ging zum Eingangsgitter. Dort drückte er den Knopf, um das Gitter zu öffnen und begab sich so zum Briefkasten. Da er keinen Schlüssel hatte, klaubte er Briefe, Zeitung und Werbung mit der Hand durch den schmalen Schlitz heraus. Dann kehrte er zurück ins Wohnzimmer, um sich weiter seinem Frühstück zu widmen.

Polizei verhaftet Verdächtigen im Spieluhr-Serienmordfall, lautete eine Titelschlagzeile des *Weser-Kuriers*. Winter blätterte auf die Seite vier, auf welcher der zugehörige Artikel stand.

Die Kriminalpolizei Bremen hat im Fall der Spieluhr-Serienmorde (der Weser-Kurier berichtete) einen Mann aus Bremen verhaftet. Der Verdächtige konnte ohne Gegenwehr in seiner Wohnung in der Bremer Innenstadt festgenommen werden. Die Polizei fand darin neben Leichenresten seiner Opfer eine große Sammlung Spieluhren. Diese gelten als das Zeichen des Mörders, da die Opfer, die ihm zugeschrieben werden, jeweils eine Spieluhr auf der Brust hatten, als sie gefunden wurden. Beim Verdächtigen handelt es sich um einen 42-jährigen ehemaligen Kriminalkommissar, der bereits vor sechs Jahren wegen beruflichen Verfehlungen aus dem Dienst entlassen worden war. Laut Aussagen der Polizei hat der Verhaftete zwar noch nicht gestanden, doch »wir sind zuversichtlich, dass die Morde nun ein Ende haben werden«, so der zuständige Kriminalkommissar Christian Brunner.

Drei Morde in drei Wochen gehen auf das Konto des Serienmörders. Die Opfer waren jeweils am Freitagabend entführt und am Sonntagmorgen tot neben einer Spieluhr aufgefunden worden. Was es damit auf sich hatte, ist noch offen, doch »wir werden alles daran setzen, so schnell wie möglich Klarheit in dieser Angelegenheit zu schaffen«, so Brunner weiter, »damit die Leute wieder in Ruhe schlafen können.«

Darunter befand sich ein zweiter Artikel mit der Überschrift *Ominöse Geisterbilder treiben Angehörige in den Selbstmord*. Ein Foto des Porträts von Mark Gerber war abgebildet und daneben stand geschrieben: *Der Fall des Spieluhr-Serienmörders zieht immer weitere und seltsamere Kreise. Einer anonymen Quelle zufolge haben die nächsten Angehörigen aller drei Opfer wenige Tage nach dem Mord an ihren Liebsten Selbstmord begangen. Allen Selbstmorden seien Berichte über Geistererscheinungen vorangegangen und alle*

Opferfamilien hätten kurz nach den Morden ein Porträt des Verstorbenen zugestellt gekriegt (siehe Abbildung). Der Maler mit dem Pseudonym ›Harlekin‹ habe das Bild unter anderem mit Körperflüssigkeiten der Opfer gemalt, wie die Quelle unter Berufung eines Polizeirapports berichtet. Ob es sich beim ›Harlekin‹ auch um den Spieluhr-Serienmörder handelt, ist noch nicht bestätigt. Die Polizei war für eine Stellungnahme dazu nicht erreichbar.

Zumindest waren sein Name und sein Bild noch nicht in den Zeitungen. Er war sich ziemlich sicher, dass dies morgen anders aussehen würde. Und vermutlich flimmerte beides schon im Fernsehen durch die Nachrichten. Er nahm die Fernbedienung, die auf dem Salontisch lag, und schaltete den Fernseher ein, um seine Vermutung zu überprüfen. Während er auf die Nachrichten wartete, verspeiste er den Rest von seinem Frühstück und sah die Briefe durch, welche die Bachmanns erhalten hatten. Vielleicht würde er ja darin einen nützlichen Hinweis finden. Doch alle drei Briefe enthielten Rechnungen, die ihm nicht weiterhalfen.

»Ganz Bremen wird seit rund vier Wochen durch eine mysteriöse Mordserie in Atem gehalten«, verkündete der Nachrichtensprecher da plötzlich im Fernsehen. »Im Fall der berüchtigten Spieluhr-Serienmordfälle haben sich gestern die Ereignisse überschlagen. Die Polizei nahm einen ersten Verdächtigen fest. Jedoch gelang diesem in der Nacht auf heute unter noch ungeklärten Umständen die Flucht. Bei dem Verdächtigen handelt es sich um den 42-jährigen Ex-Polizisten Richard Winter aus Bremen.«

Winter fluchte. Überdies wurde nun auch noch ein Foto von ihm gezeigt, ganz wie er es vermutet hatte.

»Sachdienliche Hinweise über den Verbleib des gesuchten Mannes nimmt die Polizei entgegen.«

Nun erschien Christian Brunner im Fernsehen.

»In Anbetracht der Umstände, dass die bisherigen Opfer alle an Freitagen entführt wurden, empfehlen wir der Bremer Bevölkerung, heute das Haus nur in Begleitung zu verlassen und größte Vorsicht an den Tag zu legen. Wir tun unser Möglichstes, um die gesuchte Person so bald wie möglich zu fassen.«

Winter schaltete den Fernseher aus. Er hatte genug gesehen und gehört.

›Dieser verdammte Brunner! Ich muss mehr über diesen Kerl herausfinden!‹

Winter ließ die Frühstücksreste an Ort und Stelle liegen und ging zum Büro der Bachmanns, wo es, wie er wusste, einen Computer gab. Doch als er das Arbeitszimmer betrat, fuhr ihm ein eiskalter Schauer über den Rücken.

Frau Bachmann grinste ihn hämisch an.

Dort, angelehnt am Schreibtisch von Herrn Bachmann, stand das Porträt. Unversehrt. Als wäre es nie weg gewesen.

›Scheiße! Das darf doch nicht wahr sein!‹

Sein Herz begann zu rasen.

›Ich muss mit dem Trinken aufhören!‹

Winter näherte sich dem Bild vorsichtig. Beinahe erwartete er, dass es ihn anspringen, lachen oder zum Leben erwachen würde.

Nichts davon geschah.

Er nahm es in die Hände und betrachtete es von allen Seiten, doch da war nichts. Keine Brandspuren, keine Beschädigungen, nichts. Es sah aus wie neu, wie frisch gemalt.

›Mit dem Blut von Frau Bachmann‹, ging es Winter durch den Kopf und er schauderte.

Es klingelte.

Winter erschrak. Beinahe hätte er das Bild fallen lassen.

›Wer kann das sein?‹

Er stellte das Porträt geradezu ehrfürchtig wieder hin und setzte sich an den Schreibtisch, wo einer der Überwachungsmonitore der Außenkamera stand. Der Platz vor dem Zufahrtsgitter war jedoch leer. Winter runzelte die Stirn. Da klingelte es ein zweites Mal. Erst jetzt realisierte Winter, dass das Klingeln wohl nicht von der Anlage vor dem Zufahrtsgitter stammte, sondern von der Türe selbst. Jemand musste über das Gitter geklettert sein. Jemand, der nicht gesehen werden wollte.

Winter schlich zur Türe und wollte gerade durch das Guckloch spähen, als eine vertraute Stimme von außen rief: »Winter, machen Sie schon auf, ich bin's, Weiß!«

›Weiß. – Verdammt! Wie hat sie mich so schnell gefunden?‹ Das Blut schoss ihm in den Kopf, als er realisierte: ›Wenn sie mich gefunden hat, wissen Heinrich, Sabine und Brunner auch über meinen Rückzugsort Bescheid? – Scheiße!‹

Er überlegte kurz, ob er sie ignorieren und so vorgeben wollte, dass niemand im Haus wäre, wischte diesen Gedanken aber gleich wieder zur Seite. Weiß war wahrscheinlich seine einzige Verbündete im Kampf um seine Unschuld. Sie hatte ihn aus dem Gefängnis befreit, sie würde ihre Meinung wohl kaum geändert haben und ihn nun wieder hinter Gitter bringen wollen.

Er öffnete die Türe und setzte ein Lächeln auf. »Hallo, Frau Weiß.«

»Winter«, begrüßte sie ihn, »das war ziemlich dumm von Ihnen letzte Nacht.«

»Wie bitte?«

»Ich befreie Sie und Sie haben nichts Besseres zu tun, als zum Kriminalhauptkommissar zu rennen? Da hätten Sie gleich im Gefängnis bleiben können!«

»Ich dachte, er wäre mein Freund«, sagte Winter zerknirscht.

»Immerhin wissen Sie nun, dass er's nicht ist. Darf ich reinkommen?«

Winter trat zur Seite, sah sich draußen noch einmal prüfend um und schloss dann die Türe.

»Keine Angst. Ich bin alleine gekommen«, sagte Weiß spöttisch.

»Wie haben Sie mich gefunden?«

»Das war nicht sonderlich schwer. Ich habe Ihr neues Smartphone geortet. Aber keine Angst, ich bin die Einzige, die Ihr Handy orten kann, da niemand sonst davon weiß.«

»Wollen Sie etwas trinken?«

»Nett von Ihnen, mir was von Herrn Bachmanns Sachen anzubieten«, gab sie schnippisch zur Antwort.

Winter verdrehte die Augen.

»Ich nehme gerne einen Orangensaft.«

Winter holte den bestellten Saft aus der Küche, dann setzten sie sich auf die Couch im Wohnzimmer.

»Ich brauche Ihre Hilfe«, begann Winter schließlich.

»Das dachte ich mir fast«, schmunzelte Weiß. »Wobei?«

»Ich brauche Brunners Akte. Aus dem Polizeipräsidium.«

Weiß zog die linke Augenbraue hoch. »Ich weiß nicht, ob ich ...«

»Versuchen Sie's einfach, ja? Bitte!«

Weiß sah ihn noch einen Moment lang zögernd an, doch dann nickte sie. »Sie meinen wirklich, Brunner könnte der Mörder sein?«

»Ich weiß es nicht, doch im Moment ist er mein Hauptverdächtiger.«

»Und wer sind die anderen Verdächtigen?«

Winter zögerte einen Moment zu lange. Weiß nickte.

»Ich verstehe«, sagte sie und ein trauriger Schatten huschte über ihr Gesicht.

»Nein, das tun Sie nicht. Wissen Sie … Im Moment sind alle … Ich weiß nicht mehr, was ich noch glauben und wem ich vertrauen soll. Es könnte jeder gewesen sein!«

Weiß nickte, und einen Moment lang schwiegen sie beide.

»Dann erklären Sie mir mal dies: Warum sollte ich Sie befreien, wenn ich der Mörder bin? Warum sollte ich nicht damit zufrieden sein, dass die Polizei einen Schuldigen gefunden hat?« Sie blickte Winter aufmerksam an.

»Heute ist Freitag«, sagte Winter düster und beobachtete genau, wie Weiß auf seine Worte reagierte. »Hätte ich gestern Nacht daran gedacht, wäre ich im Gefängnis geblieben. Hätte der Mörder wieder zugeschlagen, während ich im Gefängnis saß, wäre es schwer gewesen, mir weiterhin die Schuld zuzuschieben, aber so …« Er ließ den Rest unausgesprochen. Wenn der Mörder heute wieder zuschlug, wäre dies ein weiteres Indiz für seine, Winters Schuld.

»Also kann der Mörder weitermorden und Ihnen weiterhin die Schuld dafür geben!«, führte sie seine Gedanken zu Ende. Sie sah ihn geschockt an. »Es tut mir leid, daran habe ich nicht gedacht.«

›Ist sie eine gute Schauspielerin oder einfach nur ehrlich?‹

Sie stand auf. »Ich sollte jetzt besser gehen.«

»Nein, nein, bitte bleiben Sie noch einen Moment. Es tut mir leid, aber Sie müssen verstehen, dass ich in meiner Situation alle Möglichkeiten in Betracht ziehen muss. Gerade Sie als Polizistin sollten dies doch verstehen.«

»Ich habe meinen Job riskiert, um Sie da rauszuholen, weil ich ... an Sie geglaubt habe! Weil ich vermutlich der einzige Mensch auf diesem Planeten bin, der nicht an Ihre Schuld glaubt! Verstehen Sie das? Und Sie verdächtigen ausgerechnet mich?«

»Ich verdächtige alle. Brunner, Sabine, Heinrich, Dr. Chino, Herrgott noch mal, alle, die sich ohne Probleme Zugang zum Institut für Rechts- und Verkehrsmedizin verschaffen können – obschon ich mir mittlerweile auch nicht mehr so sicher bin, dass dieses Indiz relevant ist.«

»Wieso?«

»Was, wenn das Bild tatsächlich von selbst wieder hier aufgetaucht ist?«

»Aber Sie haben bei Ihrer Verhaftung doch gesagt, dass es hier, bei Bachmanns, Einbruchspuren gab und im Labor von Dr. Chino nicht, woraus Sie schlossen, dass der Täter aus dem Umfeld der Kriminalpolizei oder der Gerichtsmedizin stammen müsse?«

»Woher wissen Sie das? Sie waren bei meiner Verhaftung nicht dabei.«

Weiß stockte einen Moment und wieder huschte dieser traurige Ausdruck über ihr Gesicht.

»Sie vertrauen mir immer noch nicht, wie?« Sie lächelte traurig. »Wie auch? Na schön. Ich habe das Protokoll von Ihrer Verhaftung gelesen. Zufrieden? Im Übrigen hat die Spurensicherung Ihre Vermutung bestätigt: Es gibt tatsächlich Einbruchspuren an der Haustüre dieser Villa, jedoch keine im Labor von Dr. Chino.«

»Und die Überwachungskameras des Instituts für Rechts- und Verkehrsmedizin?«

»Die haben uns leider auch nicht weitergeholfen. Es waren darauf keine Personen zu sehen, die dort nicht hingehörten. Und bevor Sie fragen: Nein, niemand hat das Institut mit dem Porträt unter dem Arm verlassen.« Sie wartete einen Moment lang, wohl auf eine Entgegnung Winters, welche dieser ihr schuldig blieb, ehe sie fragte: »Weshalb haben Sie die Theorie wieder ins Spiel gebracht, dass das Bild von selbst hier aufgetaucht sein könnte?«

Winter blickte Sie noch einen weiteren Herzschlag lang reglos an, ehe er fortfuhr: »Ich habe gestern Nacht das Porträt von Frau Bachmann hier im Kamin verbrannt.« Er machte eine Pause, ehe er fortfuhr: »Heute Morgen, als ich ins Arbeitszimmer ging, stand es wieder dort. Unversehrt.«

»Das ist … unmöglich! Ich meine … Sind Sie sicher, dass es das gleiche Bild ist?«

Winter nickte nur.

»Vielleicht gibt es mehrere Bilder?«

Winter schüttelte nur den Kopf.

Wieder war es eine Weile ruhig. Weiß setzte sich wieder.

»Und was wollen Sie nun unternehmen?«

»Ich …« Winter biss sich auf die Unterlippe.

Weiß nickte wieder traurig: »Schon in Ordnung. Sie brauchen es mir nicht zu sagen.« Sie erhob sich. »Ich sehe, was ich tun kann bezüglich der Akte Brunners. Sie hören von mir.«

Weiß verabschiedete sich und Winter blieb alleine zurück.

Er hätte sich ohrfeigen können.

›Sie hat recht. Mit allem, was sie gesagt hat. Sie ist die einzige Person, der ich noch vertrauen kann. Die einzige Person, die mir glaubt, und ausgerechnet sie habe ich abgewiesen. Ich habe ihr misstraut und sie sogar ebenfalls verdächtigt. – Doch was, wenn ich sie tatsächlich zu Recht verdächtigte? Die Tatsache, dass sie dem Mörder mit meiner Flucht in die Hände gespielt und diesem so quasi einen Freischuss für den nächsten Mord gegeben hatte …‹, das nagte schon den ganzen Morgen an ihm. ›Ich darf ihr einfach nicht vertrauen. Zumindest nicht völlig.‹

Winter seufzte. Er hatte gehofft, dass er nie mehr an diesen Punkt kommen würde, wo es nötig sein würde, *ihn* zu treffen. Doch er musste es tun. Er war der Einzige, der ihm nun weiterhelfen konnte.

Winter streifte sich seinen Mantel über, dabei fiel sein Blick auf die Garderobe der Bachmanns. Er zögerte kurz, doch dann gab er sich einen Ruck und ergriff den altmodischen Herrenhut, der oben auf der Ablage lag, setzte ihn auf und zog ihn sich tief in die Stirn. Man konnte ja nicht wissen, wie schnell sich die Nachrichten und damit sein Foto in Bremen verbreiteten.

Dann verließ er das Haus.

22

Freitag. Der Finger strich beinahe liebevoll über den Rand der Leinwand. Am oberen Ende verharrte er kurz, ehe sich die ganze Handfläche behutsam auf die jungfräuliche, unbemalte Seite legte und zärtlich daran herabfuhr, als würde sie einen geliebten Menschen streicheln.

›Es ist soweit.‹

Bald würde die Leinwand die einzigartigen Farben des Todes aufnehmen: Blut, Urin, Galle, Schweiß und Tränen.

›Wen soll es heute treffen? Wem soll die Ehre zuteilwerden, ewig zu leben, die Grenzen von Zeit und Tod hinter sich zu lassen und in die Ewigkeit einzutauchen?‹

Die Hand wanderte weiter, fuhr über Pinsel, Paletten, Töpfe und Gläser, überprüfte, ob alles bereit war, ob alles am richtigen Ort stand. Sie zeichnete die Konturen des Schraubstocks nach, legte prüfend den Schalter der Lampe um, prüfte die Stabilität der Stricke, die Schärfe der Skalpelle und Messer. Zum Schluss ergriff die Hand den Fotoapparat und legte den aufgeladenen Akku sorgfältig hinein.

›Mann oder Frau? Jung oder Alt? Schwarz oder weiß? Oder gar …‹

Ein Lachen ertönte in dem Keller und wurde von den Wänden als unheimliches Echo zurückgeworfen.

›Ja! Das ist es! Ein Kind. Ein Kind soll es sein!‹

Dd1-d3 Sc6-b4

23

Als er das letzte Mal vor so vielen Jahren hier gewesen war, hatte das Anwesen besser ausgesehen. Der Garten war gepflegt gewesen, die Fassade weiß und frisch gestrichen, die Hecke schön geschnitten und der Vorplatz sauber. Nun war von dieser Ordentlichkeit nicht mehr viel übrig: Der Garten sah verwildert aus, überall wucherte Unkraut, der Rasen war wohl schon seit mehreren Jahren nicht mehr gemäht worden, die ehemals weiße Farbe der Fassade blätterte vielerorts ab, die Hecke war hoch und schoss in alle Richtungen und die Pflastersteine des Vorplatzes waren durchwachsen von Gräsern und Moos.

›Wohnt er überhaupt noch hier? Lebt er überhaupt noch?‹

Winter trat näher und besah sich das Schildchen neben der Klingel. Es war so verblichen, dass man keinen Namen mehr darauf erkennen konnte. Er drückte auf den Knopf, doch kein Klingeln ertönte. Winter zuckte die Schultern und klopfte mit der Faust einige Male an die Türe. Als ihm auch nach mehrmaligem Klopfen niemand öffnete, überlegte er, ob er einfach versuchen sollte, sich Zutritt zu dem Haus zu verschaffen. Ein Einbruch würde sein Schuldmaß auch nicht groß erhöhen, wenn ihn die Polizei erwischte. Zudem war er schon bei den Bachmanns eingebrochen. Er drückte vorsichtig die Klinke herunter und war überrascht, als die Türe nachgab und aufschwang. Das Haus war nicht abgeschlossen.

Ein muffiger, übler Geruch schlug ihm entgegen, als er die Türe ganz aufstieß.

»Stehen bleiben! Hände hoch! Keinen Schritt weiter oder ich schieße!«

Winter erschrak bis ins Mark. Es war eine dünne, magere Stimme, die erklungen war, und nun sah er auch, wozu sie gehörte: Am anderen Ende des Flurs stand ein altes Männlein. In den Händen hielt es einen Karabiner, der noch aus dem Zweiten Weltkrieg stammen mochte und beinahe ebenso groß wie das Männlein selbst war. Es hatte einen langen, weißen Bart, der ihm bis zur Brust reichte, und trug auf dem Kopf eine schäbige Militärschirmmütze. Ein grüner Filzmantel hing ihm um den ausgemergelten Körper. Seine Kleidung darunter sah zerlumpt aus. Socken oder Schuhe trug es keine.

»Ben?« Winter versuchte ihn genauer im Halbdunkel zu erkennen. »Bist du es?«

»Wer will das wissen?«, fragte das Männlein.

»Ich bin's, Richard. Richard Winter. Erinnerst du dich nicht?«

»Richard?« Kurzzeitig flackerte Erkennen in den alten Augen auf, doch dann wurde dieses überlagert durch Hass. »Mach, dass du rauskommst, du Lump, sonst pump ich dich so mit Blei voll, dass du nie wieder schwimmen kannst!«

Der Alte wedelte drohend mit dem Karabiner, und Winter bekam es wirklich mit der Angst zu tun.

›Er ist wahnsinnig geworden! Was, wenn der Karabiner wirklich geladen ist und er tatsächlich abdrückt?‹

»Ben! Ich ... Es tut mir leid! Ich weiß, ich habe mich wie ein Arschloch benommen, aber ...« Winter ging auf ihn zu.

»Du bist ein Arschloch! Dein Vater würde sich was schämen! Und jetzt raus mit dir!«

»Lass mich doch bitte ausreden!« Winter näherte sich ihm langsam weiter.

»Wenn du nicht auf der Stelle verschwindest, mach ich Kleinholz aus dir!«, keifte der Alte.

Winter trat blitzartig auf ihn zu und entwand ihm den Karabiner, ehe sich der Alte besinnen konnte. Rasch schob Winter den Riegel zurück, um dem Karabiner die Munition zu entnehmen, doch das Fach und das gesamte Magazin darunter waren leer. Er war nicht geladen.

»Du bist der Teufel!«, schrie der Alte. »Hast mir schon wieder meinen Stolz genommen! Schon wieder!« Er ließ die Schultern hängen und trippelte davon.

Winter stellte den Karabiner neben der Eingangstüre ab, schloss sie und folgte dem Alten. Dieser war ins Wohnzimmer getreten und hatte sich in einen großen, schmuddeligen Sessel fallen lassen, in dem sein kleiner Körper beinahe verschwand.

»Ben, es tut mir leid! Es tut mir leid, was damals geschehen ist!«

»Mir auch, mein Sohn, mir auch.« Die Stimme des Alten klang nun nicht mehr hasserfüllt, sondern nur noch traurig. »Weißt du, es braucht viele Worte, um ein Wort zurückzunehmen.«

»Ich weiß, ich hätte dir damals nicht die Schuld an dem ganzen Schlamassel geben sollen. Das war ungerecht, unfair, dumm und … Ich war einfach aufgebracht, verstehst du? Ich suchte einen Schuldigen, um mir mein eigenes Versagen nicht eingestehen zu müssen. Mein ganzes Leben ist kollabiert und von einem Tag auf den anderen zerstört worden und ... Ich konnte einfach nicht damit umgehen.«

»Und es hat sechs Jahre gedauert, bis du das eingesehen hast? Oder hat es sechs Jahre gebraucht, bis du den Mumm hattest, dich bei mir zu entschuldigen?«

Winter antwortete nicht sofort. Als er es tat, fiel es ihm unheimlich schwer, die Wahrheit zu sagen, doch er spürte, dass er diesem alten Mann nichts vormachen konnte, ja, nichts mehr vormachen wollte.

»Um die Wahrheit zu sagen: weder noch. Eingesehen habe ich es eben erst, als ich dich vor mir gesehen habe. Ich bin hierhergekommen, um dich um Hilfe zu bitten, doch stattdessen möchte ich dich nun um Verzeihung bitten.«

Ben blickte ihn an. Winter konnte nicht sagen, was er im Blick des alten Ben las. Verwunderung? Ärger? Hass? Trauer? Von allem etwas? Es dauerte eine geraume Weile, ehe Ben antwortete.

»Hast du deine Drohung wahr gemacht? Hast du aufgehört?«

Winter nickte.

»Und nun willst du wieder beginnen?«

Winter zögerte. »Ich ... weiß nicht, ich ... bin da in etwas geraten, das ich nicht verstehe. Ich habe gehofft, du könntest mir helfen.«

Der Alte erhob sich, schlurfte in die Küche und kam kurz darauf mit einer Teetasse wieder. Als er Winter fragend ansah, schüttelte dieser nur den Kopf.

»Lieber etwas Stärkeres.«

»Ha! Mit einem Laster aufgehört, nur um ein anderes zu beginnen, was?«

Ben ging zu einer Kommode und entnahm ihr eine Flasche ohne Etikett. Sie enthielt eine durchsichtige Flüssigkeit und er reichte sie Winter hinüber. Winter schraubte die Flasche auf und roch daran. Es roch nach starkem Schnaps.

»Weißt du, Richard, ich habe dich immer gemocht. Nein, das ist das falsche Wort. Ich habe dich geliebt wie einen Sohn. Deine Worte vor sechs Jahren haben mir das Herz gebrochen.«

»Sie haben nicht nur dein Herz gebrochen«, wisperte Winter und Tränen traten ihm in die Augen. Er nahm einen Schluck des starken Getränks und hustete. Es war teuflisch stark.

»Aber ich habe mir immer einzureden versucht, dass du nicht du selber warst, als du im Zorn hier hereingestürmt bist, und dass du eines Tages zurückkommen würdest, um dich zu entschuldigen. Doch du bist nie gekommen.« Der Alte nahm einen schlürfenden Schluck seines Tees und blickte Winter über den Rand seiner Tasse hinweg an. Auch in seinen Augen glitzerten Tränen. »Du bist nie gekommen«, flüsterte er, »bis heute.«

»Ich ... ich habe in den letzten sechs Jahren nicht wirklich gelebt«, sagte Winter. »Ich habe dahinvegetiert und meinen Kummer im Alkohol ertränkt. Ich bin in Selbstmitleid zerflossen und habe immer gedacht, dass es gar nicht schlimmer kommen könnte. Bis gestern.«

»Warst du's?«

Die Frage kam gerade heraus und Ben beobachtete Winter genau.

»Du hast also die Nachrichten gesehen, wie?«, wich Winter der Frage aus.

Ben nickte. »Ich lebe schließlich nicht auf dem Mond, auch wenn es vielleicht diesen Anschein macht, wenn man mich ansieht.

»Ich bin sicher, du hast die Frage schon ausgependelt oder irgendwelche Geister danach befragt. Also, was hast du herausgefunden? War ich's?«

Ben schaute ihn noch einen Moment lang an und schüttelte dann den Kopf. »Das Pendel, die Tarot-Karten und auch die Geister sagen Nein.«

»Und was glaubst du?«

»Ich glaube, was immer mir meine Hilfsmittel sagen.«

Winter nickte und nahm einen weiteren Schluck Schnaps.

»Deine Exfreundin war heute Morgen da«, sagte Ben, nachdem es eine Weile ruhig gewesen war.

»Sabine? Scheiße, was wollte sie?«

»Wissen, ob du dich hier vor ihr versteckst. Hatte einen Haufen Polizisten dabei. Die haben mein ganzes Haus auf den Kopf gestellt.«

»Mist. Wenn die jemand abgestellt haben, der dein Haus beobachtet, dann ...«

Ben winkte ab. »Glaub' ich nicht. Ich habe ihr wohl ziemlich glaubwürdig rübergebracht, dass wir beide uns in diesem Leben nicht wiedersehen werden.«

»Du warst schon immer ein guter Schauspieler«, grinste Winter.

»Dafür musste ich nicht schauspielern«, meinte Ben ernst, »bis vor fünf Minuten war das meine feste Überzeugung.«

Wieder kehrte für einen Moment Stille zwischen den beiden ein.

»Und? Wirst du mir helfen?«, fragte Winter nach einer Weile.

»Das kommt darauf an«, meinte Ben und zum ersten Mal zeigte sich die Andeutung eines Lächelns auf seinem Gesicht.

»Worauf?«

»Ob du es noch kannst.«

Dd3-b5 a7-a6

24

Ben öffnete das Lederetui und hielt es ihm hin. In Samt eingebettet lag es da. Sein Pendel. Der kleine Messingkopf, in den sein Name eingraviert war, und die dazugehörige rote Schnur. Er hatte das Pendel Ben bei seinem letzten Besuch vor die Füße geknallt.

»Hätte nicht gedacht, dass du es aufbewahren würdest.«

»Ich habe gehofft, dass du eines Tages zurückkommst«, sagte Ben und lächelte.

Vorsichtig, beinahe ehrfürchtig entnahm Winter den kleinen Gegenstand dem Etui. Mit der rechten Hand ergriff er das Ende der Schnur und ließ dann das Pendel nach unten fallen. Es dauerte einen Moment, bis er es in seiner ruhenden Ausgangsposition hatte.

»Was willst du von mir wissen?«, fragte Ben.

»Ich möchte wissen, ob du mir hilfst.«

Ben deutete stumm auf das Pendel. Langsam begann es zu schwingen. Vor und zurück. Bens Augen leuchteten. Jedes Pendel hatte seine eigene Art und Weise, wie es antwortete, und beide erinnerten sich noch gut daran, welche Schwingung bei Winter mit welcher Antwort verknüpft war.

»Ja«, stellte Winter fest und Ben nickte.

»Vergibst du mir, Ben?«

Wieder deutete Ben nur stumm auf das Pendel in Winters Hand und wieder bewegte es sich vor und zurück. Erneut traten Tränen in Winters Augen.

»Ich danke dir, Ben«, flüsterte er.

»Der Weise vergisst die Beleidigungen wie ein Undankbarer die Wohltaten. Willkommen zuhause, mein Sohn!«, sagte Ben.

25

Ben nahm einen Schluck seines mittlerweile sicher eiskalten Tees und legte seine Stirn in tiefe Falten.

»Nun, Geisterbilder gibt es, seit die Menschen gelernt haben, wie man einen Pinsel hält«, sagte er, nachdem Winter ihm seine Erlebnisse der letzten Tage geschildert hatte. »Es ist auch nichts Ungewöhnliches, dass dein Geisterbild die Verbrennung unbeschadet überstanden hat. Hast du schon einmal vom *Weinenden Jungen von Bragolin* gehört?«

Winter schüttelte den Kopf.

»Es gibt viele Geschichten, die sich um die Bilder von Giovanni Bragolin ranken. Und in ihnen sehe ich einige Parallelen zu den von dir geschilderten Porträts des Harlekins. Wie beim Harlekin war man sich auch bei Bragolin nie sicher, wer wirklich hinter diesem Pseudonym steckte. Seine Bilder zeigten immer weinende Kinder und man erzählt sich, dass diese Porträts verflucht seien. Wo auch immer sie aufgehängt würden, würden sie Unheil über ihre Besitzer bringen. Es heißt, dass die Häuser, in denen ein ›Weinender Junge‹ aufgehängt wurde, früher oder später abbrannten. Und das Unheimlichste – und nun kommen wir zur Erfahrung, die du letzte Nacht gemacht hast –, auch wenn alles andere dabei verbrannte: die Bilder überstanden die Brände jeweils unversehrt.«

»Und berichten die Geschichten auch, wie man diesen Fluch brechen kann?«

»Über diese Bilder gibt es so viele unterschiedliche Geschichten und Meinungen … Aber in einer Version heißt es, dass Bragolin zwei Gemälde gemalt hätte: einen weinenden Jungen und ein weinendes Mädchen. Wenn die beiden Gemälde nebeneinander aufgehängt wurden, sodass sich die Kinder ansehen konnten, sei nie etwas passiert. Wenn man die Bilder aber voneinander trennte, würden sie Unheil über ihre Besitzer bringen.«

»Ich kann mir nicht vorstellen, dass es etwas bringen würde, wenn man die drei Porträts des Harlekins nebeneinander aufhängen würde«, meinte Winter skeptisch.

»Nein, das glaube ich auch nicht«, sagte Ben, »aber was ich damit sagen will, ist, dass es für jeden Fluch ein Gegenmittel gibt, eine Möglichkeit, ihn zu brechen. Wenn ich deine Ausführungen so anhöre, denke ich nicht, dass die drei Opfer miteinander in Verbindung standen, also wird die Lösung des Problems wohl auch nicht in der Zusammenführung der Bilder liegen, sondern anderswo.«

»Aber wo …? Wo soll ich anfangen zu suchen? Was soll ich mit den Bildern machen?«

»Ich persönlich glaube, dass der Geist der Opfer nicht nur an diese Bilder gekoppelt ist. Das heißt, dass man die Bilder vermutlich erst zerstören kann, wenn man das andere Übel, an welches die Geister gebunden sind, beseitigt hat. Aber das ist natürlich nur eine Theorie.«

»Aber was könnte das sein?«

»Pff… Das könnte alles sein. Der Maler selbst, ein persönlicher Gegenstand, Leichenreste, irgendwas.« Ben machte eine kurze Pause und sah Winter dann wieder über den Rand seiner Tasse hinweg an, während er sich einen weiteren Schluck Tee gönnte. »Wir könnten versuchen …«

»Nein!« Winter schoss hoch. »Ich bin dir für deine Hilfe sehr dankbar, Ben. Auch dafür, dass du mir mein Pendel zurückgegeben hast, doch ich werde es nie wieder zurate ziehen, wenn es um einen Fall geht. Nie wieder, verstehst du?«

Ben nickte.

»Ich bin auch nicht hergekommen, damit du das Pendel oder irgendwelche Geister befragst, sondern nur, um mit dir darüber zu reden. Weil ich weiß, wie viel du über solche Dinge weißt. Und du hast mir bereits sehr viel geholfen, Ben. Wirklich.«

»Ist deine Entscheidung, Junge.« Ben hatte seine Tasse mittlerweile geleert und trippelte in die Küche, um sie aufzufüllen.

»Hast du eigentlich wieder eine Freundin oder vielleicht gar eine Frau?«, fragte er, als er zurückkam.

Winter schüttelte den Kopf. »Die Frauen machen einen weiten Bogen um … um Alkoholiker.« Bens Augenbrauen hoben sich, doch er sagte nichts, und Winter fuhr fort: »Und ich kann es ihnen nicht verdenken. Einzig Weiß scheint da eine Ausnahme zu sein.«

»Weiß?«

»Catherine Weiß. Sie ist Kriminalobermeisterin. Sie wurde mir von Sabine als Partnerin … oder wohl eher als Aufpasserin zugeteilt. Sie hilft mir, den wahren Mörder zu finden.«

»Und, wie ist sie?«

»Ich weiß nicht. Irgendwie seltsam. Einerseits erscheint sie mir sehr arrogant und bestimmend, aber andererseits ist sie die einzige Person, die an mich glaubt und mir zu vertrauen scheint, auch wenn sie mich kaum kennt. Nur …« Winter stockte.

»Nur was?« Ben nahm einen Schluck des Tees und sah ihn väterlich an.

»Ich weiß nicht, ob ich ihr vertrauen kann.«

»Nun, das kann ich dir nicht sagen, Junge, aber ... hast du denn eine andere Wahl?«

Winter schüttelte stumm den Kopf.

»Möchtest du ihr denn vertrauen?«

Winter zuckte mit den Achseln, doch dann überwand er sich und nickte.

»Dann solltest du schleunigst damit beginnen. Es ist besser, es zu versuchen und dabei enttäuscht zu werden, als es sein zu lassen und in Ungewissheit zu leben, oder etwa nicht?«

Winter nickte. Ben hatte ja recht. Wie immer. Und doch ...

26

»Tschüss Markus«, rief Lukas. Während Markus winkend davonging, schulterte Lukas seinen Schulrucksack und bog in die Marktstraße ein, die schon nach kurzer Zeit in den Bremer Marktplatz mündete. Auf dem Platz herrschte ein geschäftiges Treiben: Touristen, welche die großartigen Bauwerke bestaunten und eifrig mit ihren Handys Selfies schossen, Angestellte der Restaurationsbetriebe, die gestresst umherwuselten, und Artisten, die sich ihr tägliches Brot erspielten: Clowns, Akrobaten, Musiker und Zauberer. Besonders im Sommer bot der Marktplatz reichlich Unterhaltung. Ein steter Lärmpegel erfüllte hier die Luft. Doch der siebenjährige Junge liebte diesen Ort. Hier war immer etwas los.

»Hallo Lukas!«, rief ihm die Kioskfrau eingangs des Platzes freundlich zu. »Magst du einen Lutscher?«

Sie wedelte mit einem Lolli hinter ihrem Stand herum. Lukas strahlte, ging hin und nahm den Lolli dankend entgegen.

»Wie war die Schule?«, fragte sie.

Lukas verzog das Gesicht, als hätte er in einen sauren Apfel gebissen und grinste. Die Kioskfrau grinste zurück.

»Bleib nicht zu lange hier. Du weißt, dass deine Mutter sich sonst wieder Sorgen macht!«, rief sie ihm noch hinterher, als er sich winkend abwandte und gemächlich über den Platz ging.

Er setzte sich auf die Stufen, die zu den Pforten des Bremer Doms hinaufführten, und beobachtete eine Weile die

Tauben, die um die Touristen schwärmten, in der Hoffnung, gefüttert zu werden. Dann zog ein Jongleur seine Aufmerksamkeit auf sich. Er hatte sich auf dem Vorplatz des Bremer Rathauses aufgebaut und ließ vier Bälle durch die Luft sausen. Lukas liebte Jongleure, und seit sie einmal in der Schule das Jonglieren mit drei Bällen gelernt hatten, übte er es beinahe täglich zuhause.

Der Jongleur fing die vier Bälle einen um den anderen wieder auf, verneigte sich kurz vor dem Dutzend Touristen, die ihm applaudierten, ehe er einen fünften Ball zur Hand nahm.

Lukas sah sich um und hob drei Steine vom Boden auf. Die würden es tun, befand er. Dann ließ er die Steine zwischen seinen Händen kreisen. Vierundfünfzig war sein Rekord. Dies jedoch mit richtigen Jonglierbällen, die er von seinen Eltern am letzten Geburtstag geschenkt bekommen hatte. Der erste Stein fiel zu Boden, als Lukas bis fünfzehn gezählt hatte.

»Mist!«

Lukas hob ihn auf, blickte kurz zum Jongleur hin, der seine fünf Bälle immer noch durch die Luft kreisen ließ, und hoffte für einen kurzen Moment, der Jongleur möge ihn bemerken und ihm ein Lob aussprechen.

Wieder warf er seine Steine in die Luft, einen nach dem anderen. Der erste flog aus seiner rechten Hand und ehe er ihn mit der linken Hand auffing, warf er den Stein aus jener Hand hinauf. Danach folgte der zweite Stein aus der rechten Hand. Diesmal schaffte er es bis einundzwanzig. Als der erste Stein auf den Boden fiel, hörte er, wie hinter ihm jemand in die Hände klatschte.

»Das war gut. Sehr gut.«

27

Weiß reichte ihm eine Aktenmappe und einen USB-Stick.

»Brunners Akten«, sagte sie, ohne sich mit einer Begrüßung aufzuhalten.

»Danke!«, sagte Winter etwas überrumpelt. »Das ist toll. Kommen Sie doch herein.«

»Zu gütig.« Dennoch trat sie in Bachmanns Villa ein.

»Und? Ist etwas Brauchbares darin?«

Weiß zuckte die Schultern. »Keine Ahnung, ich hatte noch keine Zeit, reinzuschauen. Aber so wie ich das sehe, haben Sie jede Menge Zeit, das nachzuholen, nicht wahr?«

Sie hängte ihren Mantel in der Garderobe auf und ging ihm voraus ins Wohnzimmer.

›Benimmt sich schon so, als wäre sie hier zuhause‹, dachte er erst leicht gekränkt. Dann jedoch grinste er still für sich und mahnte sich in Gedanken. ›Und was wird sie wohl von mir denken? Ich habe mich hier eingenistet und plündere die Vorräte der Bachmanns …‹

Er folgte ihr ins Wohnzimmer, wo sie bereits auf der Couch Platz genommen hatte.

»Und? Was haben Sie gestern gemacht?«, fragte Weiß.

»Kontrollieren Sie mich etwa immer noch?«

»Einer muss es ja tun.« Sie grinste.

»Ich war bei einem Freund, der sich etwas mit Okkultem auskennt.«

»Und?«

Er zögerte einen Moment, beschloss dann aber, ihr die volle Wahrheit zu sagen. Er lächelte, worauf ihn Weiß etwas irritiert ansah.

»Er meinte, das Bild könne vermutlich nicht zerstört werden, weil der Geist des Opfers noch an etwas anderes gebunden sei. Also müssten wir erst dieses andere Übel finden und beseitigen.«

»Und was ist dieses andere Übel?«

»Das habe ich ihn auch gefragt, aber Sie können sich ja denken, dass er darauf keine Antwort wusste. Es könne alles sein, meinte er nur.«

»Wow, das ist uns ja eine große Hilfe. Ist Ihnen der Geist wieder erschienen?«

Winter nickte. »Ja, letzte Nacht. Genau dasselbe wie in der Nacht zuvor. Ich habe das Bild mit einer Axt, die ich in der Garage gefunden habe, in Stücke gehackt. Sie können sich wohl vorstellen, was ich heute Morgen im Büro vorgefunden habe.«

Sie nickte und einen Moment lang schwiegen sie beide.

»Es hat eine weitere Entführung gegeben«, sagte sie schließlich.

»Was? Und das sagen Sie mir erst jetzt? Wann?«

»Gestern. Es ... Es handelt sich um einen siebenjährigen Jungen. Er wurde am Nachmittag auf dem Nachhauseweg von der Schule entführt.«

»Scheiße! Hat man ihn schon gefunden?«

Weiß schüttelte den Kopf. Winter nahm die Akte Brunners zur Hand und blätterte darin herum. Weiß stand auf und setzte sich dann neben ihn, sodass sie ebenfalls Einsicht in die Akte hatte.

»Dieser Mistkerl!«, stieß Winter plötzlich hervor.

»Was ist?«

Winter deutete auf eine Zeile aus dem Lebenslauf Brunners und las vor: »2010–2012: Medizinstudium an der Medizinischen Fakultät Hamburg (Lehrgang abgebrochen).«

»Das muss noch nichts heißen.«

»Nein, muss es nicht, aber es stützt meine Theorie, Frau Weiß!«

»Sagen Sie Catherine zu mir.«

Für einen kurzen Moment war Winter baff. Dann aber nickte er und fuhr fort: »Catherine ... Der Mistkerl malt, hat Medizin studiert und hat Zugang zur Gerichtsmedizin. Er passt haargenau ins Profil des Täters!«

»Und seine Motivation?«

»Keine Ahnung, was diesen Wahnsinnigen dazu treibt. Aber ich werde es schon noch herausfinden.«

»Was haben Sie denn jetzt vor?«

»Ich werde ihn beschatten.«

»Was? Sie?«

»Warum nicht? Ich war Kriminalkommissar und bin nun Privatdetektiv. Leute zu beschatten gehört zu meinem Beruf.«

»Nein, ich meine, weil Sie nun ein bunter Hund sind. Ihr Foto ist in allen Nachrichten gesendet und in allen Zeitungen abgedruckt worden. Sie kommen keine hundert Meter, ohne dass jemand Sie erkennt.«

»Als ich gestern zu Ben gegangen bin, hat mich auch niemand erkannt. Ich habe einfach den Mantelkragen hochgeschlagen und einen von diesen dämlichen Hüten von Herrn Bachmann aufgesetzt.«

»Seien Sie bloß vorsichtig. Es dürfte für Sie nun von Tag zu Tag schwieriger werden, unerkannt durch Bremen zu gehen. Und übrigens sind Sie ein ungehobelter Mensch, hat Ihnen das schon einmal jemand gesagt?« Catherine blickte ihn plötzlich verärgert an.

»Wie bitte? Warum?« Winter hob irritiert die Augenbraue.

»Wenn Ihnen eine Lady das Du anbietet, gehört es sich, dass Sie es ihr gleichtun.«

»Oh!« Winter wurde rot. »Entschuldige, ich ... ich war gerade in meinem Element und ...«

»Und?«

»Richard, nennen Sie ... nenn' mich Richard.« Winter streckte ihr seine Hand hin, doch Catherine war bereits aufgestanden.

»Schön, Richard. Brauchst du sonst noch etwas?«

»Nein, ich glaube ... nun, doch. Eine Waffe wäre nicht schlecht.«

»Ich werde sehen, was ich tun kann. Ich komme dann morgen wieder vorbei.« Catherine verabschiedete sich und ging.

Winter seufzte, ergriff die Aktenmappe und den USB-Stick und begab sich damit in Bachmanns Arbeitszimmer. Eine Menge Arbeit wartete auf ihn.

28

Der Pinsel schwang sachte hinauf, zeichnete beinahe sanft die Konturen des Gesichts nach und senkte sich dann auf der anderen Seite wieder hinab, bis keine Farbe mehr an der Leinwand haften blieb.

›Mach einen Schritt zurück und sieh dir das Gemälde als Ganzes an, ehe du weitermalst.‹ Das war eine der wichtigsten Lehren des Meisters gewesen. ›Schaffe Raum zwischen dir und dem Bild und gewinne so Abstand zu deiner eigenen Kreation.‹

›Ein Schritt zurück. Sieht gut aus, sehr gut sogar. – Nun die Wangen. Etwas Blut fürs Rote.‹

Der Pinsel senkte sich und tauchte in einen Topf ein, der randvoll war mit frischem, zähflüssigem Blut, dann strich er über die Wangen auf dem Bild und färbte diese rot ein.

›Ein Schritt zurück. Gut. – Als Nächstes die grünen Augen. Gallenflüssigkeit.‹

Der Pinsel tauchte in ein anderes Glas, das eine gelblich-grüne Flüssigkeit enthielt, und zeichnete dann das Auge rund um die Pupille nach.

›Ein Schritt zurück. Zu wenig grün. Ich muss etwas grüne Farbe dazugeben.‹

Endlich tauchte der Pinsel in einen normalen Farbtopf grüner Farbe ein. Danach fuhr er ein weiteres Mal um die Pupille des Knabengesichtes auf dem Porträt.

›Ein Schritt zurück. Besser. – Als Letztes nun noch die Haare. Urin vermischt mit Schweiß.‹

Der Pinsel senkte sich in ein übel riechendes Glas mit gelber, gleich danach in eines mit einer durchsichtigen Flüssigkeit und zum Schluss nahm seine Spitze etwas normale gelbe Farbe auf. Dann begann der Pinsel die blonden, kurzen Haare des Jungen zu malen. Mehrmals musste er neu Farbe aufnehmen, bis alle Haare auf das Bild gebannt waren.

›Ein Schritt zurück. Perfekt. Ein weiteres Meisterwerk ist erschaffen.‹

»Gefällt es dir, Junge?«

Keine Antwort.

›Natürlich nicht.‹

»Dies mag ein schwacher Trost sein, Junge, doch dies ist dein Vermächtnis. Durch mich wirst du ewig leben.«

Der Junge auf der Liege gab keine Antwort. Seine gebrochenen Augen waren unverwandt auf sein eigenes Bildnis gerichtet.

Tf1-b1 h7-h6

29

Er kannte die Melodie, die sich sanft und leise ihren Weg durch den Nebel und die Dunkelheit bahnte und schließlich zu seinem Ohr gelangte. Winter blieb stehen und runzelte die Stirn.

›Weißt du, wie viel Sternlein stehen …‹, summte Winter in Gedanken mit und schloss die Augen, um die Melodie zu orten. Sie klang seltsam blechern und kam eindeutig von links, direkt aus der touristischen Böttcherstraße, deren Eingang aus einem hohen Ziegelsteingebäude bestand, das unten offen war und eine Art Tunnel bildete. Winter lief es eiskalt den Rücken hinunter, als sich in ihm ein Verdacht zu bilden begann.

Er sah auf die Uhr. Viertel vor sechs am frühen Morgen zeigte ihm diese an. Er konnte ein Gähnen nun nicht mehr unterdrücken. Vergangenen Abend hatte er Brunners Wohnung einen Besuch abgestattet. Oder besser gesagt, er hatte sich vor dem Haus am Bremer Marktplatz, in dem Brunner wohnte, auf die Lauer gelegt, um ihn zu beschatten. Brunner wohnte in einem denkmalgeschützten Gebäude, das als *Deutsches Haus* in Bremen bekannt war. Es war ein aus dunklen Ziegelsteinen erbautes Giebelhaus mit einem Bistro im Erdgeschoss. Bisher waren die Leichen der Opfer immer am frühen Sonntagmorgen entdeckt worden. Winter hatte gehofft, Brunner vielleicht auf frischer Tat ertappen zu können. Er hatte sich ausgemalt, wie Brunner mit der Leiche des entführten Jungen aus dem Haus schlich, um sie irgendwo zu deponieren. Doch nichts dergleichen war geschehen.

Aber ein weiterer Grund für die nächtliche Überwachung von Brunners Wohnung war auch, dass er nicht noch einmal in Bachmanns Haus übernachten wollte. Er konnte es nicht länger ertragen, es machte ihn wahnsinnig. Kein Wunder, dass die Angehörigen allesamt Selbstmord begangen hatten. So hatte er bis in die frühen Morgenstunden ausgeharrt, nur mit einem kleinen Flachmann aus Bachmanns Bar ausgestattet, der ihn immerhin ein wenig gewärmt hatte – zumindest in der ersten Stunde, ehe er ihn leer getrunken hatte.

Als er endlich beschlossen hatte, seinen Wachposten aufzugeben und zu Bachmanns Villa zurückzukehren, war er durch die Altstadt geschlendert, auf dem Weg zur nächsten Bushaltestelle. Doch nun schien es, als würde er heute Nacht doch noch fündig. Bei dem Gedanken, was er womöglich hier in der Böttcherstraße vorfinden würde, wurde ihm gleichzeitig heiß und kalt.

Vorsichtig schlich Winter zum Durchgang mit dem hell erleuchteten, goldenen Fassadenrelief *Lichtbringer*, das den Erzengel Michael im Kampf mit dem Drachen zeigte und den Eingang zur Böttcherstraße bildete, und spähte hinein. Die Straße dahinter war zu dieser frühen Morgenstunde leer, doch die Melodie war etwas lauter geworden. Langsam schritt er unter dem Relief hindurch und begab sich in den Tunnel aus Ziegelsteinen. Sein Magen zog sich zusammen. Obschon die Schaufenster rechts und links beleuchtet waren, hatte er das Gefühl, sich direkt in den Rachen eines Ungeheuers zu begeben.

Winter beschleunigte seinen Schritt, um so schnell wie möglich wieder auf die Straße hinaustreten zu können. Er eilte an der mehreren Meter starken Wand aus roten, rauen Ziegelsteinen vorbei und atmete erleichtert aus, als der Durchgang endlich hinter ihm lag. Die Touristenstraße zog sich nun kaum zwei Meter breit nur in eine Richtung dahin, gesäumt von Kunstwerken und hohen, historischen Gebäuden, die zumeist hochwertige Geschäfte enthielten.

Er hatte angenommen, das beklemmende Gefühl mit dem Tunnel hinter sich lassen zu können, doch dem war nicht so. Die beengende Straße mit den hohen Wänden rechts und links umschloss ihn wie eine schmale Höhle und raubte ihm schier die Luft zum Atmen. Vorsichtig schritt Winter der Straße entlang auf die Melodie zu. Sein ungutes Gefühl verstärkte sich mit jedem Schritt, der ihn dem Ort der Musik näher brachte.

Nach vielleicht fünfzig Metern wurde es etwas heller, da sich die Straße zu einem kleinen Platz verbreiterte und so mehr Licht einließ. Auf der einen Seite war der Platz vom *Roselius-Haus* und auf der anderen Seite vom *Haus des Glockenspiels* gesäumt. Er kannte all diese Gebäude in- und auswendig, doch seine Aufmerksamkeit richtete sich dieses Mal ganz auf die kleine Gestalt, die mitten auf dem Platz am Boden lag. Winter sah sich nach allen Seiten um, doch nirgendwo war auch nur eine Menschenseele zu sehen. Er ließ alle Vorsicht fahren und rannte in die Mitte des Platzes zu dem liegenden Körper hin.

Er hatte geahnt, was ihn erwarten würde, und doch war er von dem Anblick geschockt. Die schändlich zugerichtete Leiche des Kindes, die bei Nacht und Nebel mitten auf der Straße lag, stand in krassem Gegensatz zur lieblichen Melodie der Spieluhr, die ihm auf der Brust lag.

Weißt du, wie viel Sternlein stehen an dem blauen Himmelszelt?

Winter fröstelte. Die Haut des Jungen spannte sich runzlig über den Knochen und der ganze Körper schien eingefallen und ausgetrocknet zu sein. Wie bei den anderen Opfern wies auch der Junge Schnitte an Kehle und Handgelenken auf. Vermutlich würde Winter auch am Bauch Schnitte und Wunden finden, doch er unterließ es vorsorglich, nachzusehen. Das überließ er Dr. Chino.

Der Junge lächelte und Winter fröstelte erneut. Was für ein Monster konnte einem kleinen, siebenjährigen Jungen so was antun?

Weißt du, wie viel Kindlein frühe stehn aus ihren Betten auf?

Dieses Kind würde nie mehr aufstehen. Winter gab sich eine Mitschuld daran: Er hatte es verpasst, den Mörder früh genug dingfest zu machen, sodass er nicht weiter morden konnte. Und nun hatte es ein unschuldiges, kleines Kind getroffen!

Gott im Himmel hat an allen seine Lust, sein Wohlgefallen, kennt auch dich und hat dich lieb, kennt auch dich und hat dich lieb.

Winter ging neben dem Jungen auf die Knie und besah sich die Spieluhr genauer. Es handelte sich um eine quadratische, hellblaue Box, die aufgeklappt war. Ein kleiner Drache drehte sich zu der Melodie vor einem ovalen Spiegel im Kreis. Rundherum waren kleine Knabenritter zu sehen, die den Drachen mit Schwertern und Lanzen in Schach hielten.

Winter zog sich ein paar Einwegplastikhandschuhe, die er in Bachmanns Haushalt gefunden hatte, über und nahm die Spieluhr dann in die Hand. *Made in Finland* war auf der Unterseite der Uhr geschrieben. Behutsam legte er sie zurück auf die Brust des Jungen.

»He! Sie! Was machen Sie da?«

Winter erschrak bis ins Mark. Er drehte sich um und blickte direkt in den Strahl einer Taschenlampe. Winter konnte hören, wie der andere erschrocken den Atem anhielt, als er sah, was hinter Winter am Boden lag.

»Scheiße!«

Winter schoss auf, drehte sich um und rannte davon. Er überquerte den Platz und tauchte auf der anderen Seite wieder in die Enge der Böttcherstraße ein, während er hinter sich den Fremden rufen hörte.

»Halt! Bleiben Sie stehen! Polizei!«

Winter fluchte. Das hatte ihm gerade noch gefehlt. Er hütete sich, der Aufforderung des Polizisten nachzukommen, sondern steigerte im Gegenteil sein Tempo noch einmal. Er hastete an den beiden Bronzestatuen *Panter, die Nacht tragend* und *Silberlöwe, den Tag tragend* vorbei, die aussahen, als würden sie ihn gleich anspringen und zu stoppen versuchen, und rannte unter der *Crusoe Halle* hindurch auf die große Martinistraße hinaus. Einen kurzen Moment hielt er inne und sah nach rechts und links. Im frühmorgendlichen Verkehr tat sich eben eine Lücke auf und Winter hastete über die Straße.

»Stehenbleiben, oder ich schieße!«, hörte er hinter sich den Polizisten wieder rufen, aber Winter rannte weiter.

Ein Schuss peitschte durch die Nacht, und Winter wurde herumgewirbelt und nach vorne geschleudert. Ein brennender Schmerz zuckte durch seinen linken Oberarm, während er mit dem Kopf voran zu Boden fiel und seinen Sturz mit den Händen auffing. Etwas, was er lieber bleiben gelassen hätte: Ein noch stärkerer Schmerz zuckte durch seinen linken Arm, wanderte bis in seinen Kopf hinauf und schien in seinem Gehirn zu explodieren. Winter schrie auf, knickte ein und schlug hart mit der linken Schulter auf dem Boden auf, was ihn zu einem weiteren Schmerzensschrei veranlasste. Er drehte sich um und sah zurück. Durch einen Tränenschleier sah er, wie der Polizist auf der anderen Seite der Straße stehen geblieben war und wild gestikulierend versuchte, die vorbeifahrenden Autos anzuhalten.

Ächzend stemmte sich Winter wieder auf die Füße hoch und rannte weiter.

Er überquerte die Terrasse eines italienischen Restaurants und hastete die Treppe runter, die zur Uferpromenade der Weser führte. Instinktiv drehte er sich nach rechts und rannte, so schnell er konnte, weiter. Er musste den Polizisten abhängen. Der Schuss hatte ihn zwar nur gestreift, aber dennoch würde ihn die Wunde schwächen und es wäre nur eine Frage der Zeit, bis der Polizist ihn einholen würde. Er brauchte ein Versteck.

Vor ihm tauchte auf der linken Seite im Fluss der Dreimaster *Admiral Nelson* auf. Die originalgetreu nachgebaute Fregatte, wie sie auch Admiral Nelson in der Schlacht von Trafalgar befehligt hatte, diente als Restaurantschiff. Winter war schon einige Male darauf gewesen, ihre Spezialität waren Pfannkuchen.

Er blickte über die Schulter zurück. Noch war vom Polizisten nichts zu sehen. Rasch überquerte er den Steg, der zum Schiff hinunterführte. Die Türe, die in den Bauch des Restaurantschiffes führte, war verschlossen, doch Winter stieg auf eines der großen Fässer, die rechts daneben standen, sprang hoch, klammerte sich mit beiden Händen an der Reling oben fest, was sein verletzter Arm mit einem protestierenden Schmerzimpuls zurückzahlte, und zog sich rasch hoch. Dann ließ er sich hinter der Reling zu Boden fallen und lauschte angestrengt.

Schon nach kurzer Zeit konnte er Schritte und ein Keuchen hören. Die Schritte näherten sich und stoppten dann abrupt. Instinktiv hielt Winter die Luft an. Einen Moment lang war nur der schwere Atem des Polizisten zu hören. Doch schließlich setzten die Schritte wieder ein und entfernten sich.

Winter atmete auf.

Er blieb noch eine gute Viertelstunde hinter der Reling sitzen, ehe er vorsichtig darüber hinwegspähte. Weit und breit war niemand zu sehen. So leise wie möglich kletterte Winter hinunter, überquerte den Steg und trat wieder auf die Uferpromenade hinaus.

Er brauchte ein Taxi, das ihn zurück zu Bachmanns Villa brachte, einen Erste-Hilfe-Kasten, den er hoffentlich dort irgendwo finden würde, und vor allem eine Flasche Whiskey. Glücklicherweise schien der alte Bachmann ebenfalls eine Vorliebe für das starke Getränk gehabt zu haben, denn in seiner Bar befanden sich einige edle Tropfen.

›Nun, mittlerweile sind es nicht mehr ganz so viele‹, dachte Winter.

30

Sabine streifte sich ein Paar Plastikhandschuhe über und nahm die Spieluhr dann in die Hände. Sie drehte sie um und besah sich deren Unterseite.

»*Made in Finland* – das ergibt keinen Sinn«, brummte sie vor sich hin.

»Was?« Brunner trat neben sie und besah sich die Spieluhr ebenfalls. Der Drache hatte mittlerweile aufgehört, sich zu drehen, und die Melodie war verstummt.

»Es gibt kein erkennbares Muster, was die Spieluhren angeht, oder ich bin zu beschränkt, um es zu erkennen«, sagte sie dann und sah ihren Arbeitskollegen frustriert an. »Die erste stammt aus Japan, die zweite aus den USA, die dritte aus Ghana und diese hier aus Finnland. Jede spielt eine andere Melodie, alle sehen sie verschieden aus. Das ergibt doch alles keinen Sinn.«

»Und vielleicht ist es genau das«, sagte Brunner und besah sich kopfschüttelnd die Leiche des Jungen, der immer noch vor ihnen am Boden lag. »Es gibt keinen Sinn. Richard ist einfach wahnsinnig. Es ist nicht so wie in all den schlechten Krimis, dass alle Indizien die Ermittler irgendwohin führen. Die Spieluhren haben keine Verbindung untereinander. Sie sind sein Markenzeichen, das ist alles. Seine Visitenkarte, sein Bekenntnis.«

»Vielleicht hast du recht«, murmelte sie und legte die Spieluhr wieder hin. Dann besah sie sich den Jungen genauer und plötzlich kamen ihr die Tränen. »Wie kann man einen Jungen ermorden? Ein so unschuldiges, kleines, wehrloses Wesen? Was für ein Unmensch muss das sein, der so was tut?«

»Du weißt, was für ein Unmensch das ist«, sagte Brunner leise, »du weißt es.«

Sabines Mobiltelefon klingelte. Sie war froh um die Störung, denn sie hatte keine Lust, Brunners unausgesprochenen Gedanken weiterzuverfolgen.

»Heinrich«, informierte sie Brunner, als sie auf das Display hinabsah.

»Krüger«, meldete sie sich.

»Wir haben einen Hinweis bekommen.« Heinrich hielt sich nie lange mit Begrüßungen auf. »Ein Hinweis auf Richards möglichen Aufenthaltsort.«

»Wo ist er?«

»Ein Nachbar der Bachmanns will ihn gesehen haben. Als dieser heute früh beim Bäcker Brötchen holen war, sei ihm Richard Winter über den Weg gelaufen.«

»Das kann kein Zufall sein.«

»Nein. Der Mistkerl muss sich in Bachmanns Villa verstecken. Da hätten wir auch früher drauf kommen sollen.«

Er sagte zwar *wir*, doch dies in einem Ton, dass Sabine genau wusste, dass er damit eigentlich *ihr* gemeint hatte.

»Wir sind unterwegs«, sagte sie. Sabine machte Brunner ein Zeichen, ihr zu folgen, und rannte los. Heinrich legte auf.

»Was gibt's?«, fragte Brunner, als er zu ihr aufgeschlossen hatte.

»Richard. Er ist in Bachmanns Villa.« Sabine zog im Rennen den Autoschlüssel aus der Hosentasche.

»Dieser Scheißkerl!«, entfuhr es Brunner. »Dass wir nicht früher darauf gekommen sind! Vielleicht hätten wir den Jungen dann noch retten können.«

»Ja, vielleicht«, gab Sabine zähneknirschend zu.

Vor ihnen tauchte der Eingang zur Böttcherstraße auf. Dahinter stand ihr Polizeiauto. Sie betätigte den Knopf auf dem Schlüsselanhänger und die Blinklichter des Autos gingen an. Sie stiegen ein und während Sabine mit quietschenden Reifen losfuhr, befahl Brunner per Polizeifunk allen verfügbaren Einheiten, zu Bachmanns Villa zu fahren. Dann zog er seine Pistole aus dem Halfter und überprüfte, ob sie geladen und funktionstüchtig war.

»Diesmal kriegen wir dich«, zischte er. Ein grimmiges Lächeln umspielte seine Lippen.

31

Es war der Junge aus der Böttcherstraße. Er blutete aus einem tiefen Schnitt im Hals und zwei weiteren Schnitten an den Handgelenken, doch das schien ihn nicht weiter zu stören. Er zerrte das Mädchen aus dem Auto und hielt ihm die Pistole an die Schläfe. Dabei lachte er hämisch. Winter wollte eingreifen, doch ehe er sich bewegen konnte, befahl der Junge dem Mädchen: »Jongliere!« Statt einer Pistole hielt der Junge plötzlich drei kleine Steine in der Hand, die er dem Mädchen vor die Augen hielt. »Aber wehe dir, ein Stein fällt zu Boden«, sagte er, »dann werde ich die Polizei alarmieren und dich festnehmen lassen!« Der Junge reichte dem Mädchen die Steine, doch sobald er sie ihm in die Hand legte, war er, Richard Winter, plötzlich das Mädchen, das bedroht wurde. Die Steine lagen schwer, viel zu schwer in seiner Hand und mit einem Mal hatte er Angst.

›Ich kann nicht jonglieren‹, dachte er entsetzt. ›Die Polizei wird mich festnehmen!‹

Schweiß brach ihm aus allen Poren aus. Er warf den ersten hoch und dann den zweiten, doch als er den ersten wieder fassen wollte, entglitt er ihm und fiel zu Boden.

»Renn«, flüsterte ihm der tote Junge ins Ohr, »die Polizei wird gleich hier sein.« Winter drehte sich um, doch der Junge war verschwunden.

»Die Polizei wird gleich hier sein«, hörte er den Jungen wieder flüstern, »renn!«

Müde rieb er sich die Augen und sah auf die Uhr. Er hatte kaum eine Stunde geschlafen. Sein ganzer Körper schmerzte. Der linke Arm brannte wie Feuer und etwas drückte hart gegen seinen Rücken. Er wälzte sich im Bett herum und sah, was die Rückenschmerzen verursacht und ihn wohl auch geweckt hatte. Als er sich der Tragweite seiner Entdeckung bewusst wurde, gefror ihm das Blut in den Adern.

Im Bett der Bachmanns, dort wo er eben noch gelegen hatte, befanden sich drei kleine Steine.

»Was zum …?«

Er schreckte hoch und sein Atem setzte für einen Moment aus. Die rationelle Seite Winters versuchte mit aller Vehemenz und Logik zu erklären, was nicht erklärbar war: Dass die drei kleinen Steine wohl bei seinem Sturz auf der Flucht vor dem Polizisten an seinen Sachen oder Schuhen hängengeblieben und so in sein Bett gekommen waren. Immerhin hatte er sich voll angezogen auf das Bett geworfen. Doch eine andere Seite Winters wusste, dass dem nicht so war. Irgendetwas war hier ganz und gar nicht so, wie es sein sollte.

Gedankenverloren nahm er die drei Steine in die Hand. Was hatte der Junge im Traum gesagt? ›Renn, die Polizei wird gleich hier sein.‹

Etwas beunruhigt stand Winter auf, zog die Vorhänge zur Seite und sah hinaus. Draußen war es längst hell geworden. Der Himmel war wolkenverhangen. Der Platz und der Park vor der Villa der Bachmanns waren leer wie immer in den letzten Tagen und doch … Irgendetwas war anders als sonst.

Dann hörte er das Geräusch.

Es kam von unten und er wusste sofort, was es zu bedeuten hatte. Er hatte es schon Dutzende Mal gehört und sogar selbst verursacht: das reißende, brechende Geräusch, mit dem eine Tür mittels Brechstange aufgehebelt wird.

›Sie haben mich!‹

Panik drohte ihn zu übermannen. Winter schloss für einen kurzen Moment die Augen und atmete tief durch.

›Bleib' ruhig! Denk' nach!‹

Er kannte solche Situationen – wenn auch aus anderer Perspektive –, und er wusste genau, wie Sabine arbeitete. Mit Sicherheit hatte sie jeden Zugang zum Haus abgeriegelt.

Nun hörte er leise Schritte aus verschiedenen Richtungen im Erdgeschoss. Rasch trat er ans gegenüberliegende Fenster, öffnete es und sah hinab. Der Park zog sich rund um das Haus herum. Und hier, auf der Rückseite des Hauses, befand sich ein großer Swimmingpool. Der Pool war kaum zwei Meter vom Haus entfernt und doch zögerte Winter. Er würde aus dem Stand springen müssen. Wenn er den Pool verfehlte …

Rasch kletterte er durch das Fenster, trat auf den kleinen Fenstersims und hielt sich mit der linken Hand an der Hauswand fest. Schon wurde hinter ihm die Türe aufgestoßen.

»Richard!«, hörte er Sabine schreien.

Dann eine andere, männliche Stimme. Vermutlich Brunner: »Es ist vorbei! Hände hoch!«

Winter gehorchte und sprang. Er riss seine Arme in die Luft und stieß sich mit aller Macht von der Wand ab. Der Boden raste näher und einen Moment lang war er sicher, dass er den Pool verfehlen würde. Doch dann klatschte er auf die Wasseroberfläche und tauchte unter. Die Luft wurde ihm aus den Lungen gepresst und er sank wie ein Stein auf den Grund des Beckens. Dort stieß er sich vom Boden ab und kam prustend wieder an die Oberfläche. Im Stillen dankte er Herrn Bachmann dafür, dass er offenbar zu der Sorte Mensch gehört hatte, die bereits im März ihre täglichen Runden im Pool schwammen. Wenn der Pool leer gewesen wäre, hätte er im Schlafzimmer in der Falle gesessen.

»Winter! Bleiben Sie stehen oder ich schieße!«
»Nein! Wir kriegen ihn auch so!«, hörte er Sabine rufen.
»Ich springe. Du nimmst die Treppe!«
»Du willst doch nicht im Ernst …? Verdammt!«
Polternde Schritte.

Er ignorierte die beiden, kletterte aus dem Becken und rannte quer durch den Park davon. Hinter sich hörte er etwas ins Wasser klatschen, doch er drehte sich nicht um. Er rannte, wie er nicht mehr gerannt war seit seiner Zeit als Polizist vor sechs Jahren. Und doch wusste er, dass er nicht schnell genug war. Sabine war schneller. Sie war fit und trainiert, wohingegen er die letzten Jahre damit verbracht hatte, sich zu betrinken und sich einen kleinen Bierbauch anzusaufen und zu – fressen. Schon konnte er hinter sich ihre Schritte hören. Sie kamen immer näher.

»Bleib' stehen, du verfluchter Idiot!«, schrie sie, doch er ignorierte auch diese Worte und rannte weiter. Sie würde ihn nicht erschießen.

Als hätte sie seine Gedanken gelesen, brüllte sie: »Ich schieße dir ins Bein, wenn du nicht stehen bleibst!«

Er spürte, dass sie es ernst meinte. Außerdem ging ihm langsam aber sicher die Puste aus. Sie würde ihn sowieso einholen. Also verlangsamte er sein Tempo, blieb schließlich ganz stehen und drehte sich um. Sabine hatte keine fünf Schritte von ihm entfernt ebenfalls angehalten und richtete ihre Waffe nun keuchend auf ihn.

»Dreh dich wieder um«, forderte sie, »und Hände auf den Rücken!«

»Sabine, du glaubst doch nicht im Ernst, dass …«

»Was ich glaube, spielt keine Rolle. Dreh dich um!«

Langsam drehte er sich wieder um. Als er die Hände auf den Rücken legen wollte, merkte er plötzlich, dass er die drei Steine aus dem Bett immer noch in der rechten Hand umklammert hielt. Er hatte an den Steinen festgehalten, sich während des Sprungs und der Landung an sie geklammert, als wären sie rettende Anker. Als er hörte, wie Sabine etwas an ihrem Gurt herumnestelte – vermutlich löste sie die Handschellen –, drehte er sich blitzschnell wieder um und warf die drei Steine mit aller Kraft nach ihrem Gesicht. Sabine schrie überrascht auf und hob instinktiv die Hände vors Gesicht, aber zwei der Steine trafen sie dennoch. Der dritte flog an ihr vorbei und landete irgendwo im Gras hinter ihr.

Winter nutzte diesen kurzen Moment ihrer Unaufmerksamkeit und war mit zwei raschen Schritten bei ihr. Mit der linken Hand umklammerte er ihre Pistole und mit der rechten schlug er ihr einmal hart aufs Handgelenk, sodass sie die Waffe aufstöhnend losließ. Dann stieß er Sabine mit beiden Händen vor die Brust, sodass sie rücklings ins Gras fiel. Die Pistole steckte er ein.

»Tut mir leid, Sabine, aber das musste sein. Ich werd's wieder gut machen, versprochen.« Damit drehte er sich um und wollte wegrennen, doch sie rief ihm nach:

»Warst du's, Richard?«

Er drehte sich noch einmal um und sah auf sie herab. Sie saß wie ein Häuflein Elend am Boden, zwei blutende Schrammen zogen sich über ihr Gesicht und sie hielt sich das schmerzende Handgelenk. Er hörte Schreie von weiter hinten, vom Anwesen der Bachmanns. Brunner und die anderen Polizisten mussten mittlerweile ebenfalls aus dem Haus heraus sein. Sie würden in Kürze da sein. Und er begriff, dass Sabine nur versuchte, Zeit zu schinden.

»Wenn ich es gewesen wäre, wärst du jetzt tot.«

Damit ließ er sie liegen und rannte davon. Er würde ein neues Versteck brauchen, und zwar bald, doch erst einmal musste er neue Kleidung besorgen und von hier verschwinden. Bald würde das ganze Viertel abgeriegelt sein und hier würde es vor Polizisten nur so wimmeln. Es gab nur eine Person, die ihm jetzt noch helfen konnte. Winter zückte sein Mobiltelefon, dankte Gott im Stillen dafür, dass es noch funktionierte, obschon es total durchnässt war, und wählte Catherines Nummer.

32

»Es tut mir leid«, entschuldigte sich Catherine zum wiederholten Mal. »Ich habe die Funkdurchsage der Polizei nicht mitbekommen, sonst hätte ich dich gewarnt, aber es ist alles so schnell gegangen ...«

Winter winkte ab.

Er war einfach nur froh, dass Catherine ihn vor ihren Kollegen gefunden hatte und er sich in ihrem Auto aufwärmen konnte. Es war ein grauer VW-Golf älteren Jahrgangs, der die besten Zeiten schon hinter sich hatte, doch die Heizung funktionierte und das war die Hauptsache. Winter war müde wie schon lange nicht mehr und die Wärme im Auto lullte ihn richtiggehend ein. Er hatte Mühe, die Augen offen zu halten.

»Ich habe dir mitgebracht, worum du mich am Telefon gebeten hast«, fuhr sie fort und deutete auf den Rücksitz, auf dem ein Bündel Kleidung lag.

Winter öffnete mühsam die Augen und brachte ein knappes »Danke« zustande, ehe sie ihm wieder zufielen.

»Das gewünschte Werkzeug findest du in der Jackentasche. Darf ich fragen, wofür du es brauchst?«, fragte sie neugierig weiter.

»Brunners Wohnung. Ich werde bei ihm einbrechen und mir die nötigen Beweise beschaffen.«

»Bist du verrückt geworden? Du willst über den Bremer Marktplatz spazieren und in Brunners Wohnung einbrechen? Du kannst es dir nicht mehr leisten, dich in der Öffentlichkeit zu zeigen. Du musst dich verstecken!«

»Ich muss in erster Linie den Mörder überführen und meine Unschuld beweisen.« Winter seufzte, rieb sich die müden Augen und griff sich die Sachen, die auf dem Rücksitz lagen. Dann löste er den Sicherheitsgurt, worauf der Wagen nervös zu piepen begann, und zog sich umständlich den nassen Pullover über den Kopf.

»Moment. Du …«, begann Catherine nervös, »du willst – dich hier drin umziehen?«

»Ja, was dagegen?«

»Nein, ich … Ich meine – ist das nicht ein bisschen eng?«

»Ich mag es eng«, grinste Winter und zog auch noch das T-Shirt aus, ehe er aus Hose und Unterhose schlüpfte.

Catherine blickte starr geradeaus.

›Das braucht es also, um sie verstummen zu lassen‹, dachte Winter grinsend. ›Das werd' ich mir merken.‹

Dann zog er die trockenen Sachen an. Schwarze Socken und Unterhosen, Jeans, die etwas zu kurz und dafür oben zu weit waren, ein weißes Unterhemd und dazu ein kariertes Hemd. Zum Schluss griff er sich die braune Lederjacke und ließ Sabines Pistole in deren Innentasche verschwinden.

»Woher hast du eigentlich die Sachen?«

Sie zögerte einen Moment zu lange, um ihn von ihrer Antwort zu überzeugen, ehe sie antwortete: »Gehören einem Freund.«

»Deinem Freund?« Catherine zögerte, also fuhr er fort: »Also, was ich meine ist … Ist er dein Freund oder eher so was wie ein Kollege?«

»Er ist – ein Kollege.«

»Okay.«

Sie hatten mittlerweile die Altstadt erreicht und Catherine fuhr so dicht wie möglich an den Bremer Marktplatz heran und parkte dann ihr Auto am Straßenrand.

»Bist du sicher, dass du das tun willst?«

Winter nickte und öffnete die Türe. »Ich muss. Danke fürs Mitnehmen und für die Kleidung.«

Er stieg aus und streifte sich die Lederjacke über. Dann ging er mit gesenktem Blick über die Straße *Am Markt* zum Bremer Marktplatz, überquerte diesen und hielt auf das *Deutsche Haus* zu, wo Brunner wohnte. Er trat ein, stieg in den ersten Stock und klingelte vorsichtshalber, obschon er wusste, dass Brunner nicht zuhause sein konnte.

›Sicher ist sicher‹, dachte er.

Als niemand öffnete, zog er das Werkzeug, das Catherine ihm besorgt hatte, aus der Jackentasche: Es war ein spezielles Taschenmesser, das allerdings Hilfsmittel zum Schlösserknacken enthielt. Winter entnahm dem Messer den Spanner, ein L-förmiges Werkzeug, das zum Spannen und Drehen des Zylinders verwendet wurde. Dann klappte er die verschiedenen Haken aus, womit die Kernstifte im Zylinder abgetastet und auf die richtige Höhe gebracht wurden. Er besah sich kurz das alte Schloss in der Türe und wählte den seiner Meinung nach passenden Haken aus. Dann machte er sich an die Arbeit. Erst steckte er den Spanner ins Schloss, ehe er auch den Haken einführte und damit die Kernstifte bearbeitete. Es dauerte keine Minute und er konnte den Spanner drehen und das Schloss öffnen. Er steckte das Taschenmesser weg, schlüpfte in die Wohnung und zog die Türe hinter sich wieder zu.

Die Wohnung war klein und niedrig. Winter musste in den Türrahmen den Kopf einziehen, wollte er ihn sich nicht stoßen. Brunner schien ein sehr ordentlicher Mensch zu sein, denn die Wohnung war perfekt aufgeräumt. Eingerichtet war sie sehr spartanisch – bis auf die vielen Gemälde an den Wänden, die vermutlich von Brunner selbst stammten. Winter musste zugeben, dass sie gar nicht mal so schlecht waren. Er trat näher heran und besah sich die Unterschrift des Künstlers, konnte sie aber nicht entziffern. Es waren vorwiegend Bilder von Segelschiffen, ähnlich demjenigen, das im Büro von Sabine und Brunner hing. Er durchsuchte das Wohnzimmer, die Küche, das Schlafzimmer und das Büro, doch er fand nichts Hilfreiches, obschon er unzählige Bilder und Malutensilien entdeckte. Doch nirgendwo stieß er auf Leichenreste oder Porträts.

Doch Winter machte sich nichts vor: Wenn Brunner wirklich der Mörder war, würde er seine kriminellen Aktivitäten wohl an einem eigens dafür gemieteten Ort durchführen.

›Ich würd's zumindest so machen, wenn ich der Mörder wäre‹, dachte er.

Winter spähte aus einem der Fenster auf den Platz hinaus. Linkerhand lag das Rathaus, dessen beide Eingänge nicht dem Marktplatz zugewandt waren. Die Figuren des Kaisers und der sieben Kurfürsten zierten die Marktplatzseite. Das alte Gebäude hatte eine Renaissancefassade und ein grünes, kupfergedecktes Walmdach. Gegenüber Brunners Wohnung lag der St.-Petri-Dom mit den beiden mächtigen, nicht ganz hundert Meter hohen, quadratischen Glockentürmen und zur rechten Seite der *Schütting*, der Sitz der Handelskammer. Alle drei Gebäude standen unter Denkmalschutz, das Rathaus war vor einigen Jahren sogar zum UNESCO-Weltkulturerbe erklärt worden. Er hatte gar nicht gewusst, dass es hier, direkt am geschichtsträchtigen Marktplatz, Wohnungen gab, doch wie er den Akten Brunners hatte entnehmen können, gehörte das Bistro unterhalb der Wohnung einem entfernten Verwandten Brunners. So war der zu dieser ansonsten wohl unbezahlbaren Wohnung in Bremens Altstadt gekommen. Direkt unter ihm befanden sich einige gut besetzte Bistro-Tischchen. Der Platz selbst war riesig und, obschon sich viele Touristen darauf aufhielten, die Fotos von allen alten Gebäuden machten, sah er recht leer aus. In der Mitte des Platzes stand ein Clown. Er verkaufte Ballons, die mit Helium gefüllt waren, und verteilte den vorbeigehenden Kindern Ballonfiguren.

Winter wandte den Blick rasch ab. Er hasste Clowns! Seit dem einschneidenden Erlebnis in seiner Kindheit hatte er eine regelrechte Coulrophobie entwickelt.

Er verließ Brunners Wohnung, stieg die Stufen ins Erdgeschoss hinab und trat ins Freie.

Die Sonne schien und gaukelte durch ihre Wärme einen frühen Frühling vor, weshalb die Bistros auch schon die Tischchen draußen aufgestellt hatten. Die Touristen dankten es ihnen durch ihren zahlreichen Besuch.

Winter zog sich den Hut tief in die Stirn, schlug den Mantelkragen hoch und sah noch einmal zum Clown hin.

Dieser führte gerade einen der Helium-Ballons zum Mund, ehe er etwas zu einem Kind sagte, das laut zu lachen anfing.

Winter wandte den Blick ab und setzte sich in Bewegung. Doch er kam nicht weit.

»Darf ich Ihnen einen Ballon formen?«, sagte eine hohe Micky-Maus-Fistelstimme.

Winter drehte sich um und erschrak. Er blickte direkt in das grinsende Gesicht des Clowns. Dieser trug eine altertümliche Clownsmaske aus Plastik: rote Nase, weiß-roter Mund, weiße Augen, rechts und links rote Haare und auf dem Kopf einen kleinen schwarzen Hut. Die Haare auf Winters Armen stellten sich auf und eine Gänsehaut überzog seinen Körper. Er unterdrückte den Impuls, einfach panisch davonzurennen, sondern schüttelte nur stumm den Kopf und ging weiter.

»Einen Hund vielleicht?«, hörte er die heliumveränderte Stimme des Clowns hinter sich. »Oder eine Hündin? Nennen wir sie doch ›Sydney‹. Wäre das nicht ein schöner Hundename?«

Winter versteifte sich und drehte sich langsam um. Der Clown stand ein halbes Dutzend Meter von ihm entfernt und streckte ihm einen zum Hund geformten Ballon entgegen.

»Wer sind Sie?«, fragte Winter mit zitternder Stimme.

Der Clown zuckte enttäuscht die Schultern und ließ den Hundeballon fallen.

»Ich bin der Harlekin, Herr Winter. Der Polizei mögen Sie entkommen sein, doch mir entkommen Sie nicht.«

Er griff mit der einen Hand in eine seiner vielen Rocktaschen und zog daraus eine Pistole hervor, während er mit der anderen Hand das Bündel schwebender Ballons etwas herunterzog, um die Waffe so von den Leuten auf dem Platz abzuschirmen.

»Wenn Sie möchten, male ich ein Porträt von Ihnen, Herr Winter.« Der Clown schüttelte den Kopf und lachte sein Micky-Maus-Lachen. »Aber nein, wie dumm von mir. Wem sollte ich das Porträt dann zukommen lassen? Sie haben ja niemanden. Weder Familie noch Freunde. Nun ja, es gibt da diesen Hund. Ups. 'tschuldige. Ich wollte sagen, es *gab* da diesen Hund.« Er hob die Pistole und richtete sie auf Winter. »Danke, dass Sie die Morde auf sich genommen haben, Herr Winter. Sie waren perfekt! Aber nun ist es genug geschnüffelt. Und da die Polizei offensichtlich nicht fähig ist, Sie zu verhaften … nun ja … Wie sagt man so schön: Wenn du etwas erledigt haben willst, musst du es selbst tun.«

Winter sah, wie sich der Finger des Clowns, der am Abzug lag, krümmte.

»Kann ich so einen Ballon haben?«

Das Mädchen tauchte völlig überraschend neben dem Clown auf und deutete auf einen Pinguinballon. Für einen winzigen Augenblick war der Clown abgelenkt und Winter rannte direkt auf ihn zu. Das Mädchen machte große Augen, als es Winter auf sich zustürmen sah. Und als es die Pistole erblickte, die der Clown auf Winter gerichtet hielt, begann es zu schreien. Dann schien alles gleichzeitig zu passieren. Der Clown wandte seine Aufmerksamkeit wieder Winter zu. Dieser erreichte ihn gerade in dem Moment, als der Clown abdrücken wollte. Er rammte ihm die unverletzte Schulter in den Leib, sodass der Clown nach hinten fiel, die Ballons losließ und der Schuss nach oben ging. Das Mädchen rannte schreiend davon.

Die Ballons stiegen in den Himmel hinauf und für einen kurzen Moment war sich Winter unschlüssig, ob er weiterrennen, seine eigene Waffe ziehen oder sich auf den Clown stürzen sollte. Dieser lag zwar auf dem Rücken, hatte die

Pistole aber nicht losgelassen und richtete sie eben wieder auf ihn.

Winter rannte los.

Ein neuer Schuss peitschte über den Marktplatz. Leute begannen in das Schreien des Kindes einzustimmen und innerhalb kürzester Zeit brachen Panik und Chaos aus.

Dies kam Winter entgegen. Er rannte um die Ecke neben der Häuserzeile, wo Brunner wohnte, und warf im Rennen einen Blick über die Schulter zurück.

Leute rannten in alle Richtungen wild auseinander, Bistrostühle stürzten um, Gläser fielen scheppernd zu Boden. Schreie. Rufe.

Winter hielt inne, presste sich an die Häuserwand und blickte zurück. Gleichzeitig versuchte er, sich zu beruhigen.

Die Menge zerstreute sich schnell, da alle weg vom Platz rannten, doch er konnte den Clown nirgendwo mehr entdecken. Das Einzige, was noch von ihm zeugte, waren die Ballons, die zum Himmel aufstiegen: Pinguine, Giraffen, Elefanten, Löwen, Hunde und Katzen.

Winter fluchte. ›Ich war so nah an ihm dran! – Sydney! – Was hat der Clown gesagt? *Es gab da diesen Hund?* Bitte nicht. Bitte!‹ Ein kalter Schauer lief ihm über den Rücken. Er verließ den Marktplatz, suchte eine Telefonzelle auf. Dann wählte er die Nummer von Sabines Mobiltelefon.

»Hallo? Wer ist da?«, meldete sich Sabine.

»Ich bin's, Richard.«

»Richard? Du hast vielleicht Nerven, mich anzurufen! Wo steckst du?«

»Du hast gesagt, du kümmerst dich um Sydney«, sagte Winter angespannt, »wie geht es ihr?«

Sabine antwortete nicht sofort. Als sie es tat, klang sie schuldbewusst. »Ich ... dachte, du hättest sie ...?«

»Ich? Warum sollte ich sie denn bitte schön haben? Du hast gesagt, du kümmerst dich um sie!«

»Ja, aber als ich heute Morgen nach ihr sehen wollte, war sie nicht mehr da. Ich dachte, du hättest sie geholt.«

»Scheiße! Dann hat er sie geholt.«

»Wer?«

»Der Harlekin. Ich habe eben mit ihm gesprochen.«

»Du hast mit ihm gesprochen?«

»Er wollte mich erschießen. Zu meinem großen Glück ist es ihm nicht gelungen.«

»Wer war es?«

»Ich weiß nicht, er hatte sich als Clown verkleidet.«

»Du hasst doch Clowns.«

»Ja«, sagte Winter genervt.

»Du musst dich stellen, Richard«, sagte sie sanft.

Winter lachte auf.

»Ja, aber sicher doch. Damit ich für den Rest meines Lebens im Gefängnis lande? Nein, danke.«

»Du machst es nur noch schlimmer, Richard. Früher oder später erwischen wir dich.«

»Glaubst du denn immer noch, dass ich es war?«

»Warst du es denn?«

Winter legte auf. Allein die Tatsache, dass sie ihm diese Frage erneut stellte, beantwortete seine Gegenfrage.

So rasch wie möglich entfernte er sich von der Telefonzelle.

Er machte sich keine Illusionen. Sabine würde seinen Standort innerhalb kürzester Zeit geortet haben und dann würde es hier vor Polizisten nur so wimmeln.

Winter zog seine Brieftasche hervor und sah kurz hinein. Er seufzte. Seine Barschaft schrumpfte unerbittlich zusammen. Sein Konto hatten sie ihm mit Sicherheit gesperrt, also musste er mit dem wenigen auskommen, das er hatte. Doch er wagte es nicht, die öffentlichen Verkehrsmittel zu benutzen, und Taxis waren teuer. Dennoch winkte er nach einigem Überlegen das nächste Taxi heran, ein cremefarbener Mercedes-Benz der S-Klasse, und stieg ein. Er würde Catherine bitten, ihm etwas Geld zu leihen, wenn er sie das nächste Mal sah.

»Zum Bultensee bitte«, sagte Winter.

Der Fahrer, ein dicker Mann mit Dreitagebart Anfang vierzig, nickte und fuhr los.

Das Innere des Mercedes sah neu und sehr reinlich aus. Aus dem Radio klang leise Popmusik. Winter sah zum Fenster raus, sah die Altstadt an sich vorbeiziehen, sah, wie sie auf die Hauptstraße abbogen und der Weser entlang fuhren. Er gähnte, seine Augen wurden schwer und schwerer und schließlich nickte er ein.

Er erwachte, als das Taxi stehen blieb. Sie waren immer noch auf der Hauptstraße. Links war eine Häuserzeile zu sehen, während die rechte Straßenseite von Bäumen gesäumt war. Der Fahrer hatte das Auto auf der rechten Seite an eine Bushaltestelle gefahren.

»Ich hoffe, Sie sind nicht in Eile? Ich müsste mal ganz dringend, es tut mir leid!«, sagte er und lächelte entschuldigend. »Diese Zeit wird Ihnen natürlich nicht berechnet«, fügte er noch hinzu und drückte einen Knopf am Taxameter.

Winter schüttelte nur müde den Kopf.

Der Fahrer stieg aus und verschwand hinter einem der Bäume.

Winter lehnte den Kopf ans Fenster und schloss die Augen wieder. Sein Mobiltelefon klingelte. Er zog es aus der Jackentasche.

»Hallo?«

»Tut mir leid, dass ich Sie verfehlt habe!« Es war eine hohe, mit Helium veränderte Stimme, die sprach. »Das wird mir bestimmt nicht noch einmal passieren.«

»Woher haben Sie diese Nummer?«, fragte Winter nervös.

Der Anrufer lachte böse. Es klang, als ob der bösartige Doppelgänger von Micky Maus ihn auslachen würde.

»Woher ich diese Nummer habe? Ich habe Ihnen das Smartphone doch selbst gegeben, schon vergessen?«

Die Türe des Wagens ging auf und Winter erstarrte. Der Clown ließ sich ächzend auf den Fahrersitz fallen, in einer Hand eine Pistole, in der anderen ein Handy.

»Ich denke, dieses Mal wird Sie kein kleines Mädchen mehr retten, Herr Winter.« Der Clown schoss.

Winter schrak hoch.

»Alles in Ordnung mit Ihnen?«, fragte der Taxifahrer besorgt und drehte sich zu ihm um. »Sie haben geschrien!«

Winter runzelte die Stirn, kratzte sich am Kopf und fuhr sich mit der Hand durch das schweißnasse Haar. Das Taxi fuhr, der Clown war nirgendwo zu sehen und sein Telefon klingelte.

Immer noch.

Es war nur ein Traum gewesen. Er atmete erleichtert auf und lächelte nervös.

»Ja … Alles in Ordnung. Danke.«

Er zog das Mobiltelefon aus der Jackentasche und drückte mit zitternden Händen auf den Empfangsknopf.

»Hallo?«

»Richard? Du musst so schnell wie möglich aus dem Taxi raus!«

»Was? Wieso? Wer ist da?«

»Ich bin's, Catherine. Du musst das Taxi verlassen, ok? Der Fahrer hat eben die Polizei alarmiert. Er hat dich erkannt. Sie warten am Bultensee auf dich, Richard.«

»Was? Sch…«

»Lass dir nichts anmerken! Ändere einfach das Ziel. Er soll dich an einen anderen Ort bringen, ok? Ich … Also gut, hör' zu Richard. Ich werde dich abholen. Sag ihm, er soll dich – zum Mahndorfer See bringen. Du hättest dich geirrt, ok? Ich werde da sein.«

Sie legte auf.

Winter blickte einen Moment lang ratlos zwischen dem Mobiltelefon und dem Fahrer hin und her. Der Traum hallte noch in seinen Gedanken nach.

›Woher ich diese Nummer habe? Ich habe Ihnen das Smartphone doch selbst gegeben, schon vergessen?‹

Winter schauderte. Er hatte das Handy von Catherine. Steckte sie hinter der Clownsmaske? Aber weshalb hätte sie ihn dann jetzt warnen sollen? Aber was, wenn die Information, dass der Taxifahrer die Polizei angerufen hatte, gelogen war und Catherine ihn nur zu sich locken wollte? An einen einsamen Ort wie dem Mahndorfer See, um ihn endgültig zu erledigen? Aber es war doch nur ein Traum gewesen!

›Scheiße!‹

Wieder sah er zwischen dem Fahrer und dem Mobiltelefon hin und her. Ein kleiner Schweißfleck zeichnete sich unter der rechten Achsel des Fahrers auf dessen Hemd ab. Winter gab sich einen Ruck.

»Entschuldigen Sie!«

»Ja?« Der Fahrer sah ihn durch den Rückspiegel hinweg an.

»Ich habe mich vorhin im Ziel vertan. Bringen Sie mich zum Mahndorfer See, nicht zum Bultensee, ok?«

»Zum … Mahndorfer See?« Der Fahrer zögerte kurz, dann nickte er. Schweißperlen standen ihm auf der Stirn. »Aber sicher. Gerne.«

Einen Moment lang fuhren sie schweigend weiter. Winter musste sich beherrschen, nicht wieder einzudösen. Er musste wach bleiben. Wenn er einschlief, dann würde ihn der Fahrer mit Sicherheit zum Bultensee bringen, wo die Polizei ihn schon erwartete.

»Haben Sie was dagegen, wenn ich rasch einen Anruf mache?«, fragte ihn der Fahrer nach einer Weile. Die Schweißtropfen auf seiner Stirn hatten sich vermehrt.

»Ja, habe ich«, sagte Winter. »Ich war mal Polizist, ok? Es ist verboten, während der Fahrt zu telefonieren.«

»Natürlich, entschuldigen Sie.«

Winter beobachtete die Strecke, die sie zurücklegten, genau. Glücklicherweise kannte er sich hier recht gut aus, sodass er sofort erkennen würde, wenn der Fahrer ihn zu hintergehen versuchte.

»Sie haben die Ausfahrt verpasst«, wies er ihn deshalb darauf hin, als dieser die A 1 nicht an der Ausfahrt 54 verließ, wie er es hätte tun sollen, um zum Mahndorfer See zu gelangen, sondern weiterfuhr.

»Wie? Verpasst?« Der Mann lächelte ihn nervös durch den Rückspiegel an. »Nein, nein, ich habe die Ausfahrt nicht verpasst, das hier ist der kürzeste Weg, Sie werden sehen.«

»Wissen Sie, was ich nicht verstehe?«

Der Fahrer schüttelte nervös den Kopf.

»Sie haben eben die Polizei angerufen, weil Sie der festen Überzeugung sind, einen Mörder in Ihrem Taxi zu transportieren. Und …«

»Ich habe nicht die Polizei …«, unterbrach ihn der Fahrer, doch Winter ignorierte ihn und fuhr fort.

»… da haben Sie den Nerv, sich dessen Anweisungen zu widersetzen, und versuchen, ihn zu hintergehen?«

»Nein, ich … ich versichere Ihnen, ich … Bitte tun Sie mir nichts. Ich habe zwei kleine Kinder zuhause! Ich schwöre Ihnen, ich … Ich habe vergessen, dass Sie das Ziel geändert haben, aber ich bringe Sie zum Mahndorfer See. Ich drehe beim Autobahnkreuz Bremer Kreuz da vorne um, das verspreche ich Ihnen.« Der Schweißfleck unter der rechten Achsel des Taxifahrers wurde immer größer.

»Gut und unterstehen Sie sich, die Kursänderung der Zentrale zu melden!«, sagte Winter und musste sich ein Grinsen verkneifen. Es hatte auch Vorteile, für einen Mörder gehalten zu werden. »Mehr verlange ich gar nicht. Keine Angst, ich werde Ihnen nichts tun.«

Den Rest der Fahrt legten sie schweigend zurück. Der Fahrer wendete wie versprochen am nächsten Autobahnkreuz und fuhr ihn dann ohne weitere Unterbrechungen zum Mahndorfer See.

»Es tut mir leid«, sagte der Fahrer, als er das Auto vor dem See auf den Parkplatz fuhr. »Sie müssen die Fahrt auch nicht bezahlen, aber bitte tun Sie mir nichts!«

Catherine war nirgends zu sehen. Winter blickte auf den Taxameter und drückte dem verdutzten Fahrer das geschuldete Geld in die Hand.

»Ich bin nicht der Mörder, für den mich die Polizei und die Presse halten, glauben Sie mir«, sagte er, als er ausstieg.

Der Fahrer sah ihn noch einen Moment lang ungläubig an und fuhr dann mit quietschenden Reifen davon.

Der große Parkplatz war fast leer, nur ein halbes Dutzend Autos befand sich darauf. Winter sah sich um, da trat Catherine am anderen Ende des Parkplatzes hinter einem Baum hervor und deutete auf ihren VW, der ein Dutzend Schritte von ihm entfernt geparkt war. Winter sah sich um. Sie waren alleine auf dem Parkplatz. Keine Menschenseele war zu sehen.

»Weshalb hast du mich ausgerechnet hierher bestellt?«, rief ihr Winter zu.

»Weshalb? Weil wir hier alleine sind! Was denkst du denn? Wenn uns jemand zusammen sieht, war es das mit deiner kleinen Doppelagentin, die Zugang zu allen Polizeiinformationen hat.«

Das klang schlüssig, dennoch sah Winter sie noch einen Moment lang skeptisch an. Der Taxifahrer war zwar der Panik nahe gewesen, doch er hatte nicht gestanden, dass er die Polizei alarmiert hatte. Was, wenn er wirklich einfach nur vergessen hatte, dass Winter das Ziel kurzfristig geändert hatte?

»Kommst du nun?« Catherine machte eine ungeduldige, wedelnde Handbewegung mit dem Autoschlüssel.

Winter setzte sich in Bewegung. Er würde einfach vorsichtig sein müssen.

»Danke!«, sagte er, als er sie erreichte, und lächelte nervös. »Du hast mich wieder einmal gerettet.«

»Das wird wohl langsam zur Gewohnheit, was?« Sie grinste. »Steig ein. Wo wolltest du überhaupt hin?«

»Ich … Zu dem Freund, von dem ich dir erzählt habe. Ben. Ich hoffe, er nimmt mich für ein paar Tage bei sich auf.«

»Lass uns vor allem hoffen, dass die Polizei nicht auf dieselbe Idee kommt«, meinte Catherine, doch Winter schüttelte den Kopf.

»Ben wurde schon überprüft.«

»Was nicht heißt, dass sein Haus nicht nochmals durchsucht oder überwacht wird.«

»Hast du eine bessere Idee?«

Catherine sah ihn einen Moment lang nachdenklich an. Dann schüttelte sie ergeben den Kopf und fuhr los.

33

Sabine beobachtete von ihrem Versteck hinter der Rettungswache Bultensee angespannt die Zugangsstraße zum Parkplatz vor dem See, als sich die Zentrale über ihr Funkgerät meldete.

»Krüger?«

»Ja, hier Krüger«, meldete sie sich. »Was gibt's?«

»Der Taxifahrer hat sich eben bei uns gemeldet. Die Zielperson hat das Taxi verlassen.«

»Verdammt! Wo?«

»Beim Parkplatz zum Mahndorfer See. Richard Winter hat den Fahrer offenbar dazu gezwungen, ihn dorthin zu fahren.«

»Häusler, Schultze«, rief Sabine ihre beiden Kollegen zu sich, »zum Mahndorfer See! Der Verdächtige hat das Taxi dort verlassen.«

Sie machte sich zwar keine großen Hoffnungen: Richard würde nicht mehr dort sein, wenn die beiden Polizisten beim Mahndorfer See eintrafen. Dennoch durfte sie nichts unversucht lassen. Die beiden nickten, stiegen in ihr Polizeiauto und fuhren mit quietschenden Reifen davon.

»Bitte geben Sie mir die Nummer des Taxifahrers«, bat Sabine ihren Kollegen in der Zentrale. Sie zückte ihr Handy und wählte die diktierte Nummer.

»Krüger von der Kriminalpolizei Bremen«, meldete sie sich, als der Taxifahrer den Anruf entgegennahm. »Sind

Sie der Taxifahrer, der den Verdächtigen zum Mahndorfer See gebracht hat?«

»Ja. Hören Sie, er hat einen Anruf gekriegt. Auf sein Handy ... Und dann hat er plötzlich das Ziel gewechselt. Als ich trotzdem hierhin fahren wollte, hat er mich bedroht und ... Ich hatte Angst, ich wollte nicht ...«

»Jemand hat ihn gewarnt«, murmelte sie, »aber wer?«

»Er wusste, dass ich die Polizei alarmiert hatte«, sagte der Taxifahrer. »Die Person am Telefon muss es ihm gesagt haben.«

»Ist Ihnen sonst noch etwas aufgefallen?«

»Nein. Doch, warten Sie! Es war seltsam, aber ... Sie werden es nicht glauben, aber der Mörder hat sogar für die Fahrt bezahlt.«

34

»Richard?« Ben wirkte ehrlich erfreut, als Winter erneut bei ihm klingelte. »Wie geht's dir?«

»Ehrlich gesagt, nicht besonders gut. Ich – wollte dich fragen, ob ich vielleicht die nächsten Tage hier bleiben kann. In meine Wohnung kann ich nicht zurück und mein Versteck ist aufgeflogen.«

»Kein Problem, mein Sohn, rein mit dir.« Ben sah sich draußen kurz nach allen Seiten um, ehe er Winter ins Haus folgte. »Wie bist du hergekommen? Muss ja da draußen mittlerweile höllisch gefährlich für dich sein.«

»Ja, ein Taxifahrer wollte mich eben der Polizei ausliefern. Catherine hat mich hergebracht. Sie hat mich nur rasch abgesetzt und ist dann weitergefahren.« Winter ließ sich auf die abgewetzte Couch im Wohnzimmer plumpsen. Ben nahm ihm gegenüber in seinem alten Sessel Platz.

»Vertraust du ihr nun?«

»Ich ... Ich weiß nicht. Klar, ich sollte, aber irgendwie ...«

»Entschuldige die Frage, es geht mich nichts an.«

»Nein, das ist schon in Ordnung, es ist nur ... Ich habe heute geträumt, sie hätte mich verraten. Glaubst du an Träume, Ben?«

Ben wackelte mit dem Kopf, was sowohl ein Nicken als auch ein Kopfschütteln sein konnte.

»Das kommt darauf an«, sagte er schließlich. »Ich glaube daran, dass es Träume gibt, die visionsartigen Charakter haben können. Doch längst nicht alle Träume sind so. Manche sind einfach nur eine Abbildung unserer ureigenen Ängste. Es … Ich glaube, ein jeder muss tief in sich drin selbst fühlen, ob seine Träume Visionen sind oder nicht.«

»Danke, du bist mir eine große Hilfe«, spottete Winter.

»Spotte nicht, mein Junge, ich meine jedes Wort, wie ich es sage. Ich hatte einst einen Traum, der zur Wirklichkeit wurde, nur wollte ich es nicht wahrhaben. Und das, obschon ich tief in mir drin gefühlt habe, dass es kein normaler Traum war. Du musst in dich gehen, mein Junge, und deinem Gefühl vertrauen!«

»Was war das für ein Traum?«

Bens Gesicht verdüsterte sich. »Der Selbstmord deiner Eltern.«

»Was? Du hast davon geträumt? Warum hast du mir das nie erzählt?«

»Ich weiß nicht. Wohl aus demselben Grund, warum du sechs Jahre brauchtest, um dich bei mir zu entschuldigen. Ich hatte Schuldgefühle und Angst, dich auch noch zu verlieren.«

»Schuldgefühle? Warum?«

»Verstehst du denn nicht? Der Traum war eine Warnung. Wenn ich auf mein Gefühl gehört und die Warnung nicht in den Wind geschlagen hätte, dann hätte ich es vielleicht verhindern können.«

»Sie sind freiwillig gegangen, Ben. Niemand hätte das verhindern können.« Winters Stimme klang bitter. Er stand auf und trat ans Fenster, das den Blick auf den verwilderten Garten freigab. Doch er nahm den Garten gar nicht richtig war. Sein Blick ging ins Leere.

»Junge?«

Bens Stimme drang wie aus weiter Ferne an sein Ohr und riss ihn aus seinen Gedanken. Er blinzelte, atmete tief ein und drehte sich wieder zu Ben um. »Ich habe da einen Streifschuss abgekriegt«, wechselte er das Thema. »Vielleicht kannst du dir die Wunde mal ansehen? Du kennst dich doch etwas damit aus?«

Ben öffnete den Mund, schloss ihn aber wieder und nickte. »Ein Streifschuss?«, sagte er schließlich. Er schüttelte traurig den Kopf und fügte hinzu: »Junge, Junge, in was bist du da hineingeraten? Zeig' her!«

Winter zog Jacke und Hemd aus und deutete auf den behelfsmäßig bandagierten Arm. Es war gar nicht so einfach gewesen, sich den Arm selbst einzubinden.

»War die Polizei noch mal hier?«, fragte er, während Ben den Verband von seinem Arm löste.

Ben schüttelte den Kopf und betrachtete konzentriert die Wunde. »Ist wirklich nur ein Streifschuss«, sagte er dann. »Nichts Schlimmes. Falls es sich nicht entzündet. Du musst die Wunde beobachten, jeden Tag säubern und den Verband täglich wechseln. Da du ja nun hier bleibst, kann ich das machen.«

Ben schlurfte davon und kehrte kurz darauf mit einer Schüssel Wasser und einem uralten Erste-Hilfe-Koffer zurück. Dieser sah aus, als wäre er schon im Zweiten Weltkrieg verwendet worden.

»Ich habe in den Nachrichten gehört, man hätte dich auf frischer Tat ertappt? Und bei der Leiche hätte man weitere DNA-Spuren von dir gefunden?«, sagte Ben, während er die Wunde säuberte, desinfizierte und neu verband.

»Ich habe die Leiche gefunden und ehe ich den Fund der Polizei melden konnte, hat die Polizei mich gefunden.«

Ben nickte. »Üble Sache. Und was ist mit dem Clown? Es ist in allen Nachrichten. Du hättest einen Clown auf offener Straße angegriffen. ›Der flüchtige Verdächtige im Bremer Serienmordfall, Richard Winter, wurde heute auf dem Bremer Marktplatz gesehen. Mehrere Zeugen berichteten davon, wie er auf einen Clown losgegangen sei und sogar auf diesen geschossen habe. Wie durch ein Wunder wurde niemand verletzt‹«, zitierte Ben. »Kam heute in den Nachrichten.«

»So ein Mist!«, fluchte Winter. »Sie verdrehen alles! Der Clown war der Spieluhr-Mörder! Er hat auf mich geschossen, nicht umgekehrt! Du musst mir glauben, Ben, bitte!«

»Keine Angst, Richard, ich glaube dir! Aber du solltest dich besser davor hüten, da wieder rauszugehen. Erst schießt die Polizei auf dich, dann der Mörder und zu guter Letzt versucht ein Taxifahrer, dich der Polizei auszuliefern? Selbst ein sturer Bock wie du muss doch kapieren, dass es da draußen nicht mehr sicher für dich ist, Richard!«

»Ja, aber ich muss den Kerl finden.«

»Ich weiß«, seufzte Ben, »ich weiß.«

35

›Es ist an der Zeit.‹ Die Hände steckten in Plastikhandschuhen. Soeben legten sie den letzten Brief ins dazugehörige Kuvert und schlossen es sachte.

›An der Zeit, meine Kinder auf die Öffentlichkeit loszulassen und ihnen und mir den Ruhm zu bringen, den wir seit Langem verdienen.‹

Sachte wandten sich die Hände nun den Bildern zu, die auf großen Staffeleien standen und auf ihren großen Auftritt warteten.

›Mark Gerber. Mein Erstgeborener! Alles, was man zum ersten Mal macht, ist und bleibt speziell, und so ist es auch mit dir. Ich werde dich nie vergessen. Und wenn du auch nicht meine gelungenste Arbeit bist, so bist du doch die erste.‹

Die behandschuhten Finger fuhren beinahe zärtlich den Konturen Mark Gerbers auf dem Porträt nach. Dann wandten sie sich dem Bild daneben zu.

›Hermann Weber. Wie hast du um dein Leben gebettelt, als du mein Gast warst! Ich frage mich immer noch, wie man aus so einem alten, hässlichen Mann ein so wundervolles Porträt anfertigen kann.‹

Ein leises Kichern hallte durch die große Lagerhalle.

›Die Tatsache, dass mir genau dies gelungen ist, macht dich, Hermann Weber, zu etwas ganz Speziellem. Von Natur aus nicht mit Schönheit gesegnet und vom Alter gezeichnet – und doch ist dein Porträt noch schöner geworden als das meines Erstgeborenen.‹

Die Hände wanderten weiter und streichelten nun sanft über das Gesicht im nächsten Porträt. Sie zeichneten eine braune Locke nach, die über die rechte Wange fiel.

›Kathrin Bachmann. Um ein Haar wärst du mir entkommen, hättest du damals deinen Instinkten vertraut, als du die Spiegelung meiner Gestalt im Autofenster entdecktest. Ich war zu unvorsichtig. Der leichte, schnelle Erfolg mit den Herren Gerber und Weber hatte mich zu selbstsicher werden lassen. Doch ich bin froh, dass es dir nicht gelungen ist zu fliehen. – Mein erstes weibliches Porträt. Es gibt Porträtmaler, die das eine oder das andere Geschlecht bevorzugen, da es ihnen leichter fällt, dieses zu malen. Mit dir habe ich herausgefunden, dass ich mit den richtigen Farben alles malen kann, was ich will. Du, meine Hübsche, bist atemberaubend geworden. Ein Meisterwerk! Ich hoffe, die Leute werden dies morgen ebenfalls anerkennen.‹

Die Hand wanderte weiter und strich nun über einen großen Karton.

›Und dann bist da noch du, mein Junge. Es tut mir leid, dass ich dir nicht dieselbe Ehre zuteilwerden lassen kann wie den anderen dreien. Doch eines Tages wirst auch du berühmt werden, daran hege ich keinerlei Zweifel. Abgesehen davon denke ich, dass es dir so sowieso lieber ist. Du sollst nun endlich deine Eltern wiedersehen. Lass dich wieder mit ihnen vereinen. Jetzt und für alle Zeiten.‹

Ein weiteres, diesmal deutlich lauteres, irres Lachen erfüllte den Raum und hallte als Echo von allen vier Wänden zurück.

›Es ist an der Zeit!‹

36

»Was zum Henker sollte das?«

Heinrich war außer sich. Er hatte alles mit angesehen. Ein Hoch auf die kleine Kamera, die Winter auf Brusthöhe in einem Knopf am Anzug getragen hatte!

»Ich ... dachte, er würde kneifen. Ich ... hatte ihn so eingeschätzt.«

»Du hattest ihn so eingeschätzt?«, keuchte Heinrich ungläubig. »Ich sagte doch: Kein Risiko!«

»Aber ... mein Pendel ...«, stotterte Winter, »es hat mir gezeigt, wie ... wie ich das Mädchen und das Geld retten kann.«

»Dein Pendel?« Heinrich lief rot an und erhob sich. »Du pendelst aus, wie du dich bei einer Lösegeldübergabe verhalten sollst? Bist du wahnsinnig?«

»Nein, ich ... Ja, ich meine ...«

»Verflucht, ich wusste ja, dass du diesen Schwachsinn mit dem Übernatürlichen praktizierst, aber das hier ...?« Heinrich war sprachlos. Er öffnete und schloss den Mund ein paar Mal. Dann setzte er sich wieder Winter gegenüber hin. »Ich hoffe, dir ist klar, dass du deinen Job nach diesem Vorfall nicht behalten kannst.«

»Nicht behalten? Du ... du feuerst mich? Das ist nicht dein Ernst, oder?«

»Sei froh, wenn du ohne Gefängnis davonkommst«, knurrte Heinrich. »Ich kann dich unmöglich weiter hier beschäftigen. Die Presse, der Direktor, der Bürgermeister … Sie würden mir alle den Kopf abreißen, wenn ich dich nicht entlassen würde, tut mir leid.«

»Du feuerst mich tatsächlich.«

»Ja, ich feuere dich, du dämlicher Vollidiot!« Heinrich öffnete eine Schreibtischschublade und zog eine Pistole daraus hervor. »Und wie ich dich feuere!« Er zielte auf Winter und drückte ab.

Eine Bewegung weckte ihn. Winter schoss hoch und blickte sich um. Der Traum war wie weggeblasen. Er war hellwach. Das Zimmer lag im Dunkeln, die Fensterläden ließen nur wenig Mondlicht herein. Winter konnte nichts erkennen, doch er war sich sicher, dass da etwas gewesen war. Er konnte es nicht genau benennen, aber es war so ähnlich, wie wenn einen jemand anstarrt, während man schläft, und man davon erwacht. Dies hatte nichts mit dem Traum zu tun. Irgendetwas war in seinem Zimmer.

Oder es war in seinem Zimmer gewesen.

Da fiel ihm auf, dass die Türe offen stand. Ben hatte ihm das Gästezimmer des Hauses zugeteilt. Es lag im ersten Stock und Winter war sich sicher, dass er am Vorabend die Türe geschlossen hatte.

›Ben? Doch warum sollte er das tun?‹

So leise wie möglich erhob sich Winter und schlich zur Türe. Vorsichtig blickte er aus dem Zimmer, den Flur entlang.

Da war es wieder! Auf der anderen Seite des Flures, am Rande seines Gesichtsfeldes bewegte sich etwas! Winter wandte den Kopf und sah hin. Ein roter Schemen bog um die Ecke des Flures und verschwand auf der Treppe.

»Was zum …!«

Winter folgte dem Schatten vorsichtig. Als er die Treppe erreichte und nach unten blickte, sah er gerade noch, wie etwas Rotes im Flur unten um die Ecke bog, Richtung Haustüre.

Vorsichtig stieg er die Treppe hinab und blickte ganz langsam um die Ecke. Ein kühler Wind fuhr ihm durchs Gesicht.

Die Haustüre stand offen.

›Was geht hier vor?‹

Winter näherte sich langsam der Türe und sah hinaus.

Da! Am Ende des Vorgartens huschte der rote Schemen um die Hecke und verschwand auf der Straße.

»Scheiße! Was soll das? Ben, bist du das?«, rief Winter.

Doch er erhielt keine Antwort. Als er aus dem Haus trat, erfasste ihn der kalte Wind mit voller Kraft und ließ ihn erzittern. Er hatte nur seine Boxershorts an und seine bloßen Füße fühlten sich auf dem kalten, harten Untergrund klamm an.

»So ein Mist!«, fluchte er.

Dennoch ging er weiter, durchquerte den Vorgarten und spähte um die Hecke herum. Es war zu dunkel, um viel zu erkennen, aber – in einiger Entfernung konnte er den roten Schemen tatsächlich wieder ausmachen! Doch er bewegte sich rasch von ihm fort.

Einen Moment lang stand Winter unschlüssig herum, dann rannte er ins Haus zurück, streifte sich Hose, Jacke und Schuhe über und kehrte auf die Straße zurück.

Doch nun war nichts mehr zu sehen.

Winter rannte dorthin, wo er dieses Ding zuletzt gesehen hatte, und sah sich nach allen Seiten um. Dann lief er zur nächsten Kreuzung. Jedoch konnte er auch dort nirgendwo etwas entdecken.

Stirnrunzelnd kehrte er zu Bens Haus zurück, schloss die Türe leise hinter sich und stieg in den ersten Stock hinauf. Er hatte eigentlich zurück in sein Zimmer gehen wollen, doch einer inneren Eingebung folgend ging er auf Bens Schlafzimmer zu und drückte so leise wie möglich die Klinke der Türe hinunter. Langsam öffnete er sie einen Spaltbreit und spähte hinein.

Das Zimmer war dunkel. Er brauchte einen Moment, bis seine Augen einige Konturen erkennen konnten. Dann jedoch sah er, dass Bens Bett besetzt war. Nun hörte er auch regelmäßige Atemgeräusche.

Ganz leise schloss er die Türe wieder und ging auf sein Zimmer.

›Was war das? *Wer* war das? Und was wollte er von mir?‹

Rasch sah Winter nach, ob noch alle seine wenigen Besitztümer vorhanden waren: Kleidung, Brieftasche, Schlüssel, Mobiltelefon. – Alles war noch da. Wie zuvor. Auch die spärliche Einrichtung des Zimmers schien unverändert zu sein. Verwirrt zog Winter Schuhe, Jacke und Hosen aus und legte sich wieder aufs Bett. Grübelnd wälzte er sich lange Zeit hin und her, doch der Schlafmangel der letzten Tage ließ ihn letztlich wieder in einen, wenngleich unruhigen, Schlaf fallen.

37

»Ein roter Schemen, hm?«

Ben kaute auf dem Stück Brot herum, das er in seinen lauwarmen Kaffee getunkt hatte, und blickte Winter nachdenklich an.

Dieser nickte nur.

Ben zuckte die Achseln. »Noch nie von so was gehört. Aber so, wie du ihn beschreibst, würde ich auch am ehesten auf einen Geist tippen.«

»Aber, was soll ich denn nun tun?«

»Wir könnten versuchen, mit dem Geist Kontakt aufzunehmen«, schlug Ben vor und sah Winter aufmerksam an. »So wie damals.«

»Nein!« Winter schüttelte entschieden den Kopf. »Damit habe ich abgeschlossen! Du weißt das!«

Ben nickte nachdenklich.

»Dann bleibt uns wohl nichts anderes übrig, als zu hoffen, dass er wiederkommt«, meinte er schließlich und brach sich ein weiteres Stück Brot ab. Er tunkte es in den Kaffee und steckte es sich in den Mund.

»Und was soll ich tun, wenn er wiederkommt?«

»Du folgst ihm«, sagte Ben kauend. Dabei fielen ihm ein paar Brotkrumen aus dem Mund und verfingen sich in seinem Bart, doch er merkte es nicht. »Geister neigen dazu, Sterbliche zu führen, um ihnen etwas zu zeigen. Sieh zu, dass du nächste Nacht angezogen schläfst.« Er griff sich die Fernbedienung und schaltete den Fernseher ein. »Mal sehen, was sie heute über dich berichten. Neun Uhr, Nachrichten.«

»… nicht zu viel versprochen«, tönte es aus dem Fernseher. »Die Bilder sind wirklich … außergewöhnlich. Hier in diesem Raum versammelt sind drei der renommiertesten Kunstkritiker Deutschlands und wohl beinahe zum ersten Mal sind sie sich in ihrem Urteil völlig einig.«

Ben machte Anstalten, weiterzuzappen, doch Winter schüttelte den Kopf und hob die Hand.

»Moment!«

»Herr Kuhn, hinter vorgehaltener Hand nennt man Sie den ›Pitbull der Kunstkritiker‹, was sagen Sie zu diesen drei Werken?« Ein großgewachsener, junger Journalist hielt sein Mikrofon einem kleinen, älteren Mann mit Glatze und Hornbrille hin.

»Also, ich muss schon sagen, als ich gestern die anonyme Einladung zu dieser Ausstellung gekriegt habe, da war ich schon sehr skeptisch. Aber der Fall ist ja mittlerweile in ganz Deutschlands Munde und ich konnte mir die Gelegenheit natürlich nicht entgehen lassen, diese drei Gemälde in natura zu begutachten.«

»Wie finden Sie denn die Bilder?«, hakte der Journalist nach.

»Nun, die Erwartungshaltung war klein«, führte Kuhn weiter aus, »ich meine, drei Bilder, gemalt von einem Serienmörder? Erschaffen mit dem Blut, dem Schweiß und den Tränen der Abgebildeten? Drei Bilder, welche die Angehörigen der Mordopfer allesamt in den Selbstmord getrieben haben? – Wie morbide und pervers! Als ich die Bilder dann zum ersten Mal erblickte, sah ich meine Erwartungshaltung erst bestätigt. Sie schienen nicht besonders gut gelungen. Doch bei genauerem Hinsehen lösten sie bei mir eine ungeheure, beinahe unerklärliche Faszination aus. Diese Gemälde verkörpern eine bisher nie da gewesene Lebendigkeit und Authentizität, sodass ich mich dazu gezwungen sah, mein Urteil gründlich zu revidieren. Ich muss mittlerweile gestehen, dass diese Bilder in meinen Augen alles bisher Dagewesene seit der Mona Lisa übertreffen – in Sachen Porträts.«

»Eine gewagte Aussage über Bilder mit solch brisantem Hintergrund.« Die Kamera schwenkte herum und Winter stockte der Atem. Er sah eine große, fast leere Halle und mittendrin auf drei großen Staffeleien: Mark Gerber, Hermann Weber und Kathrin Bachmann.

›Eine große Fernsehstation berichtet darüber und namhafte Kunstkritiker schwärmen davon – das wird genau das sein, was dieses Arschloch damit bezwecken wollte: mediale Aufmerksamkeit!‹, ärgerte sich Winter.

»Über die Identität des Künstlers ist man sich bislang uneinig«, fuhr der Reporter fort, währenddessen man die drei Porträts in Nahaufnahme gezeigt bekam.

›Im Fernsehen wirken die Bilder weniger als in natura‹, dachte Winter. ›Ob die Übertragung der Kamera die unheimliche Anziehungskraft der Bilder zunichtemacht?‹

»Die Porträts sind mit dem Künstlernamen ›Harlekin‹ signiert.« Der Reporter schritt nun durch die große Halle, ohne dabei den Blickkontakt zur Kamera zu verlieren. »Die Polizei vermutet, dass es sich bei dem Pseudonym um den ehemaligen Kriminalkommissar Richard Winter handeln könnte.« Dabei wurde ein Foto von Winter eingeblendet. »Unsere Kunstkritiker bezweifeln dies jedoch.«

Nun sah man einen Mann Mitte fünfzig mit gelocktem, schwarzem Haar, das an den Schläfen zu ergrauen begann. *Manuel Lorenz, Kunstkritiker* wurde am unteren Bildrand eingeblendet, während der Mann zu sprechen begann.

»Ich kann mir nicht vorstellen, dass es einem solch außergewöhnlichen Maler so lange gelingt, sein Talent zu verbergen. Ich habe mich etwas umgehört: Niemand in der Kunstszene kennt diesen Richard Winter, ja, die Leute aus seinem Umfeld wussten nicht einmal, dass er malt. Das erscheint mir doch mehr als fragwürdig.«

»Liebe Zuschauer«, die Kamera schwenkte wieder zurück zu dem Journalist, »wer ist dieser Harlekin? Dies gilt es nun für die Kriminalpolizei herauszufinden, doch wir wollen noch einmal zurückkommen auf die euphorischen Bewertungen der Kunstkritiker, die doch überraschen, ja, um nicht zu sagen, zutiefst irritieren. Wir sprechen hier immerhin über die Werke eines mutmaßlichen Mörders und wie bereits angetönt sind sich die drei Kunstkritiker in ihrem Urteil einig. Doch darf man solch perverse, kriminelle Werke überhaupt dergestalt loben? Ist dies moralisch vertretbar? Dieser Frage werden wir uns zusammen mit einem Kunstkritiker, einem Psychologen und einem Juristen in einer Spezialsendung um 21.05 Uhr ...«

Ben schaltete den Fernseher aus. Einen Moment lang sahen sie sich ratlos an.

»Dieser Mistkerl! Es geht ihm also um Anerkennung?« Winter stand auf und ging aufgewühlt auf und ab. »Aber wenn es ihm um Berühmtheit geht, warum benutzt er dann mich als Schild? Ich meine, was nutzt es ihm, wenn die Bilder mir zugeschrieben werden und ich den ganzen zweifelhaften Ruhm ernte?«

»Ich weiß nicht, aber ich könnte mir vorstellen, dass er einen gewissen Anerkennungsdrang verspürt und diesen bestätigt sieht, wenn seine Werke gelobt werden und Berühmtheit erlangen«, sagte Ben, »selbst wenn die Bilder nicht ihm als Person zugeschrieben werden, weil er sich nicht zu erkennen geben darf«, fügte er noch hinzu.

»Zur Hölle mit ihm!«

»Erst der Tod macht aus dem Künstler ein Genie. Und liegt er dereinst auf dem Sterbebett, wird der Harlekin seinen wahren Namen nennen in der Hoffnung auf Unsterblichkeit«, vermutete Ben.

»Das ist krank!«

»Was erwartest du von einem Serienmörder?«

Ben spuckte in seinen Kaffee und rührte ihn mit dem Löffel um.

›Er tut es immer noch‹, dachte Winter angeekelt. ›Den letzten Schluck veredeln.‹ So hatte Ben diese Angewohnheit, die er pflegte, seit Winter sich nur erinnern konnte, einmal genannt. Als Kind hatte er es lustig gefunden, doch heute ... ›Aber wer bin ich, die Gewohnheiten anderer Leute zu verurteilen? Wenn ich an den Zustand meiner Wohnung denke ...‹ Er schob diese Gedanken beiseite und versuchte angestrengt, Bens Kaffeetasse nicht anzuschauen, um das Unvermeidliche nicht mitansehen zu müssen. Dann durchfuhr ihn plötzlich ein Gedanke, und er lachte laut auf.

»Natürlich! Anerkennung!«, triumphierte er und sah Ben an. »Der Mistkerl hat soeben seinen ersten Fehler gemacht.«

»Fehler? Warum? Wie meinst du das?« Ben leerte den Rest des Kaffees hinunter und blicke ihn fragend an.

Winter verzog das Gesicht angewidert, ließ sich aber nicht von seiner Idee abbringen. »Er hat gerade sein Motiv offenbart.«

»Und wie hilft dir das weiter?«

»Das weiß ich noch nicht. Aber ich werde es herausfinden.«

Ta2xa5 Tb5xa5

38

Sabine Krüger fluchte. Die Telefone in der Zentrale liefen seit dem Bericht über die Ausstellung und die Bilder heiß. Entrüstete Angehörige, selbsternannte Kunstexperten, aufdringliche Journalisten, neugierige Bürger – das ganze Programm. Und die Bilder waren bereits im Internet zu finden – der Bericht hatte auf YouTube schon mehrere Tausend Klicks. Alle wollten die Bilder sehen. Das mediale Echo, das die Übertragung hervorgerufen hatte, erschütterte gerade die Kunstwelt in ihren Fundamenten.

›Alles makabre, skrupellose Idioten!‹

Sabine musterte kurz die Lagerhalle, in der nun zwei Dutzend Polizisten arbeiteten. Die einen räumten die Bilder und Staffeleien weg, während die anderen die Halle nach Spuren absuchten.

›Sie werden nichts finden. Und wenn doch, dann werden die Spuren auf Richard hinweisen.‹

Sie wünschte sich, es wäre anders. Sie hoffte, sie würden endlich die DNA-Spuren eines anderen Täters finden und Richard damit entlasten können. Auch wenn alle Hinweise auf ihn hindeuteten, so tat sich Sabine immer noch schwer damit zu glauben, dass Richard hinter all diesen Morden stecken sollte.

›Er ist nicht mehr der Mann, der er früher gewesen ist‹, versuchte sie sich einzureden. ›Der Fall vor sechs Jahren hat ihn gebrochen. Akzeptier' es endlich!‹

Doch hatte ihn dies tatsächlich zum eiskalten Mörder werden lassen? Ausgerechnet ihn – einen Mann, der sein Leben der Verbrechensbekämpfung verschrieben hatte?

Sabine wischte diese Gedanken beiseite und trat zu Manuel Lorenz hin, einem der Kunstkritiker, die am Eingang der Lagerhalle darauf warteten, vernommen zu werden.

»Wie haben Sie von dieser zweifelhaften Ausstellung erfahren?«, wollte Sabine wissen, nachdem sie ihn gegrüßt hatte.

»Ich habe gestern eine Einladung erhalten, per Post und anonym«, antwortete Lorenz.

»Was stand darin?«

»Ich habe sie bei mir. Hier, bitte sehr.«

Lorenz kramte einen Brief aus seiner Jackentasche und hielt ihn Sabine hin. Sie zog sich ihre Plastikhandschuhe über und entfaltete den Brief sachte.

Lieber Herr Lorenz!
Ich bin ein Mörder. Sicher haben Sie von den Spieluhr-Serienmordfällen in Bremen gehört. Ich bin der Täter. Aber ich bin auch ein Maler. Von all meinen Opfern habe ich Porträts erstellt. Und wie es für Maler üblich ist, werde ich eine Vernissage organisieren, wo ich meine Werke der Öffentlichkeit zugänglich machen möchte. Zu dieser Vernissage (siehe Beilage) lade ich Sie ganz herzlich ein.
Ich bin mir bewusst, dass die Einladung einerseits sehr kurzfristig daherkommt und dass Sie andererseits vermutlich täglich Einladungen kriegen. Warum also sollten Sie gerade meine Vernissage besuchen?
1. Wichtige private TV- und Radiostationen des Landes sind ebenfalls eingeladen. Sie können sich sicherlich denken,

dass diese meine Vernissage besuchen und davon berichten werden. Das mediale Echo über meine Taten ist ja mittlerweile recht groß.

2. Sie wollen sich in Zukunft sicherlich nicht vorwerfen, die einzigartige Vernissage des Mörders, der seine Opfer buchstäblich auf die Leinwand gebracht hat, verpasst zu haben. Das deutsche Kunstereignis des Jahrhunderts! Die Kunstkritiker, die dieses Ereignis verpassen, werden nicht mehr zur Spitze Deutschlands gehören.

3. Ich persönlich werde nicht zugegen sein, Sie müssen also nicht um Ihr Leben fürchten (kleiner Scherz).

4. Wenn Sie nicht erscheinen, dann müssen Sie womöglich um Ihr Leben fürchten (ebenfalls ein kleiner Scherz?).

Über Ihr Kommen und Ihre (ehrliche) Kritik meiner Werke würde ich mich sehr freuen.

Mit freundlichen Grüßen
Harlekin

PS: Gehen Sie mit diesem Schreiben zur Polizei, dann müssen Sie wohl oder übel um Ihr Leben fürchten (definitiv kein Scherz!).

Dem Brief lag, wie angekündigt, eine förmliche Einladungskarte mit Ort, Datum und Zeit der Vernissage bei.

»Was hat Sie dazu bewogen, der Einladung Folge zu leisten?«, fragte Sabine.

»Ich … Wie Sie sich sicher vorstellen können, war ich hin- und hergerissen. Einerseits gebot mir mein Stolz, nicht zu kommen. Andererseits war ich neugierig auf die Bilder und, um ehrlich zu sein: Ich wusste natürlich, dass – wenn ich die Polizei alarmiert hätte – ich die Bilder niemals zu sehen gekriegt hätte ... Ihr hättet die Halle geräumt und die Bilder weggesperrt.«

Sabine seufzte und befragte auch noch die anderen beiden Kunstkritiker. Sie hatten dieselbe Einladung gekriegt. Sie las den Brief noch einmal und schüttelte den Kopf.

›Das passt nicht zu Richard, ganz und gar nicht.‹

Zumal Richard während der Zeit ihrer Beziehung auch nie gemalt hatte. Sie war je länger je mehr davon überzeugt, dass er unschuldig war. Doch was sollte sie machen? Sie musste ihn dennoch suchen und verhaften. Aber sie würde nicht so naiv sein und ihre Suche ausschließlich auf Richard beschränken. Irgendwo musste es ein Puzzle-Teilchen geben, das sie bisher übersehen hatte.

Und sie war gewillt, dieses zu finden.

Taıxaς Ta8xaς

39

Catherine besuchte ihn am Nachmittag, als Ben gerade einkaufen war. Winter bat sie herein und bot ihr einen Drink aus Bens Bar an, doch Catherine lehnte ab.

»Ich muss schon sagen, ich hätte nicht gedacht, dass es jemanden gibt, der eine noch schmuddeligere Wohnung hat als du, aber …«, sie grinste, »offenbar hast du einen Seelenverwandten gefunden.«

»Ben ist … Er ist mir der Vater, den ich nie hatte, verstehst du?« Winter schenkte sich einen Whiskey ein, setzte sich auf die abgewetzte Couch und schüttelte den Kopf. »Nein, das verstehst du wohl nicht, was?«

Catherine schüttelte energisch den Kopf. »Wenn das jemand versteht, dann bin ich das«, sagte sie.

»Warum?«

»Du zuerst. Was war mit deinem Vater?«

Winter seufzte, leerte den Whiskey und schenkte sich nach, ehe er begann. »Meine Eltern … Ach, das interessiert doch niemanden, wir sollten besser über den Fall sprechen.«

»Doch, es interessiert mich, Richard, also erzähl!« Catherine lächelte ihm aufmunternd zu.

Winter leerte sein Glas erneut und schenkte sich ein weiteres Mal ein. »Nein, ich will das nicht. Ich habe mit meiner Vergangenheit abgeschlossen. Also lass sie ruhen, ich bitte dich.«

»Das sieht man«, sagte sie und deutete auf die Whiskeyflasche, aus der sich Winter gerade den vierten Whiskey einschenkte. »Komm schon, tu's für mich. Vertrau mir.«

Irgendetwas in ihrer Stimme ließ Winter aufhorchen und überzeugte ihn. Er sah ihr in die Augen und sah den Schmerz, der dort verborgen lag und für einen kurzen Moment an die Oberfläche kam, nur um umgehend wieder zurückgedrängt zu werden.

»Also gut. Du willst es hören?«

Sie nickte.

Winter atmete tief durch. »Sie ...« Seine Stimme wurde leiser, verkam zu einem traurigen Flüstern. »Sie haben Selbstmord begangen, als ich noch ein kleiner Junge war. Ich ... ich war vier Jahre alt.«

»Das tut mir leid«, sagte Catherine.

»Sie haben mir einen Abschiedsbrief hinterlassen«, hauchte Winter. »Ich ... Davon habe ich noch nie jemandem erzählt, er ...« Winter verstummte und zog seine Brieftasche hervor. »Ich habe ihn hier drin, willst du ihn sehen?«

Catherine nickte stumm und Winter öffnete das Portemonnaie und zog ein zusammengefaltetes Stück Papier hervor, das in Schutzfolie eingepackt war. Er entfaltete das Blatt und las mit brüchiger Stimme:

Liebster Richard,
es wird vermutlich ein paar Jahre dauern, bis du diesen Brief lesen und verstehen kannst. Wir würden uns wünschen, dass wir dir persönlich erklären könnten, warum wir tun, was getan werden muss, aber das ist leider nicht möglich. Vielleicht sind wir auch einfach zu feige dafür.

Richard, als du uns geboren wurdest, war unser Glück perfekt. Es war der schönste Moment unseres Lebens und wir würden alles für dich tun, um dich zu beschützen und zu leiten, doch wird uns das in diesem Leben nicht mehr möglich sein.

Dein Papa und deine Mama leiden an einer unheilbaren Krankheit, für welche die Ärzte noch keinen Namen haben. Deine Mama hat jeden Tag starke Schmerzen, doch bisher hat sie immer durchgehalten, deinetwegen. Doch nun haben die Schmerzen auch bei deinem Papa angefangen und wegen der Krankheit hat er seine Stelle verloren und ist nun arbeitslos. Zu den Schmerzen kommen jetzt Existenzängste dazu. Denn wir haben kein Geld mehr, um dich zu ernähren, um dir im Winter warme Kleider zu kaufen oder mit dir etwas zu unternehmen.

Die Ärzte haben deiner Mama nur noch wenige Monate gegeben, und so sehr dich deine Mama auch liebt, kann sie so nicht länger weiterleben. Wir möchten selber entscheiden, wann und wie wir diese Welt verlassen. Wir möchten nicht als leidende, seelische und körperliche Wracks abtreten, die keinen anderen Gedanken mehr fassen können als Schmerz. Unser letzter Gedanke soll dir gelten, liebster Richard. Dir – und nicht unserer Krankheit.

Papa wird Mama auf diesem Weg begleiten, und wir werden beide stets vom Himmel oben auf dich herabsehen, dich behüten und beschützen, liebster Richard. Und während wir als deine Schutzengel auf dich aufpassen, wird Ben auf der Erde auf dich achtgeben. Er wird dein zweiter Vater sein. Wir wissen, dass du das jetzt nicht verstehen wirst, nicht verstehen kannst. Nicht heute und nicht morgen; vielleicht nie. Wir wollten dich nicht im Stich lassen. Bitte glaube uns, dass

du unser Glück bist. Doch für uns gibt es auf dieser Erde kein lebenswertes Leben mehr.
Wir lieben dich, jetzt und für immer.
Deine Mama und dein Papa

Winter verstummte. Tränen rannen ihm über die Wangen, wie jedes Mal, wenn er den Brief las. Doch es war das erste Mal gewesen, dass er ihn jemandem vorgelesen hatte. Er wusste nicht, warum er das getan hatte. Er kannte Catherine kaum. Und doch war da ein Gefühl tiefer Verbundenheit, als ob sie sich schon lange kennen würden, oder beinahe, als ob sie seelenverwandt wären.

»Das ist eine traurige Geschichte«, sagte Catherine schließlich, »aber ein wunderschöner Brief. Hast du auch ein Bild von ihnen?«

Winter nickte und zog ein Foto aus der Brieftasche, das ebenfalls laminiert war. Dennoch sah man ihm das Alter an. Es war stark verblichen und wies an den Rändern Flecken auf. Es zeigte einen jungen, sportlichen Mann Mitte zwanzig mit Schnauz, schulterlangen Haaren und großer Brille und eine etwa gleichaltrige Frau mit langen blonden Locken und einem sympathischen Lächeln. Zwischen den beiden stand ein kleiner Junge von vielleicht drei Jahren. Er trug eine blaue Mütze und winkte in die Kamera.

»Sie sehen schrecklich aus, nicht wahr?« Winter lächelte aufgesetzt, doch eine weitere Träne rann über seine Wange.

»Nein, sie sehen wunderbar aus«, sagte Catherine und lächelte warm. »Sie haben dich wirklich geliebt.«

»Denkst du das wirklich?« Winter steckte das Foto und den Brief wieder in die Brieftasche zurück und wischte sich die Tränen weg. »Ich weiß, das ist, was sie in dem Brief schreiben, aber ... dennoch ... ich meine ... Ich will ihnen keinen Vorwurf mehr machen, das habe ich oft genug getan in all den Jahren, aber ...«

»Dennoch fühltest du dich von ihnen im Stich gelassen, nicht wahr?« Catherine sah ihm direkt in die Augen und Winter nickte und sah betreten weg. »Das ist in Ordnung, Richard. Sie haben dich verlassen und es ist ganz normal, dass du wütend und traurig darüber bist. Doch denk daran, dass sie dich aus einem bestimmten Grund verlassen haben. Nicht, weil sie dich nicht liebten oder dich nicht mehr haben wollten, sondern weil ihr Leben es ihnen nicht länger erlaubte, bei dir zu sein. Selbst wenn sie sich nicht so entschieden hätten, wären sie wohl kurze Zeit später von dir gegangen. So ist das Schicksal.«

»Ben sagte, er hätte von ihrem Selbstmord geträumt, es aber nicht wahrhaben wollen.«

»Und hätte er es verhindern können? Nein«, beantwortete sie ihre Frage gleich selbst. »Schicksal, Richard.«

»Schicksal«, murmelte er und stellte die Flasche Whiskey in die Bar zurück. »Schicksal. War es das bei dir auch? Schicksal?«

Catherine schüttelte vehement den Kopf. »Nein, ich habe mein Schicksal selbst in die Hand genommen. Mein Vater hat meine Mutter jahrelang misshandelt, ohne dafür zur Rechenschaft gezogen worden zu sein. Als ich dreizehn Jahre alt war, hat er dann ... begonnen, auch mich zu ... missbrauchen.« Catherine stockte. »Meine Mutter wusste es, doch sie hat nie auch nur versucht, mir beizustehen oder mir zu helfen. Tag für Tag hat sie weggeschaut, hat weggehört.« Catherine stand auf und deutete auf Bens Bar. »Ich glaube, nun könnte ich einen Drink vertragen.«

Winter erhob sich, ging zur Bar und nahm ein Glas in die Hand. »Irgendwelche Vorlieben?«

Sie schüttelte den Kopf. »Ich trinke sonst eigentlich nie, ich habe keine Ahnung, was von all diesem Zeug gut schmeckt.«

Winter schenkte ihr einen Whiskey ein und sich nach, reichte ihr das Glas und setzte sich wieder. Catherine nahm einen kleinen Schluck und verzog angewidert das Gesicht.

»Was ist dann passiert?«, fragte er vorsichtig.

»Ich habe mich an die Polizei gewandt. Ich habe ihnen alles erzählt.« Sie nahm einen weiteren Schluck. »Meine Mutter hat alles abgestritten. Sie hat meinen Vater in Schutz genommen; ich hätte dies alles nur erfunden. Meinem Vater ist nichts passiert und die Misshandlungen gingen weiter.« Noch ein Schluck. Catherine tigerte in der kleinen Wohnstube auf und ab. Offenbar nahm sie die Geschichte immer noch sehr mit. »Also habe ich die Gerechtigkeit selbst in die Hand genommen.«

»Du hast *was*?«

»Ich habe … Ich glaube, ich sollte jetzt besser den Mund halten.« Catherine nahm einen weiteren Schluck und setzte sich. Sie trommelte mit den Fingern auf den Rand des Glases und wich Winters Blick aus.

»Ach, komm schon! Meinst du etwa, ich würde mit der Geschichte zur Polizei gehen und dich verpfeifen? Egal, was du getan hast, schlimmer als das, wofür sie mich verdächtigen, kann es nicht sein.«

Catherine sah auf die Uhr, doch Winter merkte sofort, dass die Geste gespielt war.

»Ich muss jetzt gehen. Tut mir leid, ich habe noch einen Bericht zu schreiben.« Sie stellte das Glas auf den kleinen

Tisch vor der Couch, erhob sich und trat in den Flur hinaus.

Winter stand ebenfalls auf und folgte ihr.

»Ehrlich? Du lässt mich hier sitzen, ohne mir zu sagen, was du getan hast?«

Catherine nahm ihren Mantel vom Haken und öffnete die Tür.

»Tut mir leid, ich hätte nicht damit anfangen sollen. Ich melde mich.« Und damit ließ sie ihn im Flur stehen.

Winter schüttelte den Kopf und kehrte ins Wohnzimmer zurück.

›Was hat sie damit gemeint, sie habe die *Gerechtigkeit* selbst in die Hand genommen? Hat sie tatsächlich …?‹ Nein, diesen Gedanken wollte Winter nicht weiterverfolgen.

Ein quietschendes Geräusch erklang. Das musste die Haustüre sein.

»Junge, kannst du mir mal mit den Einkäufen zur Hand gehen?«, hörte er Bens Stimme aus dem Flur.

Winter erhob sich und folgte seinem Stiefvater nach draußen. Im Flur standen bereits zwei volle Einkaufstüten, und Winter sah, dass der Kofferraum und die Rücksitze des grünen Trabis, der auf dem Vorplatz stand, mit weiteren Tüten vollgestopft waren.

»Ich gehe nicht häufig einkaufen«, meinte Ben, als er Winters Blick bemerkte, »doch wenn, dann muss es für eine Weile reichen.«

»Du hast ihn immer noch?« Winter schüttelte ungläubig den Kopf.

»Den Trabi? Natürlich, was denkst du denn? Eins kann ich dir versichern, Richard: Ich werde vor ihm gehen.«

Winter schnappte sich zwei Tüten und trug sie schmunzelnd ins Haus.

»Ich habe nachgedacht«, sagte Ben lächelnd, als sie alles ausgeladen hatten.

»Über was?«

»Über das Motiv des Mörders und wie uns das weiterhilft.«

»Und?«

»Ich hätte da eine Idee.«

40

Das Telefon klingelte. Dr. Albert Stanke betrachtete gerade den bald erscheinenden Bildband eines Künstlers, angeblich aufstrebend und natürlich jung, für den er eine Rezension schreiben sollte. Gedankenverloren nahm er ab.

»Hallo?«

Die Bilder gefielen ihm nicht. Auf den ersten Blick sah zwar alles ganz ordentlich aus, gut gemalt, die Technik lehrbuchartig eingesetzt, doch die Bildkomposition ließ in seinen Augen zu wünschen übrig. Eine weitere unerfreuliche Rezension, die seinen Ruf als strengen Kritiker weiter stärken würde. Etwas, was er eigentlich nicht anstrebte, aber er war halt anspruchsvoll.

»Dr. Stanke?« Die Stimme am anderen Ende der Leitung klang aufgeregt.

Stanke sah aufs Display seines Telefons – unbekannte Rufnummer. ›Sicher wieder ein Kunststudent, dessen Bilder ich rezensieren soll‹, seufzte Stanke innerlich.

»Ja«, sagte er, mürrischer als geplant, »allerdings bin ich sehr beschäftigt. Rufen Sie doch ein andermal wieder an.«

»Es ist wichtig. Es geht um die Porträts des Spieluhr-Serienmörders.«

Stanke horchte auf und klappte das Buch vor sich zu.

»Gratuliere, sie haben fünf Minuten meiner Aufmerksamkeit.«

Stanke hatte gestern eine befremdlich wirkende Einladung zur Vernissage jener Porträts erhalten. Vom »Spieluhrmörder« höchstpersönlich, wenn man dem Brief Glauben schenken konnte. Die unterschwellige Drohung mit dem Tod, falls er nicht an die Vernissage gehen würde, hatte jedoch seinen Entschluss, nicht hinzugehen, nur noch besiegelt. Natürlich hatte er dann die Vernissage in den Nachrichten mitverfolgt, um zu sehen, was ihm da entgangen war. Und er war heillos froh gewesen, sich diesem Zirkus nicht angeschlossen zu haben. Die drei Kunstkritiker, die vor Ort gewesen waren, kannte Stanke allesamt nur zu gut. ›Mediengeile Selbstdarsteller! Und obendrein käuflich!‹

»Mein Name ist Richard Winter«, sagte der Mann am anderen Ende der Leitung.

Der Name kam Stanke vage bekannt vor, doch konnte er nicht sagen, woher.

»Ich bin der Hauptverdächtige im Spieluhrserienmordfall«, fuhr der Mann fort.

Stanke runzelte überrascht die Stirn.

»Vermutlich kennen Sie meinen Namen und mein Foto aus den Nachrichten. Doch ich bin nicht der Mörder und ich bin weder für die Porträts noch für die Vernissage der Bilder heute Morgen verantwortlich.«

»Ich glaube, Sie haben sich in der Nummer geirrt, Herr Winter. Ich bin weder Polizist noch Anwalt. Ich kann Ihnen in der Sache leider nicht weiterhelfen.«

»Doch, das können Sie, Dr. Stanke. Das können Sie.«

Was der Mann ihm in den nächsten Minuten berichtete und vorschlug, war so haarsträubend, dass Stanke danach einen Moment lang sprachlos war.

»Dr. Stanke? Sind Sie noch da?«

»Ja, ich … ich bin da.« Er holte tief Luft. »Also schön, Herr Winter, ich … werde kommen.«

41

»Da sind sie.«

Der ungepflegt aussehende Mann, der sich Stanke als Richard Winter vorgestellt und ihn mit einer speziellen Zugangskarte ins Institut geführt hatte, deutete nach vorne. Er sah sich immer wieder nach allen Seiten um, als fürchte er, von jemandem überrascht zu werden.

An der hinteren Wand des DNA-Labors, umgeben von Gestellen und Tischen mit zahlreichen Flaschen, Dosen, Reagenzgläsern, Kisten und anderen Behältern, befanden sich vier große Gemälde auf vier Staffeleien. Der ganze Raum war voller unterschiedlicher Messinstrumente und erinnerte Stanke vage an das Chemielabor aus seiner Schulzeit. Nur größer, umfangreicher und moderner.

Stanke sah seinen Freund Klaus Neumann fragend an. Dieser war in jungen Jahren bei der Fremdenlegion gewesen und arbeitete nun bei einer Security-Firma. Stanke hatte ihn gebeten, ihn zu begleiten, da er Winter nicht traute. Die unterschwellige Drohung im Brief des Harlekins war ihm noch zu präsent. Wer sagte, dass er diesem Winter trauen konnte und dass dieser wirklich nicht der Mörder war? Vielleicht war dies nur eine List, um den angedrohten Mord in die Tat umzusetzen und ihn, Stanke, ohne großen Aufwand in die Finger zu bekommen?

Neumann nickte und Stanke trat näher an die Bilder heran. Er holte tief Luft und betrachtete die Porträts vor sich. Nach dem ersten flüchtigen Blick meinte er zunächst, sein provisorisches Urteil bestätigt zu sehen. Denn als er die Bilder im Fernsehen gesehen hatte, hatte er den Rummel darum nicht verstehen können. Sie waren ihm in keiner Weise außergewöhnlich erschienen. Doch als Kunstkritiker wusste er, dass man nie über ein Gemälde urteilen durfte, das man nicht in natura gesehen hatte. Stanke trat einen Schritt näher, um die Porträts genauer in Augenschein zu nehmen und hielt irritiert inne.

»Das ist ... doch unmöglich«, entfuhr es ihm. Stanke runzelte die Stirn. Er musste sich in Gedanken korrigieren und bei seinen drei Kritikerkollegen zumindest zum Teil entschuldigen. Die Porträts waren nicht einfach nur gut, sie waren in der Tat brillant. Nie zuvor hatte er so etwas gesehen. Er hatte nicht den Eindruck, ein Gemälde zu betrachten, nein, es machte den Anschein, als würde er vier lebendigen Personen gegenüberstehen. Er war beinahe überzeugt davon, dass sie im nächsten Augenblick aus dem Rahmen treten würden, um ihn zu begrüßen.

»Was ist unmöglich?« Winters Stimme riss Stanke aus seinen Gedanken.

»Ich habe schon viele Porträts gesehen, Herr Winter, aber das hier ... das übertrifft alles bisher Dagewesene an Authentizität und Lebendigkeit.« Er seufzte. »Ich wollte, ich könnte Ihren Wunsch erfüllen und sagen, dass die Bilder schlecht wären oder meinen Ansprüchen von hoher Kunst nicht genügen würden, doch das kann ich nicht. Beim besten Willen nicht.«

»Das habe ich befürchtet, deshalb bitte ich Sie, Dr. Stanke, einmal in Ihrem Leben über Ihren Schatten zu springen und eine Kritik entgegen Ihrer Meinung zu verfassen. Die hier porträtierten Personen sind Mordopfer. Bestialisch gefoltert und auf grausamste Weise umgebracht. Diese Bilder wurden mit ihrem Blut, ihren Tränen und ihrem Schweiß gemalt. Ihre Kritik dieser Bilder, Dr. Stanke, ist im Moment die einzige Möglichkeit, den Täter aus seinem Versteck zu locken, um ihn vielleicht noch vor dem nächsten Mord überführen zu können. Die Polizei tappt völlig im Dunkeln.« Winter sah ihn beinahe flehend an.

Stanke wandte das Gesicht ab, um der Alkoholfahne, die ihm von Winter entgegenschwappte, etwas zu entfliehen. Dann schüttelte er den Kopf.

»Nein, es tut mir leid, Herr Winter, aber das kann ich nicht. Das widerspräche all meinen Prinzipien. Überdies würde es meinen Ruf ruinieren.«

Winter nickte und ging einige Schritte in dem Labor auf und ab.

»Das verstehe ich. Sehr gut sogar.« Er hielt inne und streckte Stanke seine Hand hin. Zögernd ergriff dieser sie. »Ich danke Ihnen fürs Herkommen, Doktor.«

Winter schritt vorneweg auf die Tür zu und öffnete sie. »Ich hoffe, der Täter hält in seinem Treiben bald inne. Die Statistik besagt zwar nichts Gutes. Durchschnittlich vergehen dreieinhalb Jahre, bevor die Polizei einen Mörder fassen kann. In diesem Zeitraum soll ein Serienmörder durchschnittlich sechs Morde begehen können. Unser Täter hat jedoch vier Mal in viereinhalb Wochen zugeschlagen. Wenn er so weitermacht, kommen in den nächsten dreieinhalb Jahren 178 weitere Opfer dazu. Sehen Sie sich sein neustes Meisterwerk an! Der Junge hieß Lukas Huber und war siebenjährig.« Winter deutete auf das vierte Porträt, das einen kleinen Jungen zeigte. »Aber, was rede ich da,

Sie haben ja Ihre Prinzipien. Das hatte ich ganz vergessen, entschuldigen Sie! Gehen wir?«

»Es reicht!« Stanke fuhr sich mit der Hand durch das schüttere, graue Haar und seufzte schwer. »Ich werd's tun.«

42

Wieder träumte sie von ihm. Sie waren im Zirkus. Lukas hatte eine Tüte Popcorn auf dem Schoss und stopfte sich eines nach dem anderen in den Mund. Er hatte Popcorn geliebt.

›Ich träume‹, realisierte Bettina Huber im Schlaf. Sie war glücklich, ihren Sohn neben sich zu haben, ihren Sohn am Leben zu sehen. Doch sie wusste auch, dass sie früher oder später erwachen und der traurigen Wahrheit ins Gesicht sehen musste. Aber sie kämpfte dagegen an. Sie wollte so lange wie möglich hier bei ihm bleiben. Bei ihrem Lukas.

Ein Jongleur erschien, und Lukas' Augen wurden groß. Er liebte Jongleure! Zuhause übte er immer eifrig mit den drei Jonglierbällen, die sie ihm geschenkt hatten, und er war schon richtig gut. Als der Jongleur begann, mit sechs Bällen gleichzeitig zu jonglieren, sprangen Lukas fast die Augen aus dem Kopf. Er klatschte begeistert, als der Jongleur sich verbeugte und die Arena verließ.

Nun betrat der Zirkusdirektor die Manege und kündigte eine »fantastische Pferdenummer« an. Da streckten plötzlich zwei Clowns ihre Köpfe aus dem Vorhang hervor und informierten den Direktor darüber, dass die Pferde noch nicht geputzt wären. Also kündigte der Direktor eine Ponynummer an. Doch wieder antworteten die Clowns, dass die Ponys noch nicht geputzt wären. Also kündigte der Direktor eine Zwergponynummer an, doch ein weiteres Mal antworteten die Clowns, die Zwergponys seien noch nicht geputzt. So verkündete der Direktor zerknirscht, dass nun eine Eselsnummer folgen würde.

»Aber wir haben keine Esel«, sagten die beiden Clowns.

Daraufhin wurde der Direktor wütend und schrie: »Ihr seid die Esel!« Er zückte seine Peitsche und jagte die beiden Clowns durch die Manege.

Lukas kreischte vor Vergnügen, als die beiden Clowns im Kreis herumgejagt wurden. Er genoss das Schauspiel so sehr, dass er für einen Moment sogar vergaß, sich weiteres Popcorn in den Mund zu stopfen.

Dann gab der Direktor den beiden Clowns ein Zuckerstückchen zur Belohnung, doch diese schnappten sich die Peitsche und ließen nun den Direktor im Kreis laufen.

Lukas lachte und kriegte sich fast nicht mehr ein. Er lachte so sehr, dass ihm Tränen die Wangen hinunterliefen.

Bettina schoss auf und atmete ein paar Mal tief durch. Obwohl sie gewusst hatte, dass sie träumte, war der Traum so realistisch gewesen, dass sie für einen Moment tatsächlich geglaubt hatte, ihren Sohn wirklich lachen zu hören. Tränen liefen ihr die Wange hinab. Sie vermisste ihn so sehr. – Da hörte sie ihn wieder lachen. Einen Moment lang glaubte sie, noch zu träumen, doch dann schüttelte sie verwirrt den Kopf und lauschte noch einmal.

Da war es wieder. Das Lachen ihres Sohnes!

Sie sah verwirrt auf ihren Mann hinunter. Der schlief immer noch friedlich neben ihr.

›Werde ich jetzt verrückt?‹ Die Polizei hatte sie zwar vor einem Geisterlachen und Geistererscheinungen ihres Sohnes gewarnt, doch nachdem sie der Polizei dieses schreckliche und zugleich wundervolle Porträt ihres Sohnes ausgehändigt hatte, war ihr versichert worden, dass diese Gefahr damit gebannt wäre.

Wieso also hörte sie nun das Lachen ihres Sohnes?

Leise stand sie auf, strich sich die langen braunen Haare aus dem Gesicht, schlüpfte in ihre Hausschuhe und schlich an der Kommode vorbei zur Schlafzimmertür. Sie öffnete sie, verließ leise das Zimmer und schloss die Türe ebenso leise wieder hinter sich. Dann stieg sie die Stufen zum Erdgeschoss hinunter – vorbei an gerahmten Familienfotos mit Lukas –, betrat das Wohnzimmer und blieb vor Schreck wie angewurzelt stehen. Sie öffnete den Mund, doch ihr Schrei erstickte und heraus kam nur ein ungläubiges Krächzen.

Direkt gegenüber der Wohnzimmertüre lehnte das Porträt ihres Sohnes Lukas an der Wand.

»Das ist ... nicht möglich«, stotterte sie und näherte sich dem Bild vorsichtig. Sie hatte es eigenhändig der Polizei mitgegeben, als die am Vortag hier gewesen war. Es konnte nicht hier sein, es durfte nicht hier sein!

»Mama?«

Bettina fuhr herum und ihr Herz setzte für einen Moment aus. Da stand er.

Lukas.

»Mama?«

»Lukas?«

Bettina zitterte und näherte sich ihrem Sohn vorsichtig.

»Lukas, du ... du bist es tatsächlich«, flüsterte sie und Tränen liefen ihr über die Wangen.

»Mama, ich habe Angst.«

»Du brauchst keine Angst mehr zu haben, mein Kleiner«, wisperte Bettina und wollte ihren Sohn in die Arme schließen, doch ihre Hände fuhren durch Lukas hindurch, ohne irgendetwas zu fühlen. Sie schluchzte auf und fuhr zurück.

»Mama, kannst du mit mir mitkommen?«

»Mitkommen? Wohin, mein Kleiner?«

»Ich weiß nicht. Aber ich will nicht alleine sein.«

»Ich … ich kann nicht mit dir mitkommen, Lukas. Ich …« Ihre Stimme versagte. Sie wandte ihr Gesicht ab und wischte sich die Tränen aus den Augen. Als sie sich wieder zu ihrem Sohn umdrehte, war dieser verschwunden.

»Lukas?«

Sie sah sich um, doch er war nirgends mehr zu sehen.

»Lukas!«

Dann hörte sie, wie oben die Schlafzimmertür aufging. Polternde Schritte auf der Treppe – und dann stand ihr Mann vor ihr.

»Schatz, du … du wirst es nicht glauben, aber ich … ich habe eben Lukas gesehen«, sagte er verstört.

Sie nickte und berichtete ihm von ihrem Erlebnis.

»Du hast ihn auch gesehen?«, fragte er ungläubig. »Und ich dachte schon, ich sei verrückt.«

»Mama?«

Beinahe gleichzeitig fuhren sie herum.

Da stand er wieder. Lukas.

»Mama, kommst du jetzt?«

»Ich kann nicht«, schluchzte sie.

Ihr Mann nahm sie in den Arm.

»Lukas, du musst jetzt stark sein«, sagte er und seine Stimme klang ebenfalls belegt. »Mama und Papa können nicht mit dir mitkommen, Lukas. Verstehst du?«

Der Knabe schüttelte den Kopf und Tränen traten ihm in die Augen. Gleichzeitig erschien eine rote Linie an seinem Hals.

»Aber es tut so weh!«

Blut tropfte dort, wo Lukas stand, zu Boden, doch sobald es auf dem Boden auftraf, verschwand es. Dafür erschienen nun auch rote Male an seinen Handgelenken. Der Junge begann zu weinen und schluchzen.

»Bitte macht, dass es aufhört. Ich will, dass es aufhört!«

»Lukas!«, schrien sie beinahe gleichzeitig und stürzten sich auf ihn, doch wieder gingen ihre Hände ins Leere.

Der Knabe drehte sich langsam um und schritt weinend davon.

Sie folgten ihm.

Er verließ ihr Haus und begann nun zu rennen, ohne nach rechts oder links zu blicken, über die Straße und durch das Quartier. Seine Eltern folgten ihm, so gut es ging. Sie hatten Mühe, mit ihm Schritt zu halten.

»Lukas, so warte doch, wir kommen ja mit dir«, schrie Bettina, doch er hörte nicht auf sie und rannte weiter. Endlich blieb er neben den Geleisen, die zum Hauptbahnhof führten, stehen. Bettina und ihr Mann schlossen schweißgebadet und völlig außer Atem zu ihm auf.

»Was tun wir hier?«, keuchte sie. »Was willst du hier, Lukas?«

Der Junge blickte in die Ferne, wo auf einmal zwei gelbe Lichter aufleuchteten. Ein Zug näherte sich. Lukas sah noch einmal zu ihnen hin, dann winkte er ihnen zu und trat auf die Geleise hinaus.

»Lukas!«, entfuhr es ihrem Mann. »Komm zurück!«

Doch der Knabe schüttelte den Kopf.

»Du hast doch gesagt, ihr kommt mit, Mama«, sagte er und streckte ihnen seine rechte Hand entgegen. Sie war blutverschmiert. »Bitte, lasst mich nicht im Stich!«

Bettina sah noch einmal zu ihrem Mann hin, dann traf sie eine Entscheidung. Sie schluckte, nickte und trat dann ebenfalls auf die Geleise hinaus.

»Schatz! Bist du verrückt geworden? Was machst du da?«

»Ich werde meinen Sohn nicht im Stich lassen, Liebling.«

»Aber ... ich ...«

Die beiden Lichter wurden immer größer. Der Zug näherte sich mit rasender Geschwindigkeit.

»Komm mit uns, Liebling«, sagte Bettina, und nun streckte auch sie ihrem Mann die Hand entgegen. »Lukas hat recht. Es ist besser so. Ich will nicht ohne ihn leben.«

»Schatz, die Polizei hat uns doch davor gewarnt, sein Geist würde auftauchen und uns zum Selbstmord verleiten!«

Bettina nickte traurig.

»Sie hatten recht«, sagte sie. Der heranbrausende Zug war mittlerweile so laut, dass er ihre Worte vermutlich gar nicht mehr verstand.

Ihr Mann sah verzweifelt zwischen dem Zug und seiner Familie hin und her. Dann schien er sich einen Ruck zu geben, denn er schritt ebenfalls auf die Geleise hinaus. Sie gingen in die Knie und umarmten ihren Sohn. Sie konnten ihn zwar nicht fühlen, doch sie wussten, dass sie sich richtig entschieden hatten, denn Lukas lächelte.

Dann war der Zug da.

43

»Spielen Sie das nochmals ab. Bitte.«

Der junge Mann im Video-Überwachungsraum des Instituts für Rechts- und Verkehrsmedizin ließ seine Finger über die Tastatur flitzen und das Video setzte erneut am 8. März um 23:32 Uhr ein. Sabine Krüger lehnte sich etwas weiter nach vorne und besah sich die Szene noch einmal: Drei Männer traten ins Blickfeld der Kamera. Ein großer, bulliger Mann, den sie Mitte vierzig schätzte, ein hagerer, älterer Mann mit Brille und schütterem Haar und – Richard Winter. Richard schritt zielstrebig auf den Haupteingang des Instituts für Rechts- und Verkehrsmedizin zu und öffnete die Türe mit einer Zugangskarte. Dann verschwanden die drei im Eingangsbereich.

»Wurde irgendetwas gestohlen?«, fragte Sabine.

»Wir vermuten, dass die drei im DNA-Labor mit den Bildern waren«, antwortete Dr. Chino. »Auf den ersten Blick sieht es nicht danach aus, als ob etwas gestohlen worden wäre.«

»Wir müssen herausfinden, wer die beiden anderen sind.«

»Ich werde ihre Gesichter durch die Gesichtserkennung unseres Systems laufen lassen«, meinte Brunner. »Schicken Sie mir dieses Video ins Revier.«

Der Mann am Computer nickte eifrig und öffnete bereits das Mailprogramm.

»Nun, was den hageren, älteren Mann angeht, da kann ich helfen«, meinte Dr. Chino. »Bei ihm handelt es sich um Dr. Albert Stanke.«

»Und wer soll das sein?« Sabine hatte den Namen noch nie zuvor gehört. Brunner jedoch schien dies etwas zu sagen.

»Ein bekannter deutscher Kunstkritiker«, meinte er, und Dr. Chino nickte bestätigend.

»Richard Winter bricht also in das Institut ein, um einem *Kunstkritiker* die vier Porträts zu zeigen?« Sabine runzelte die Stirn. »Für mich ergibt das keinen Sinn.«

Die anderen zuckten auch nur mit den Schultern.

»Also gut, wir müssen erstens herausfinden, warum Richard und dieser Kunstkritiker da eingebrochen sind, zweitens, wer dieser dritte Mann ist, und drittens, wer Richard die Zugangskarte zum Institut beschafft hat. Er muss Hilfe haben – und zwar aus unseren Reihen.«

Sabines Mobiltelefon klingelte.

»Heinrich?«

»Mach den Fernseher an«, hörte sie ihren Chef Heinrich Möller sagen, »jetzt gleich!«

»Wir brauchen einen Fernseher!«

Dr. Chino gab dem jungen Mann am Computer ein Zeichen und dieser startete einen TV-Livestream. Sie brauchten nicht lange nach dem Sender zu suchen. Auf beinahe allen deutschen Sendern wurde in den Nachrichten dasselbe Interview gezeigt.

»Das ist der Kunstkritiker, der gestern mit Richard hier eingebrochen ist«, entfuhr es Sabine.

»Ich hatte gestern das zweifelhafte Vergnügen, die vier Porträts des Spieluhr-Serienmörders betrachten zu dürfen«, sagte der hagere Mann, der laut Dr. Chino auf den Namen Albert Stanke hörte. »Und ich kann die Meinungen meiner geschätzten Kollegen in keiner Weise teilen, wenn sie sagen, dass wir es hier mit vier Meisterwerken eines Genies zu tun haben. Im Gegenteil: Diese morbiden Porträts sind nichts anderes als der hilflose Versuch eines mediokren Künstlers, Aufmerksamkeit für sein dilettantisches Schaffen zu erregen. Mit perversen Methoden und verbrecherischen Techniken versucht er, seine limitierte künstlerische Handschrift zu kaschieren. Die Bildkomposition imitiert eine gespiegelte Mona Lisa in dem vergeblichen Versuch, dem Meister der Porträts das Wasser reichen zu wollen. Dies gelingt natürlich nicht ansatzweise. Ich jedenfalls werde diese Bilder und jegliches weitere *künstlerische*«, dabei betonte er das Wort, als meinte er das Gegenteil dessen, was es bedeutete, »*Schaffen* dieses Mörders mit Nichtbeachtung strafen und fordere die Medien und Kunstkritiker des Landes auf, es mir gleichzutun.«

Der Beitrag war zu Ende, der Nachrichtensprecher erschien und wechselte das Thema. Der junge Mann am Computer stoppte die Übertragung und wartete auf weitere Befehle.

Sabine schüttelte weiterhin verständnislos den Kopf.

»Ich verstehe immer noch nicht, weshalb Richard diesem Mann die Bilder gezeigt hat.«

Brunner zuckte ebenfalls mit den Achseln.

»Also gut«, seufzte Sabine, »lass uns mit diesem Dr. Stanke sprechen. Er wird uns bestimmt weiterhelfen können.«

44

Das Fell fühlte sich weich und kuschelig an. Langsam fuhr die Hand hindurch. Jeder einzelne Finger schien die Berührung zu genießen. Es war lange her, seit diese Hand ähnliche Zärtlichkeiten ausgeteilt oder erfahren hatte.

Doch die erhoffte, beruhigende Wirkung blieb aus. Im Gegenteil, plötzlich verkrampfte sich die Hand. Die Finger krallten sich in das Fell hinein.

›Zweifelhaftes Vergnügen – mediokrer Künstler. Sie müssen dafür bezahlen! Winter und Stanke. Dilettantisches Schaffen, limitierte künstlerische Handschrift! Diese Ignoranten! Es hat sich nichts geändert, nichts! In dieser korrupten Welt da draußen geht es nach wie vor nicht um Kunst und Talent, sondern immer noch nur um Einfluss, Geld und Macht. Doch ich werde sie zwingen, umzudenken. Das Porträt von Dr. Albert Stanke wird sie dazu bringen, umzudenken.‹

Die Hand entspannte sich ein wenig und streichelte nun wieder liebevoll durch das Fell.

»Und nun zu dir, meine kleine, unschuldige Prinzessin.«

Der Kopf regte sich und zwei große, runde Augen sahen erwartungsvoll auf.

»Es tut mir leid, doch nun ist notwendig geworden, wovon ich lange Zeit zurückgeschreckt bin und was ich niemals gewollt oder beabsichtigt habe. Das musst du mir glauben. Doch er zwingt mich dazu. Es ist nicht meine Schuld, sondern seine, verstehst du?«

Die großen Augen folgten jeder Bewegung der Hand, die eben noch liebkosende Streicheleinheiten ausgeteilt hatte. Nun ergriff sie ein scharf aussehendes Messer.

»Weißt du, es wird ihn daran hindern, mich weiter zu verfolgen. Halt schön still, meine Süße, halt schön still. So ist es gut, sehr gut.«

Kh2-g2 g7-g6

45

Winter wälzte sich im Schlaf unruhig hin und her. Immer wieder schreckte er hoch, weil er meinte, ein Geräusch gehört oder eine Bewegung ausgemacht zu haben.

›Ich darf den roten Schemen diesmal nicht verpassen! Ich muss ihm folgen. Vielleicht führt er mich zum Mörder‹, dachte er im Halbschlaf.

Etwas strich sanft über seine Nase und kitzelte ihn. Winter schoss hoch und sah sich um.

Nur Dunkelheit, doch das Fenster stand offen und ein schwacher Windzug strömte durchs Zimmer. Winter runzelte die Stirn. Er war sich sicher, das Fenster, als er zu Bett gegangen war, geschlossen zu haben.

Langsam stand er auf, trat ans Fenster und sah hinaus.

Und dort stand er: der rote Schemen! Doch diesmal sah er ihn deutlicher: Er trug ein rotes, mit Flicken übersätes Kostüm, eine rote Augenmaske und eine rote Kappe mit mehreren Zipfeln, die von kleinen Glöckchen und Federn geschmückt wurden.

›Ein Harlekin!‹, ging es Winter durch den Kopf.

Als hätte der Harlekin ihn gehört, hob er in jenem Moment den Kopf und sah Winter an. Dann wandte er sich um und ging davon.

Winter zögerte nicht. Obschon sein Zimmer im ersten Stock lag, kletterte er aus dem Fenster, hielt sich mit der rechten Hand am Sims fest und ließ sich dann herabhängen. Er ließ los. Hart prallte er auf dem Rasen auf, der das Haus umgab, und für einen Moment schnappte er nach Luft; ein stechender Schmerz fuhr durch seinen angeschossenen Arm. Dann richtete er sich mühsam wieder auf, hielt sich den schmerzenden Arm und folgte dem Harlekin, der gerade den Garten von Bens Haus verließ und auf die Straße trat.

»Wer bist du?«, rief Winter ihm nach.

Der Harlekin ignorierte ihn und ging weiter.

Winter musste sich beeilen, um mit ihm Schritt zu halten. Er versuchte, zu ihm aufzuschließen, doch immer, wenn er dachte, er würde es gleich schaffen, beschleunigte der Harlekin seinen Schritt und stellte den Abstand von gut einem Dutzend Metern wieder her.

Er führte Winter scheinbar ziellos durch die Quartierstraßen von Bremens Stadtteil Osterholz, an Dutzenden weißen Einfamilienhäusern mit orange-roten Ziegeldächern vorbei, bis zu einem Industriequartier, wo er endlich vor einer großen, heruntergekommenen Lagerhalle stehen blieb. Dort öffnete er die Türe und gerade, als Winter zu ihm aufschloss, schlüpfte er hinein.

Winter folgte ihm.

Im Inneren war es kalt und Winter war froh, dass er Bens Rat befolgt und in seiner Kleidung geschlafen hatte. Dennoch fröstelte er und spürte, wie sich auf seinem ganzen Körper eine Gänsehaut bildete.

Die Halle war ausgefüllt mit toten Schweinen und Kühen! Sie hingen von der Decke wie in einer Schlachthalle. Der Harlekin verschwand zwischen all den Leibern und Winter folgte ihm, schritt zwischen zwei riesigen, aufgehängten Kuhhälften hindurch und erstarrte.

Dahinter hing von einem dieser Haken seine Mutter. Sie war nackt und voller Blut. Ihre langen, ehemals blonden Locken waren mit dunkelrotem Blut verschmiert und klebten an ihrem Gesicht, die Arme hingen leblos hinunter und ihre Augen waren geschlossen. Das kleine braune Muttermal, das sie zwischen den Brüsten gehabt hatte, fehlte – war offensichtlich herausgeschnitten worden.

Winter keuchte entsetzt auf, prallte zurück und stieß gegen eine der Kuhhälften, an der er gerade vorbeigegangen war. Er drehte sich um und schrie auf.

Es war keine Kuhhälfte, die von der Decke hinter ihm hing, es war sein Vater. Auch er war nackt und voller Blut. Von seinem Schnauz tropfte dickflüssiges Blut zu Boden und seine große Brille hing ihm mit zersprungenen Gläsern schief auf der Nase. Als Winter schrie, schlug sein Vater die Augen auf.

»Wir lieben dich, Richard«, flüsterte er, doch es klang mehr wie eine Drohung, denn wie ein Liebesbekenntnis.

Winter drehte sich um und stürmte davon, zwischen Kuh-, Schweine- und Menschenleibern hindurch. Mark Gerber tauchte vor ihm auf, ebenfalls von der Decke hängend, daneben Kathrin Bachmann und Hermann Weber.

»Hilf uns«, flüsterten sie und ihr Flüstern schien direkt in seinem Kopf zu erklingen, »hilf uns!«

Winter rannte weiter, immer mehr Leiber tauchten vor ihm auf, schienen ihm den Weg zu versperren. Immer dichter hingen sie von der Decke, immer weniger Platz gab es für ihn, sich dazwischen durchzuzwängen. Längst wusste er nicht mehr, in welcher Richtung der Eingang dieser gigantischen Lagerhalle lag.

»Hilf!«, flüsterte es in seinem Kopf, und, »wir lieben dich.«

Plötzlich lichtete sich der Wald aus Leibern und Winter hielt erschrocken inne. Vor ihm hing nun nur noch ein einzelner Leib von der Decke.

»Sydney!«, schrie Winter und Tränen rannen ihm über die Wangen, als er zu seiner Hündin rannte. Sydneys vordere rechte Pfote fehlte und wie die anderen Leiber, so war auch sie blutüberströmt. Winter presste seinen Kopf gegen ihren leblosen Schädel und schloss in stummer Verzweiflung seine Augen.

»Nein«, wisperte er. »Nein!«

Er wischte sich die Tränen fort, und als er die Augen wieder öffnete, stand der Harlekin vor ihm. Er war blutüberströmt. Aus seiner Kehle tropfte Blut herab, ebenso von seinen Handgelenken und aus seinem Bauch. Sein Gewand war längst nicht mehr nur rot vor Farbe, sondern vor Blut, seinem eigenen Blut.

»Hilf uns!«, wisperte der Harlekin. »Hilf uns!«

Winter schloss die Augen, um den schrecklichen Anblick nicht länger ertragen zu müssen. Er vergrub sein Gesicht im noch warmen Fell seiner toten Hündin, die neben ihm von der Decke hing.

»Hilf uns!«, hallte die Stimme des Harlekins durch seinen Kopf.

»Wie? Sag mir, wie?«, flüsterte Winter, öffnete die Augen und fuhr erschrocken zusammen. Er lag in seinem Bett in Bens Haus, das weiche Kissen an seine Wange gedrückt, als wäre es Sydneys Fell.

»Wie ist das möglich?«, wisperte er schweißüberströmt. ›War das nur ein Traum? Nichts als ein dummer Albtraum?‹ Doch als er zum Fenster sah, fuhr er erneut zusammen: Es stand weit offen und ein kühler Wind fuhr um seine Nase.

Winter stieg langsam aus dem Bett und trat ans Fenster. Beinahe getraute er sich nicht rauszusehen, aus Angst, was er im Garten unten erblicken mochte.

Doch da war nichts.

›Natürlich nicht.‹

Was hatte er sich nur gedacht? Vermutlich hatte er, bevor er ins Bett gestiegen war, vergessen, das Fenster zuzumachen, das war alles.

Winter legte sich wieder hin, doch der Schlaf wollte sich lange nicht einstellen. Immer wieder öffnete er die Augen, weil er dachte, der Harlekin würde in seinem Zimmer stehen, doch stets war sein Zimmer leer.

46

»Du und dein verfluchtes Pendel!« Winter war außer sich vor Wut. Seine Hände, die das Pendel noch immer umklammert hielten, zitterten. »Euretwegen habe ich alles verloren: meinen guten Ruf und meinen Job.«

»Richard, beruhige dich.« Ben hob die Hände und machte einen Schritt auf Winter zu. »Ich habe dich stets gelehrt, dass man dem Pendel nicht blind vertrauen darf. Du musst deinen Verstand benutzen und damit beurteilen, was dir das Pendel liefert.«

»Natürlich«, höhnte Winter, »du bist unschuldig an dem Drama. Ich bin derjenige, der nicht verantwortungsvoll genug mit dem Pendel umgegangen ist.«

»Das habe ich nicht so gemeint, Richard, und das weißt du. Ich …«

»Du hast mein Leben ruiniert!«, schrie Winter und warf Ben das Pendel entgegen. Der Messingkopf traf Ben mitten im Gesicht, riss die oberste Hautschicht auf und fiel dann zu Boden. »Ich hasse dich! Ich wünschte, ich wäre dir nie begegnet! Ich wünschte, mein Vater hätte mich dir nie zur Obhut anvertraut!«

»Richard, sag' so was nicht, ich bitte dich! Das kannst du nicht ernst meinen.« Bens Gesicht war aschfahl geworden. Tränen traten in seine Augen, kullerten über seine Wangen und vermischten sich mit dem Blut, das durch die Wunde, die der Messingkopf geschlagen hatte, ausgetreten war.

»Ich habe jedes Wort so gemeint, wie ich es gesagt habe«, zischte Winter und hasste sich selbst dafür. Er wollte Ben sagen, dass es ihm leidtat, dass er ihn über alles liebte, doch es ging nicht. Andere Worte sprudelten aus seinem Mund. Worte, die er nicht kontrollieren konnte. »Du wirst mich nie wieder sehen und wenn, dann wird es das Letzte sein, was du zu Gesicht kriegst, du erbärmlicher Wicht!«

»Nein!« Ben schlug die Hände vors Gesicht und brach zusammen.

Winter lachte höhnisch, drehte sich um und ging, ohne noch einmal zurückzublicken.

Winter verschlief den ganzen Morgen. Ben weckte ihn erst, als das Mittagessen bereits auf dem Tisch stand. Er hatte ein grünes Currygericht mit Hühnchen zubereitet.

»Göttlich! Das schmeckt immer noch so gut wie früher«, sagte Winter und leckte sich einen Klecks Soße von der Lippe. »Ich habe ganz vergessen, wie gut du kochen kannst! Wenn ich mich daran erinnert hätte, wäre ich schon viel früher zu dir gekommen.«

Ben machte eine abwehrende Handbewegung.

›Er war schon immer die Bescheidenheit in Person‹, dachte Winter lächelnd.

»Denkst du, er fällt auf den Köder rein?«, wechselte Ben das Thema und steckte sich eine Gabel Reis in den Mund.

»Ich hoffe es. Im Moment ist es unsere einzige Chance, ihn zu erwischen.« Winter nahm einen weiteren Bissen des köstlichen Currys. »Ich hatte heute Nacht einen seltsamen Traum«, sagte er. Seltsamerweise war ihm noch jedes Detail des Harlekin-Traumes präsent, fast als ob er das alles tatsächlich erlebt hätte, fast als wäre es gar kein Traum gewesen. Der Appetit verging ihm, als die Bilder von seinen toten Eltern wieder vor seinem inneren Auge auftauchten, und er legte das Besteck neben den Teller.

Ben wischte sich mit der Serviette über den Mund und sah Winter aufmerksam an. Winter erzählte ihm alles über den Traum, in dem ihn der Harlekin in die Lagerhalle geführt hatte. Den zweiten Traum, in dem er Ben verflucht hatte, verschwieg er wohlweislich.

»Und du bist sicher, dass du das Fenster geschlossen hattest, ehe du zu Bett gegangen bist?«, wollte Ben wissen, nachdem Winter zu Ende erzählt hatte.

Winter nickte und schüttelte gleich danach den Kopf.

»Ja ... Und nein. Ich meine, ich war sicher, aber je länger ich darüber nachdenke, desto unsicherer werde ich. Ich weiß nicht mehr, was ich denken soll, ich meine ... Ich habe vorgestern Catherine vom Selbstmord meiner Eltern erzählt. Einerseits denke ich, mein Unterbewusstsein spielte mir nun einen Streich ... und andererseits ... Es war so verdammt real ...«

»Ich kann dir keine einwandfreie Deutung deines Traums liefern, Richard«, sagte Ben. »Manche Träume werden, wie du schon sagtest, vom Unterbewusstsein heraufbeschworen, andere jedoch ...«

Es klingelte zweimal. Ben runzelte die Stirn und erhob sich. »Paketpost? Ich habe nichts bestellt.«

Er schlurfte zur Tür. Winter hörte, wie er sie aufmachte und einige Worte mit jemandem wechselte, ehe die Türe wieder zuschlug und er mit einem kleinen Paket in die Wohnstube zurückkehrte.

Nachdem er sich hingesetzt hatte, öffnete er das Paket und rümpfte angewidert die Nase. Auch Winter nahm plötzlich einen widerlichen Geruch wahr und legte die volle Gabel wieder hin, statt sie sich in den Mund zu stecken.

»Das riecht ja abscheulich! Was zum Teufel hast du da bestellt?«

Ben zuckte nur mit den Schultern, schlug das Tuch zurück, mit dem der Inhalt des Pakets zugedeckt war, und stieß einen Schrei aus.

»Was ist los? Ben?«

Winter erhob sich, lief um den Tisch und zuckte zusammen. Im Paket lag eine abgetrennte Hundepfote. Winter erkannte sie sofort.

»Sydney!«

Er riss Ben das Paket aus der Hand. Aus den Augenwinkeln nahm er wahr, wie sich sein Stiefvater erhob und aus dem Raum eilte. Wie in Trance hörte er, wie Ben sich auf der Toilette übergab. Tränen schossen Winter in die Augen.

›Sydney!‹ Dieses Schwein hatte sich an seinem Hund vergriffen. Ob sie noch lebte? Er wollte das Tuch wieder über das makabre Geschenk schlagen, da sah er, dass unter der Pfote ein gefalteter Zettel lag. Angewidert zog er ihn hervor. Er war mit blutigen Flecken bedeckt und maschinell geschrieben worden.

Lieber Herr Winter!
Ich hoffe, es geht Ihnen gut oder zumindest besser als Ihrer Hündin. Die Kleine muss im Moment ganz schön was durchmachen. Aber ich bin sicher, auch sie wird lernen, mit drei Pfoten zurechtzukommen. Doch ob sie auch mit zwei Pfoten zurechtkommt, mit einer oder gar ohne Pfoten? Auch wenn es

mich zutiefst schmerzt, einem unschuldigen Tier solche Qualen bereiten zu müssen, so werde ich es wieder tun, wenn Sie sich nicht endlich heraushalten und mich in Ruhe weitermalen lassen.
Herzlichst
Ihr Harlekin

»Woher hat er diese Adresse? Ben! Woher kennt dieses Schwein meinen Aufenthaltsort?«

Winter stürmte in die Toilette, wo Ben sich gerade die Mundwinkel abwischte und das Spülbecken auswusch. Er packte Ben bei den Schultern und drehte ihn zu sich herum.

»Woher weiß er, dass ich bei dir bin? Wem hast du alles davon erzählt, dass ich hier wohne?«

»Ich? Niemandem! Ich schwöre es, Richard, ich habe es niemandem erzählt. Lass mich los.«

Winter atmete einmal tief durch und trat einen Schritt zurück. »Entschuldige.«

»Wer weiß alles, dass du hier bist?«

»Nur du und Catherine.«

Ben runzelte die Stirn und schlurfte zurück ins Wohnzimmer. Er sah den blutbefleckten Brief, der auf dem Esstisch lag, nahm ihn in die Hand und überflog ihn. Dann setzte er sich seufzend auf die Couch und starrte vor sich auf den Boden.

»Du bist doch Privatdetektiv, also sag mir, welche Möglichkeiten gibt es denn, wie der Mörder zu dieser Adresse gekommen ist?«

Winter runzelte die Stirn. »Jemand von euch beiden hat mich verraten, oder er hat mich beobachtet, wie ich in dein Haus gegangen bin.«

Ben nickte bedächtig. »Es ist wie in deinem Traum, nicht wahr?«

»Was?«

»Es ist wie in deinem Traum. Du hast mir erzählt, Sydneys vordere rechte Pfote hätte gefehlt.«

Winter fuhr es eiskalt über den Rücken.

»Das ... das ist doch nicht möglich. Woher ... Ich meine, das kann mein Unterbewusstsein nicht gewusst haben.«

»Der Harlekin«, flüsterte Ben, »der Harlekin hat es gewusst. Der Traum war eine Warnung und ein Hilfeschrei zugleich.«

Winter setzte sich und fuhr sich traurig mit den Händen durchs Haar. »Ich verstehe das alles nicht.«

»Und warum hat er das Paket an mich adressiert und nicht an dich? Der Inhalt scheint ja für dich bestimmt zu sein.«

»Das ...« Winter kratzte sich am Kopf. »Das ... Ich weiß nicht, vielleicht ... Er will nicht, dass jemand anders meinen Aufenthaltsort herausfindet. Er will nicht, dass die Polizei mich findet und verhaftet.«

»Und warum will er das nicht?«

»Scheiße!« Langsam dämmerte es Winter, worauf Ben hinauswollte. »Damit er weiter morden kann.«

Ben nickte traurig. Einen Moment lang war es ruhig in dem kleinen Wohnzimmer. Winter setzte sich neben Ben und starrte traurig ins Nichts. Plötzlich kam ihm ein Gedanke.

»Vielleicht sollte ich mich der Polizei stellen.«

»Was?« Ben sah auf.

»Wenn ich mich der Polizei stellen würde und der Mörder weitermordet, würde mich das entlasten.«

»Und Dr. Stanke würde sterben.«

»Mist, ja, du hast natürlich recht. Aber was soll ich denn jetzt tun? Ich will nicht, dass er Sydney weiter verstümmelt!«

»Ich weiß, mein Sohn, ich weiß«, murmelte Ben, »aber wenn du aufhörst, ihn zu suchen, dann wirst du Sydney wohl nie mehr zu Gesicht kriegen.«

Dc5-e7 Kg7-g8

47

»Wie lange willst du die Überwachung aufrechterhalten?«

»Bis um Mitternacht«, beantwortete Winter ihre Frage.

Catherine blickte mit müden Augen durch die Windschutzscheibe des blauen BMWs nach draußen, hin zu Stankes Anwesen, einem älteren, weißen Einfamilienhaus in einem ländlichen, etwas abgeschiedenen Quartier außerhalb Düsseldorfs. Linkerhand lag eine angebaute Garage und vor dem Haus ein großer Vorplatz. Das Haus machte einen etwas baufälligen Eindruck: Die Satellitenschüssel stand schief auf dem Dach, die Schindeln hatten bereits an vielen Stellen Moos angesetzt und die ehemals weißen Hauswände hatten mittlerweile einen schmuddeligen, beigen Ton.

Sie lagen nun schon seit fünf Stunden auf der Lauer. Winter hatte Catherine gebeten, mit ihm nach Düsseldorf zu fahren, um Stanke zu beschatten. Um fünf Uhr in der Früh waren sie losgefahren.

Er sah auf die Uhr: ein Uhr nachmittags. Er hoffte, dass seine Theorie stimmte und der Mörder Stanke wirklich als nächstes Opfer auf der Liste hatte. Es musste einfach stimmen!

»Es ist Freitag. Der Mörder hat bisher immer am Freitag zugeschlagen.«

Catherine nickte, rieb sich die Augen und gähnte. »'tschuldigung, ich habe nicht viel geschlafen letzte Nacht.«

»Ich weiß, es tut mir leid, aber das ist unsere Chance, ihn endlich zu erwischen.«

»Wenn er denn wirklich kommt.«

Winter nickte nervös. Eine Weile lang war es ruhig in dem kleinen Auto.

»Ich habe ihn vergiftet.«

Winter drehte sich überrascht zu Catherine um. Diese schaute immer noch geradeaus nach draußen, doch ihr Blick verlor sich irgendwo in weiter Ferne.

»Du hast was?«

»Meinen Vater.«

Catherine wandte sich um und sah Winter nun direkt in die Augen. Hass sprühte aus ihrem Blick.

»Ich habe ihn vergiftet. Und ich würde es wieder tun.«

Ihr Blick entspannte sich ein wenig und sie sah wieder nach vorne.

»Ich hatte einen Hund damals, Nora. Sie war meine einzige Freundin und Verbündete zuhause. Bei ihr konnte ich mich ausheulen und aussprechen. Sie war die Einzige, die stets zu mir hielt. – Als mein Vater mich das erste Mal … vergewaltigte, schrie und tobte ich. Ich versuchte mich zu wehren. Ich bat meine Mutter, mir beizustehen, doch sie senkte nur den Blick und verließ das Zimmer. Mein Vater lachte hämisch, schlug mich und befahl mir, sofort mit dem Gezeter aufzuhören. Da griff Nora ihn an. Sie biss ihn ins Bein und ließ ihn nicht mehr los. Er schrie auf und …« Tränen traten Catherine ins Gesicht und sie wandte sich einen Moment ab. »Mein Vater nahm seinen Baseballschläger und … schlug Nora damit den Schädel ein. Vor meinen Augen.«

»Mein Gott!«, stöhnte Winter entsetzt auf.

»Ich musste ihm jeden Abend nach dem Essen seinen Kaffee servieren. Ein Freund von mir war der Sohn eines Apothekers. Ich hatte ihm schon länger davon erzählt, wie mein Vater mich misshandelte. Er hatte mir auch geraten, zur Polizei zu gehen. Als die Polizei nichts unternahm, bat ich ihn um ein – Mittel, irgendetwas Endgültiges. – Einige Wochen später ergab sich eine Gelegenheit, als meine Mutter am Abend außer Haus war. Mein Vater war Alkoholiker. Er hatte schon den ganzen Nachmittag über gesoffen. Nach dem Essen, das ich für ihn zubereiten musste, gab ich die Kapsel in den Kaffee, den ich ihm brachte. Ich habe ihm beim Sterben zugesehen. Er kriegte Krämpfe, dann erbrach er sich, schnappte nach Luft und sah mich mit großen Augen an. Und dann starb er. Ich ging zur Bar, nahm eine Handvoll Flaschen raus, schüttete den Inhalt ins Waschbecken und verteilte sie dann rund um meinen Vater, wo schon einige Bier- und Schnapsflaschen lagen. Die Diagnose war einfach: ›zu Tode gesoffen‹.« Catherine schüttelte seufzend den Kopf. »Niemand hat Fragen gestellt, niemand hat ihn vermisst. Heute würde man freilich nicht mehr damit durchkommen.«

»Was dir passiert ist, tut mir leid«, sagte Winter.

Catherine schüttelte den Kopf. »Das muss es nicht. Es hat mich zu der gemacht, die ich bin. Nach diesem Vorfall habe ich beschlossen, Polizistin zu werden und zu verhindern, dass Leute wie mein Vater ohne Strafe davonkommen. Ich wollte es besser machen als die Polizisten, an die ich mich in meiner Verzweiflung gewandt hatte und die mir nicht geglaubt hatten. Ich wusste, wie sich misshandelte Kinder fühlten, und ich wollte ihnen Mut machen und mich für sie einsetzen.«

»Das ist …«, begann Winter, doch Catherine unterbrach ihn.

»Stanke kommt raus.«

Tatsächlich verließ in diesem Moment Dr. Stanke sein Haus und schritt auf seinen Audi zu, der vor seinem Haus geparkt war. Stanke zog den Autoschlüssel aus der Jackentasche und öffnete das Auto. Dann stieg er ein.

»Wir folgen ihm«, sagte Winter.

Doch ehe Stankes Auto ansprang, sahen Catherine und Winter, wie sich auf dem Rücksitz von seinem Audi eine Gestalt aufrichtete und den Kunstkritiker von hinten mehrmals mit einem großen Gegenstand auf den Kopf schlug.

»Scheiße!«, entfuhr es Winter. »Das ist er!«

Winter und Catherine öffneten gleichzeitig die Autotüren und sprangen ins Freie. Im selben Moment öffnete sich auch die Türe von Stankes Audi. Die Gestalt stieg aus und erblickte Winter und Catherine, die auf sie zueilten. Sie trug Sonnenbrille, Hut und Mantel, hatte halblange, braune Haare und einen Vollbart.

»Hände hoch! Polizei!«, schrie Catherine und zog im Rennen ihre Waffe. Der Angesprochene wirbelte herum, öffnete die Fahrertür, stieß Stanke auf den Beifahrersitz und sprang ins Auto. Winter und Catherine waren nur noch ein Dutzend Meter vom Auto entfernt, als der Motor des Audis startete. Sie würden es nicht schaffen.

»Schieß!«, schrie Winter. Catherine schien zum gleichen Schluss gekommen zu sein, denn ein Schuss löste sich aus ihrer Waffe. Doch der Audi machte im selben Moment einen Satz nach vorne und die Kugel, die vermutlich den Reifen hatte treffen sollen, prallte stattdessen auf den Gehsteig und schoss als Querschläger über die Straße davon. Mit quietschenden Reifen fuhr der Audi los, gerade als Winter den Heckspoiler zu fassen kriegte. Er entglitt ihm und Winter fiel zu Boden.

»Schnell! Wir müssen ihn verfolgen!« Winter rappelte sich auf und sie rannten zurück zu Catherines Auto. Sie startete den Motor und fuhr los.

»Der Mistkerl hat in Stankes Auto gewartet!«, fluchte Winter.

»Die ganze Zeit über waren wir nur fünfzig Meter von ihm entfernt«, stöhnte Catherine auf.

Der Audi war bereits außer Sicht, als sie auf die Dorfstraße des ländlichen Düsseldorfer Stadtteils Hubbelrath abbogen.

»Rechts!«, befahl Winter. »Er muss rechts gefahren sein, wenn er so schnell wie möglich von hier weg will.«

»Hoffen wir, dass er das will und sich nicht hier irgendwo in einem Quartiersträßchen versteckt.«

Catherine bog rechts ab und beschleunigte, bis sie eine Kreuzung erreichten.

»Wieder rechts!« Winter wusste, dass er nur raten konnte. Wenn der Mörder nach Bremen wollte, würde er so fahren. Doch was, wenn er plante, erst seine Verfolger abzuschütteln?

»Da ist er«, sagte Catherine und deutete aufgeregt nach vorne.

Und tatsächlich: Einige hundert Meter vor ihnen entdeckte nun auch Winter den Audi, der gerade an der nächsten Kreuzung wieder rechts abbog. Catherine beschleunigte noch einmal, ehe sie ebenfalls auf die größere Landstraße einbog.

Sie waren dem Audi nun schon deutlich näher gekommen.

»Zivilfahrzeug der Kripo«, sagte Catherine lächelnd und drückte das Gaspedal durch.

Winter wurde nach hinten gedrückt, als der BMW auf der langen und geraden Straße immer weiter beschleunigte und aufholte. Vor ihnen kam die Autobahnauffahrt der A3 in Sicht. Winter hatte damit gerechnet, dass der Mörder auf die Autobahn fahren würde, um Richtung Bremen zu fahren, doch der Audi fuhr weiter geradeaus. Vermutlich hatte der Entführer erkannt, dass der BMW seiner Verfolger schneller war und er auf der Autobahn erst recht keine Chance hatte, sie abzuschütteln.

Der Audi war keine zwanzig Meter mehr von ihnen entfernt, als er plötzlich rechts in eine Quartierstraße einbog. Catherine bremste ab und folgte ihm fluchend und mit quietschenden Reifen. Ihr Tempo war immer noch horrend hoch. Winter hoffte, dass sich keine Passanten auf der Straße befanden. Catherine war offenbar den gleichen Gedanken nachgehangen, denn sie bremste noch mehr, während der Audi vor ihnen rücksichtslos weiterfuhr und wieder etwas Boden gutmachte.

Eine ältere Frau überquerte gerade mit ihrem Hund die Straße, als der Audi angebraust kam. Der Entführer wich nach links aus und verfehlte die Frau nur um eine Handbreit. Catherine machte eine Vollbremsung, sodass sie und Winter nach vorne in die Gurte gedrückt wurden. Die Frau überquerte hastig die Straße und hob fluchend den Arm. Der Hund bellte, Winter fluchte.

Catherine beschleunigte wieder und fuhr dem Audi nach, der schon um die nächste Biegung gebraust war.

Internationaler Golf Club Düsseldorf verkündete ein Schild, als sie um die Kurve fuhren und ein mächtiges, herrschaftliches Haus vor ihnen aufragte. Eine Wasserstraße, rechts und links gesäumt von den kleinen weißen Golfmobilen, führte auf das elegante Haus zu.

Der Audi brauste daran vorbei und bog links auf den Golfplatz ab.

»Verdammter Mistkerl!«, fluchte Catherine und folgte ihm.

Zu dieser Tageszeit war der Golfplatz noch nicht allzu bevölkert. Dann und wann sah man vereinzelte Spieler auf den riesigen Wiesen, doch glücklicherweise bildeten sie die Ausnahme. Die Feldwege, über die sie nun brausten, waren allerdings eindeutig nicht für große Autos gemacht und vor allem nicht für ihre Geschwindigkeit.

Als Catherine wieder aufholte, bog der Audi vor ihnen plötzlich vom Feldweg ab und fuhr mitten auf die Wiese hinaus. Catherine fluchte ungehemmt und folgte ihm. Winter wurde auf seinem Sitz hin und her geschüttelt und hielt sich mit beiden Händen, so gut es ging, an der Türe und dem Sitz fest. Vor ihnen tauchte eine Hecke auf, der Audi fuhr rücksichtslos hindurch. Catherine folgte ihm mit zusammengebissenen Zähnen, und Winter kam nicht umhin, sie im Stillen zu bewundern und ihr Respekt zu zollen.

Als sie sich kennengelernt hatten, hätte er dieser grauen Maus so etwas niemals zugetraut. ›Wie ein Racheengel, der seine einmal aufgenommene Fährte unter keinen Umständen mehr aufgibt‹, dachte er beeindruckt.

Etwas klirrte und dann durchschlug eine Kugel mit voller Wucht die Windschutzscheibe ihres BMWs.

»Scheiße!«

Winter hatte instinktiv den Kopf eingezogen und auch Catherine war zusammengezuckt, sodass das Auto einen unvermittelten Schwenker nach links machte und auf dem hügeligen Rasen für einen kurzen Moment auf zwei Rädern stand, ehe es wieder zu Boden krachte.

»Der Mistkerl schießt auf uns? Wie hat er das gemacht?« Catherine sah Winter fragend an.

Dieser drehte sich um. Auf dem Rücksitz lag ein Golfball. Winter ergriff ihn und hielt ihn Catherine unter die Nase.

»Gar nicht. Wir hatten wohl einfach Pech.«

»Oder Glück, dass er uns nicht getroffen hat.«

Der Audi hatte schon wieder etwas an Boden gutgemacht und fuhr mitten auf einen Golfbunker zu, eine Mulde, die mit Sand gefüllt war. Catherine stöhnte auf, folgte dem Audi jedoch ergeben. Doch kurz vor dem Bunker drehte dieser ab, machte eine Rechtskurve und fuhr wieder geradeaus über die Wiese. Catherine korrigierte ihren Kurs ebenfalls und beschleunigte.

Vor ihnen kamen zwei Golfspieler in Sicht, die sich hastig und fluchend vor den beiden heranbrausenden Autos in Sicherheit brachten. Wieder holte Catherine auf und war nun nur noch einige Meter hinter dem Audi.

Winter zog seine Pistole und ließ das Fenster herunter.

»Wo hast du die Waffe her?«, fragte Catherine überrascht.

»Hab' ich Sabine abgenommen.«

»Du hast … was?«

»Ich hab' sie Sabine abgenommen. Sie ist bei mir in besseren Händen.«

Er lehnte sich mit dem Oberkörper aus dem Wagen, zielte und schoss. Der erste Schuss verfehlte das Ziel und der

Audi vor ihm begann nun kleine Kurven zu fahren – wie ein Hase, der vor einem Jäger davonrennt.

»Was machst du da?«, kreischte Catherine. »Stanke ist da drin und …«

»Keine Angst, ich schieße nur auf die Reifen.«

»Ich weiß nicht, ob das …«

Winter schoss ein zweites Mal. Der Schuss prallte von der Karosserie des Audis ab. Als Winter das dritte Mal schoss, traf er. Der Audi wurde durch den geplatzten Reifen aus der Bahn geworfen, drehte sich um seine eigene Achse und verlor auf dem unebenen Untergrund die Balance. Er kippte hintenüber. Catherine schrie auf, als sie realisierte, dass sie dem Audi zu nah aufgefahren war. Sie konnte nicht mehr ausweichen und fuhr mit voller Wucht in das nach hinten kippende Auto hinein. Winter wurde aus dem Wagen geschleudert und überschlug sich einige Male, ehe er stöhnend liegen blieb. Einen Moment lang war ihm schwarz vor Augen.

Als er wieder zu sich kam und die Augen öffnete, sah er vor sich die beiden Autos, ineinander verkeilt wie zwei Liebende.

›Catherine!‹

Stöhnend richtete er sich auf und humpelte auf die Autos zu. In dem Moment taumelte eine Gestalt von dem gekippten BMW weg. Sie hatte halblange braune Haare und einen Bart, der aber nur noch die Hälfte des Gesichtes bedeckte. Die andere Hälfte des Bartes war verschwunden.

›Ein falscher Bart!‹, schoss es Winter durch den Kopf.

Der Mörder sah ihn im selben Augenblick. Er drehte sich um und rannte davon. Winter stürmte ihm nach, so gut es sein geschundener Körper vermochte. Aber bereits hatte der Mörder einige Dutzend Schritte zwischen sich und Winter gebracht.

»Bleib stehen!«, schrie Winter. »Bleib stehen, du verdammter Feigling!«

Der Mann schenkte seinen Worten keine Beachtung und rannte weiter, direkt auf ein Wasserhindernis zu.

›Auch das noch!‹, stöhnte Winter innerlich, als der Mörder ins Wasser preschte und zu schwimmen begann. Winter folgte ihm. Das Wasser war eisig kalt, jedoch weckte es seine Lebensgeister und verlieh ihm einen zusätzlichen Adrenalinschub. Winter holte auf.

Als der Mann das andere Ufer erreichte und aus dem Wasser stieg, hatte er ihn beinahe erreicht. Winter stieg aus dem Wasser, mobilisierte noch einmal all seine Kräfte und sprang nach vorne. Im Fallen gelang es ihm, den Fremden zu packen und zu Boden zu reißen. Ineinander verschlungen rollten sie über die Wiese. Winter packte den Mann mit der rechten Hand am Haar und umschlang seinen Hals von hinten mit dem verletzten linken Arm. Da explodierte plötzlich etwas an seiner Schläfe und ein ungeheurer Schmerz durchfuhr ihn. Er ließ los und fiel nach hinten, ehe ihm ein zweites Mal kurzzeitig schwarz vor Augen wurde. Als er wieder zu sich fand, sah er den Mörder davonrennen, er hatte schon eine beträchtliche Strecke zurückgelegt. Ächzend richtete sich Winter auf und ließ sich gleich wieder zurück und zu Boden sinken, als ihm erneut schwarz vor Augen wurde. Er befühlte seine Schläfe. Etwas Nasses rann ihm über die Hände, und als er sie vor seine Augen hielt, waren sie blutig rot.

Er stöhnte. Ein zweites Mal richtete er sich auf, unendlich langsamer und vorsichtiger diesmal. Immer noch wurde ihm leicht schwindlig, doch dieses Mal in einem erträglichen Maße. Neben ihm am Boden lag ein Holzstock, dick wie ein Arm und blutverschmiert. Der Mörder musste ihn zu fassen gekriegt und ihm damit auf den Kopf geschlagen haben. Als Winter stöhnend ganz aufstand und sich umblickte, war der Mörder nirgendwo mehr zu sehen.

»Scheiße! Scheiße! Scheiße!«

Er wollte sich mit den Händen durch die Haare fahren, als er bemerkte, dass er in seiner rechten Hand etwas umklammert hielt. Vorsichtig öffnete er die Hand. Darin lag ein Büschel Haare. Er musste es dem Mörder ausgerissen haben, als er ihn am Haar gepackt hatte.

»Jetzt kriegen wir dich«, lachte Winter auf, »jetzt kriegen wir dich, du Arschloch!«

Müde drehte er sich um und sah zum Unfallort zurück. Die beiden Autos lagen immer noch ineinander verschlungen da, wie zuvor Winter und der Mörder.

›Catherine!‹, durchfuhr es Winter da plötzlich und er taumelte, so schnell er konnte, zurück zum BMW.

48

»Die DNA-Probe wird uns den Mörder liefern.«

Winter tigerte aufgeregt in Bens Wohnzimmer hin und her.

»Bist du dir da so sicher?« Ben nippte an seinem Kaffee.

»Natürlich, diesmal kriegen wir ihn.«

»Aufgrund welcher Beweislage?«

»Die Haare, die ich ihm ausrissen habe, schon vergessen?«

»Der Richter wird also jemanden zum Mörder verurteilen, aufgrund eines Haarbüschels, den der Hauptverdächtige im Mordfall eingereicht hat? Mach' dich nicht lächerlich, Richard!«

Einen Moment lang sah Winter Ben verärgert an, dann sagte er trotzig: »Aber Catherine! Sie wird aussagen, dass sie gegen den Mörder gekämpft und ihm das Haar ausgerissen hat.«

Catherine hatte die Kollision glücklicherweise unbeschadet überstanden. Als er wieder bei den Autos angelangt war, war Catherine gerade aus dem BMW gestiegen. Stanke hatte etwas weniger Glück gehabt. Er war zwar noch am Leben, hatte jedoch schwer verletzt ins Krankenhaus eingewiesen werden müssen.

»Catherine, hm? Ich glaube, es ist jetzt bald an der Zeit, dass du mir diese fabelhafte Catherine mal vorstellst.« Ben grinste.

Winter wollte etwas erwidern, doch sein Mobiltelefon klingelte. Bens Grinsen wurde noch größer. »Wenn man vom Teufel spricht …«

»Ach, sei doch still.« Winter konnte sich ein Grinsen jedoch ebenfalls nicht verkneifen, als er den Anruf entgegennahm.

»Catherine?«

»Hallo Richard. Ich habe die Ergebnisse aus dem Labor.«

»Und?«

»Sie werden dir nicht gefallen.«

»Ach was, sag' schon!«

»Die DNA war nicht nachweisbar.«

»Was? Das ist doch nicht möglich!«

»Der Mörder hat eine Perücke getragen. Für Perücken verwendet man geschnittene Haare, also Haare ohne Haarwurzeln. Und diese liefern keine DNA-Ergebnisse.«

»Scheiße, das gibt's doch nicht.«

»Ich fürchte doch. Es tut mir leid, Richard.«

»Ja, mir auch. Danke trotzdem.«

»Gern geschehen. Ich komme später noch bei dir vorbei, wenn du magst?«

»Ich … Ja, aber sicher, gerne.«

»Gut, dann bis später.«

Richard nahm das Smartphone vom Ohr, setzte sich Ben gegenüber hin und berichtete ihm, was er eben erfahren hatte.

»Der Kerl ist ganz schön clever«, meinte Ben, »er scheint auf alles vorbereitet zu sein.«

»Zumindest haben wir einen weiteren Mord verhindern können.«

»Nur, für wie lange?«

»Für eine Woche. Er schlägt immer am Freitag zu. Wir haben also wieder eine Woche gewonnen.«

»Immerhin.« Ben erhob sich. »Ich gehe einkaufen. Brauchst du was?«

»Ein neues Leben wäre nicht schlecht.«

Ben setzte sich wieder und sah Winter an. »Was würdest du denn in einem neuen Leben anders machen, Richard?«

Winter lächelte traurig und blickte aus dem Fenster. »Alles, Ben. Alles.«

49

Ben war noch nicht lange fort, als es klingelte. Winter stand auf, ging zur Türe und sah durch den Spion. Vor der Türe stand niemand. Winter runzelte die Stirn, ergriff Bens alten Karabiner, der neben der Tür an der Garderobe lehnte, und drehte ihn um, um ihn im Notfall als Knüppel einzusetzen. Dann öffnete er die Türe vorsichtig.

»He, vorsichtig mit dem Ding, willst du mich etwa erschlagen?«

Winter hielt erstaunt inne. Vor ihm stand Catherine und lächelte nervös.

»'tschuldige«, murmelte Winter und ließ den improvisierten Knüppel sinken, »ich habe durch den Spion geschaut und da stand niemand vor der Türe.«

»Ja, ich hatte noch etwas im Auto vergessen.«

Catherine streckte Winter einen alten Jutesack entgegen. Winter nahm ihn entgegen und sah hinein. Er enthielt ein kleines, zusammengefaltetes Schachbrett und die dazugehörigen weißen und schwarzen Holzfiguren.

»Natürlich nur, wenn du Lust hast – und keine Angst zu verlieren«, meinte sie zwinkernd.

»Naja, eigentlich solltest du mir doch helfen, die Partie gegen Alexej zu gewinnen.«

»Das musst du dir zuerst verdienen. Wenn du mich besiegst, dann verrate ich dir, wie ich gegen Alexej vorgehen würde.«

»Frauenlogik«, brummte Winter. »Da du weißt, wie man Alexej bezwingen könnte, gehe ich davon aus, dass du besser bist als ich. Wie soll ich dich da also besiegen?«

»Auch ein blindes Huhn findet mal ein Korn«, lachte sie. »Und hast du nicht selbst gesagt, dass du früher mal internationale Turniere mit Werder Bremen gespielt hast? So was kann ich nicht vorweisen. Ich habe bloß …« Sie verstummte und jegliche Fröhlichkeit verschwand aus ihrem Gesicht.

»Du hast was?«

»Ach, vergiss es.«

Catherine schritt an Winter vorbei ins Haus und setzte sich auf die schmuddelige Couch. Als sie die angefangene Schnapsflasche auf dem Tisch sah, schüttelte sie den Kopf.

»Kein Wunder. So gewinnst du nie mehr gegen Alexej. Man braucht einen klaren Kopf, um Schach zu spielen.« Sie stand wieder auf, ergriff die Flasche und stellte sie in die Bar zurück.

Winter wollte widersprechen, doch ein strenger Blick Catherines ließ ihn verstummen. Schließlich setzte er sich ergeben ihr gegenüber hin und baute das Spielbrett auf.

»Ich … Es ist die einzige gute Erinnerung, die ich an meinen Vater habe«, begann Catherine, während Winter die schwarzen Figuren aufstellte.

Winter sah auf. Catherines Blick verlor sich irgendwo hinter ihm an der Tapete. Oder in der Vergangenheit.

»Er hat mir das Spiel beigebracht. Am Anfang hat er mich immer gewinnen lassen, doch am Schluss konnte er mich nicht mehr besiegen, so sehr er sich auch anstrengte. Wir haben beinahe jeden Tag gespielt, bis …« Sie brach ab und blickte Winter an. »Ich bin Weiß.«

»Ich weiß«, schmunzelte Winter und drehte das Brett so, dass die weißen Figuren vor ihr zu stehen kamen. »Mir liegt Schwarz sowieso besser.«

Catherine begann klassisch mit e2-e4, worauf Winter mit dem ebenso klassischen e7-e5 antwortete. Eine Weile lang spielten sie konzentriert und ohne zu sprechen. Catherine war ohne Zweifel eine hervorragende Spielerin, das konnte Winter schon nach wenigen Zügen erkennen. Er selbst hatte sich bisher auch stets für einen sehr guten Spieler gehalten, doch sein Selbstvertrauen hatte in den letzten Jahren mit jeder weiteren Niederlage gegen Alexej abgenommen.

Während Catherine über ihren nächsten Zug nachdachte und ins Spielgeschehen vertieft war, betrachtete Winter sie unauffällig. Sie war ihm zwar von Beginn weg unsympathisch gewesen, was aber wohl vor allem daran gelegen hatte, dass sie seine Aufpasserin für die Polizei sein sollte. Noch dazu ein Aufpasser, der ihn jeden Morgen viel zu früh aus dem wohlverdienten Schlaf gerissen hatte! Doch mittlerweile mochte er die junge Frau. Und obschon sie jünger war als er, fragte er sich, ob sich da in ihm nicht sogar mehr regte als nur etwas Sympathie. Catherine entsprach zwar objektiv betrachtet nicht unbedingt den gängigen Schönheitsidealen – dafür war sie zu mager und bleich, zu konservativ angezogen, stets ungeschminkt mit einer unmodischen Kurzhaarfrisur ausgestattet, doch je länger er sie nun kannte, desto anziehender fand er sie. Sie war anders als all die anderen Frauen. Sie ragte aus der Masse heraus, war klug und clever. Und sie war die Einzige, von Ben einmal abgesehen, die zu ihm hielt und an ihn glaubte. Obschon er keine Ahnung hatte, womit er dies verdient hatte.

Ein Lächeln umschrieb plötzlich Catherines Lippen, was ihren ansonsten harten Zügen etwas wunderbar Weiches verlieh. Sie zog den Springer und sah siegessicher auf.

»Schachmatt!« Ihre Miene veränderte sich, als sie bemerkte, dass sie beobachtet worden war. »Was siehst du mich so an?«

»Ich …« Winter wurde rot wie ein Schuljunge, der gerade dabei ertappt worden war, wie er beim Nachbarn abgeschrieben hatte. »Ich … habe mich gerade gefragt, womit ich mir dein Vertrauen und deine Hilfe verdient habe.«

Catherine lächelte und beugte sich etwas über das Schachbrett nach vorne, bis ihr Gesicht dem seinen ganz nahe war.

»Weibliche Intuition. Ich fühle einfach, dass du nicht der Mörder bist, für den dich mittlerweile ganz Deutschland hält.«

»Dennoch müsstest du mir nicht helfen und dabei deinen Job aufs Spiel setzen.«

»Die Gerechtigkeit liegt mir mehr am Herzen als mein Job, Richard, das solltest du mittlerweile wissen.«

Sie war ihm mittlerweile so nah, dass er ihren Atem auf seinem Gesicht spüren konnte. Er näherte sein Gesicht ihrem ebenfalls, doch bevor sich ihre Lippen berühren konnten, fuhr sie wie von der Tarantel gestochen zurück, erhob sich und strich sich ihre Kleidung glatt.

»Tut mir leid, Richard, aber ich kann das nicht.«

»Was … aber … Warum? Ich …«

Ein frischer Luftzug wehte durch das Wohnzimmer, als die Haustüre quietschend aufgestoßen wurde und Bens Stimme von draußen ertönte.

»Ein, zwei helfende Hände wären nett, Richard.«

Winter erhob sich und sah noch einmal verlegen zu Catherine hin, die seinem Blick auswich. »Ich … helfe dann mal Ben beim Ausladen.«

»Ich komme gleich nach«, meinte Catherine, »ich räum' nur noch schnell das Spiel weg.«

Winter war beinahe froh über Bens Erscheinen, das die peinliche Situation für beide beendet hatte. Dessen kleiner Trabi war vollgepackt mit Einkaufstüten.

»Ich dachte, du gehst nicht häufig einkaufen?«, konnte sich Winter nicht verkneifen.

»Ich habe die letzten Jahre in einem Einmannhaushalt gelebt, Junge«, antwortete Ben schnaufend, zwei volle Tüten unter dem Arm, »ich bin es nicht mehr gewohnt, für jemand anderen zu sorgen.«

»Tut mir leid, ich wollte dir nicht zur Last fallen«, sagte Winter und griff sich ebenfalls zwei Tüten.

»Nein, so war das nicht gemeint, ich bin froh über deine Gesellschaft.« Ben lächelte. »Ich habe mich seit Jahren nicht mehr so lebendig gefühlt.«

Winter wollte ihm folgen, als er aus den Augenwinkeln eine Bewegung ausmachte. Er drehte sich um und konnte einen überraschten Laut nicht unterdrücken. Gleichzeitig war er vor Schreck wie gelähmt: Auf dem Gehweg vor dem Vorplatz stand ein Clown.

»Was ist?«, fragte Ben, hielt ebenfalls inne und wandte sich um.

Der Clown griff in seine Jackentasche, zog eine Pistole hervor und legte auf Winter an.

»Nein!«, schrie Ben. Winter hörte, wie Bens Einkaufstüten zu Boden fielen, dann wurde er von hinten gepackt und zurückgerissen, so dass er das Gleichgewicht verlor und stolperte. Im selben Moment knallte der Schuss und Winters Hinterkopf kollidierte unsanft mit dem Boden.

Für einen kurzen Moment wurde ihm schwarz vor Augen.

Dann ertönte ein weiterer Schuss. Diesmal jedoch nicht von der Straße her, sondern aus Bens Haus. Noch ein Schuss. Irgendetwas hielt ihn zu Boden gedrückt, etwas Warmes lief an seinem Gesicht herab. Winter blinzelte und öffnete die Augen. Schmerz durchfuhr ihn, entstand irgendwo in seinem Hinterkopf und explodierte direkt hinter seiner Stirn. Er stöhnte. Catherines Gesicht tauchte neben ihm auf.

»Richard? Bist du verletzt?«

»Ich weiß nicht«, ächzte er. »Was ist mit dem Harlekin?«

»Er ist weg. Geflohen.«

Catherine schob das Gewicht, das ihn immer noch zu Boden drückte, von ihm weg und nun erst realisierte Winter, dass es sich dabei um Ben gehandelt hatte. Dieser war bewusstlos, seine Jacke blutgetränkt. Winter sah an sich herab. Auch seine Kleidung war blutig rot, doch es war nicht sein Blut.

»Ben!«

50

Winter und Catherine betrachteten aus sicherer Entfernung, wie Ben mit der Ambulanz abtransportiert wurde und wie die zahlreichen Polizisten den Tatort sicherten und das Haus und die Umgebung nach Spuren absuchten.

Während Catherine Ambulanz und Polizei alarmiert hatte, hatte Winter Ben notdürftig verbunden. Die Kugel war ihm in die Brust gedrungen, nachdem er Winter zurückgezogen und zu Boden gedrückt hatte, um ihn zu beschützen. Ben hatte das Bewusstsein nicht wieder erlangt und hatte nur noch ganz flach geatmet.

›Bitte, mach, dass keine lebenswichtigen Organe verletzt worden sind!‹, betete Winter sorgenvoll. Er würde es nicht ertragen, nun auch noch Ben zu verlieren, so kurz, nachdem er ihn wieder in sein Leben gelassen hatte.

»Es ist alles meine Schuld«, murmelte er.

»Was? Wieso sollte das deine Schuld sein?« Catherine sah ihn fragend an.

»Hätte ich schneller reagiert, dann …«

»Mach' dir keine Vorwürfe, Richard, du hättest nichts daran ändern können.«

»Weißt du, ich war wie starr vor Schreck, als ich den Clown erblickte. Ich …«

»Du hast Angst vor Clowns?«

Winter nickte. »Als meine Eltern sich das Leben nahmen, schickten mir die Psychologen einen Clown vorbei.

Um mich aufzuheitern.« Winter lächelte schief. »Es hat das Gegenteil bewirkt. Jedes Mal, wenn ich nun einen Clown sehe, gefriert mir das Blut in den Adern, und es erinnert mich an den Freitod meiner Eltern.«

»Das tut mir leid, Richard.«

»Das muss es nicht. Aber woher wusste er, wo ich bin?« Winter konnte sich keinen Reim darauf machen. »Es gab nur zwei Personen, die meinen Aufenthaltsort kannten: Ben und du.«

Catherine sah ihn entsetzt an. »Was willst du damit andeuten?«

»Ich weiß nicht. Sag' du es mir.«

»Na schön. Da weder ich noch Ben dich verraten haben, solltest du vielleicht noch eine dritte Möglichkeit in Betracht ziehen.«

»Und die wäre?«

»Du trägst einen Sender bei dir. Einen Chip, der deine Koordinaten brühwarm dem Mörder mitteilt.«

»Pff...«

Winter schüttelte den Kopf. »Und wie soll mir der Mörder den untergejubelt haben?«

»Ich habe zuvor nicht dran gedacht, aber da du ja davon überzeugt bist, dass der Täter in den Reihen der Polizei zu finden ist, wäre es möglich, dass er dir einen Sender in deine Brieftasche gesteckt oder in deine Kleidung genäht hat, als du im Gefängnis warst.«

»Meine Klamotten habe ich seither bereits mehr als einmal gewechselt, aber meine Brieftasche ...« Winter zückte sie und durchsuchte sie, jedoch ohne sichtlichen Erfolg.

»Vielleicht ist der Sender ins Futter des Portemonnaies eingenäht.«

Winter riss die Nähte des Portemonnaies auf und zerlegte es in seine Einzelteile, jedoch ohne Erfolg.

»Ich glaube, ich brauche eine neue Brieftasche und neue Bekleidung. Ich will kein Risiko mehr eingehen. Alles Alte wird entsorgt.«

»Obschon …« Catherine zog ihre Stirn in Falten.

»Obschon was?«

»Ich hätte da so eine Idee, zu was die alten Sachen noch zu gebrauchen wären«, meinte sie und lächelte grimmig.

Kg2-f3 Db7-c7

51

Winter hatte den Kragen seiner neuen Jacke hochgeschlagen und hielt den Kopf gesenkt, und dennoch hatte er das Gefühl, von allen Leuten angestarrt und erkannt zu werden.

Das Krankenhaus Klinikum Bremen-Ost, wo man Ben hingebracht hatte, lag nur drei Kilometer von dessen Zuhause entfernt. Erst hatte man Winter den Zutritt zu Bens Zimmer verweigern wollen, also hatte er schließlich schweren Herzens seinen Personalausweis gezückt, womit er hatte beweisen können, dass er Bens Adoptivsohn war. Allerdings würde es nun wohl nicht mehr lange dauern, bis die Polizei hier auftauchte. Doch dieses Risiko musste er einfach eingehen. Er musste Ben sehen, selbst wenn das bedeutete, sich damit der Polizei auszuliefern.

›Ich bin es ihm schuldig.‹

Der kleine Körper Bens wirkte etwas verloren in dem großen, weißen Bett. Überall hingen Schläuche an seinem Leib, ein Beatmungsgerät befand sich auf seinem Gesicht und er war noch immer bewusstlos. Die Operation sei zwar gut verlaufen und die Kugel habe entfernt werden können, hatte der Arzt gemeint, aber sein Zustand sei sehr kritisch, er könne nicht sagen, ob Ben jemals wieder aus dem Koma, in dem er lag, erwachen würde.

Winter setzte sich niedergeschlagen neben Bens Bett und sah auf den kleinen, alten Mann hinunter.

›Er hat sich für mich geopfert. Der Mörder hat auf mich gezielt. Ich müsste hier liegen!‹ Tränen traten ihm in die Augen. Es war alles so ungerecht. Alles war falsch gelaufen seit ... seit jenem verhängnisvollen Tag.

Winter ergriff Bens Hand. Sie war kalt und blass.

»Es tut mir leid, Ben! Es tut mir alles so leid«, flüsterte er.

Und Ben öffnete die Augen.

Winter erschrak, ließ seine Hand los und sprang auf. Die Maschinen und Messinstrumente begannen sofort zu piepen, doch er hörte es nicht einmal. Ben hob langsam seine rechte Hand und zog sich damit das Beatmungsgerät vom Mund. Sofort ertönten weitere protestierende Alarmtöne.

»Richard«, flüsterte Ben kaum hörbar. Winter näherte sich ihm, bis sein Gesicht nur noch wenige Zentimeter von ihm entfernt war.

»Es tut mir so leid, Ben. Alles tut mir leid.«

»Keine ... Zeit. Hör ... zu. Ich ... mein Pendel ...«

Winter wollte protestieren. Er wollte das nicht hören, doch Ben schüttelte energisch den Kopf.

»Catherine ... ist ...«

Die Tür schwang auf und ein halbes Dutzend Ärzte und Krankenschwestern stürmten herein.

»Was?«, fragte Winter angespannt. »Was ist mit Catherine?«

Ben seufzte, seine Augenlider begannen zu flattern, und dann schlossen sich seine Augen und er lag still. Das Auf und Ab auf dem Monitor des EKGs machte dem verhassten, waagrechten Strich Platz, als Bens Herz aussetzte. Winter wurde unsanft zur Seite gedrückt, eine Schwester drängte ihn hinaus, während andere Bens Brust entblößten und den Defibrillator bereit machten. Weitere Tränen stiegen Winter in die Augen, als sich die Türe vor ihm schloss und er realisierte, dass er Ben nie wiedersehen würde.

»Es tut mir leid, Richard«, hörte er da eine Stimme hinter sich.

Langsam drehte sich Winter um.

»Ich wusste, du würdest hierherkommen«, sagte Sabine.

52

Winter wischte sich die Tränen weg und setzte sich müde auf einen der Stühle, die vor dem Zimmer standen.

»Schön, tu, was du nicht lassen kannst. Ich mag nicht mehr davonlaufen.«

Sabine schüttelte den Kopf und setzte sich neben ihn.

»Deswegen bin ich nicht hier. Ich ... Weißt du, ich mochte Ben. Als wir noch zusammen waren, habe ich mich stets gefreut, wenn wir ihn besuchten. Er war ein so herzensguter Kerl.« Sie seufzte. »Als ich seine Wohnung durchsucht habe, weil wir dachten, du könntest dich vielleicht bei ihm verstecken, erkannte ich ihn kaum wieder. Aus dem fröhlichen, kleinen Kerl war in den letzten sechs Jahren ein verbitterter, gebrochener Mann geworden. Es war schrecklich, ihn so zu sehen. Als wir ihn auf dich angesprochen haben, hat er gewettert, getobt und dich verflucht. – Ich hätte wirklich nicht gedacht, dass das alles nur gespielt war und du dich tatsächlich bei ihm versteckt hast. Wo hat er dich verborgen?«

Winter schüttelte den Kopf. »Das war nicht gespielt. Ich bin erst später zu ihm gegangen.« Er seufzte. »Ich bin froh, dass wir uns versöhnen konnten, ehe ...« Winter stockte und wandte die Augen ab.

Sabine legte ihm ihre Hand auf den Arm. »So traurig es klingen mag, aber Bens ... Zustand hat mich davon überzeugt, dass du nicht der Mörder bist, auch wenn ich es tief in mir schon immer wusste. Ben würdest du nie etwas zuleide tun.«

Winter schüttelte stumm den Kopf.

»Hast du denn schon etwas herausgefunden?«, wollte sie wissen.

Winter verneinte erneut. »Ich hatte den Mörder. Ich habe mit ihm gerungen, doch er ist mir entwischt. Ich dachte, ich hätte eine Probe seiner Haare zu fassen gekriegt, doch der Mistkerl trug eine Perücke.«

Eine Weile lang waren sie beide ruhig.

»Ben wusste etwas«, sagte er schließlich. »Für einige wenige Augenblicke war er wach und er wollte mir etwas sagen, doch – seine Kraft hat nicht ausgereicht.« Wieder stiegen Winter Tränen in die Augen. Eine Hand schloss sich um die seine und drückte sie. Winter nickte Sabine dankbar zu und wischte sich mit der anderen Hand die Tränen fort. »Ben ist alles, was mir noch geblieben ist«, flüsterte er.

»Ich weiß, Richard. Ich weiß.«

Wieder saßen sie eine Weile schweigend nebeneinander, bis ihre Stimme die drückende Stille durchbrach: »Was wirst du nun tun?«

»Ich?« Er sah sie erstaunt an. »Ich werde gar nichts mehr tun. Du wirst mich wieder in eine Zelle stecken, wo ich bis zu meinem Lebensende verrotten werde. Aber vielleicht ist das ja besser so. Um die Wahrheit zu sagen, befand ich mich während der letzten sechs Jahre bereits in einem Gefängnis. Und meine Wohnung sah vermutlich schlimmer aus als jede Zelle.«

Sie schüttelte den Kopf, nur um gleich darauf zu nicken. »Was deine Wohnung betrifft, so hast du recht. Doch was mich betrifft, so warst du bereits wieder verschwunden, als ich im Krankenhaus eintraf. Ich bin leider wieder einmal zu spät gekommen.« Sie schmunzelte.

»Du lässt mich einfach so gehen?«

»Frag' nicht zu viel nach, sonst bereue ich meine Entscheidung vielleicht wieder und nehme sie zurück.«

»Warum tust du das?«

»Wie ich schon sagte: Ich glaube nicht mehr daran, dass du der Mörder bist. Und wenn ihn jemand zur Strecke bringen kann, dann bist du es. Ich habe dich nicht umsonst als externen Ermittler eingestellt. Nun will ich für das fürstliche Gehalt auch eine Gegenleistung sehen.«

»Danke.«

Sie winkte ab. »Aber eines musst du mir noch verraten: Es gibt da jemanden bei der Polizei, der dir hilft, nicht wahr?«

»Ich ...«

Hinter ihnen ging die Türe auf und ein Arzt trat aus Bens Zimmer. Winter drehte sich um und sah ihn hoffnungsvoll an. Doch der Arzt schüttelte nur stumm den Kopf.

53

Ruhelos tigerte Winter in dem kleinen Hotelzimmer, das Catherine für ihn gebucht hatte, hin und her.

›Was wollte Ben mir sagen? Catherine ist der Mörder? Das ist ausgeschlossen! Sie hat den Clown nach dem Attentat ja selbst vertrieben und sie hat den Mörder zusammen mit mir quer über den Golfplatz von Düsseldorf gejagt. Sie kann nicht der Mörder sein! – Doch was, wenn das alles nur vorgespielt war? Was, wenn sie jemanden dafür angeheuert hatte, um genau das zu erreichen – dass ich ihr vertraue? Doch wenn sie und der Mörder ein und dieselbe Person sind, warum hat sie mich nicht schon längst umgebracht? Was, wenn ich für sie lebendig wertvoller bin als tot?‹, wisperten Stimmen hinter Winters Stirn. Wenn er, der Hauptverdächtige erst tot war, konnte der Mörder nicht mehr über sein Konto weitermorden.

›Ich muss es wissen!‹

Alles in ihm sträubte sich dagegen, doch es musste sein.

›Nur dieses eine Mal noch.‹

Er ging zu der kleinen Kommode, wo er seine wenigen Habseligkeiten, die er in dieses Hotelzimmer hatte mitnehmen können, aufbewahrte, öffnete die unterste Schublade und entnahm ihr ein kleines Lederetui. Sein Herzschlag beschleunigte sich, als er das Etui öffnete und das Pendel vorsichtig herausnahm.

»Nur ein einziges Mal noch«, wisperte er, »eine einzige Frage musst du mir noch beantworten.«

Er nahm die Schnur zwischen Daumen und Zeigefinger und ließ den Messingkopf nach unten fallen. Eine sonderbare Erregung durchströmte ihn, während das Pendel sachte hin und her schwang und immer kleinere Bewegungen machte, bis es schließlich zum Stillstand kam.

»Ist ...« Winters Mund fühlte sich plötzlich trocken an. »Ist Catherine Weiß die Spieluhr-Serienmörderin?«

Eine Weile lang geschah nichts. Winter dachte schon, er hätte das Pendeln verlernt. Doch dann begann es plötzlich, sachte zu schwingen. Die Schwingung wurde immer stärker und Winter atmete erleichtert aus.

›Nein.‹

Einen Moment lang geriet er in Versuchung, alle, die auf seiner Liste der Verdächtigen standen, auszupendeln, doch er schüttelte den Kopf.

›Nein, nur eine Frage.‹

Das Pendel hatte ihn schon einmal betrogen und wer garantierte ihm, dass es ihn nicht auch diesmal betrog?

›Doch wenn das Pendel recht hat, was wollte Ben mir dann mitteilen?‹

54

»Was mit Ben passiert ist, tut mir leid, Richard«, begann Catherine.

»Ja, mir auch.« Unschlüssig blieb Winter in der Tür stehen und versperrte ihr so unbewusst den Einlass. Dann besann er sich und gab den Weg frei: »Komm herein.«

Catherine folgte ihm ins Zimmer. Winter bedeutete ihr, sich auf den einzigen Stuhl zu setzen, während er selbst sich auf das Bett niederließ.

»Hör zu, Richard.« Catherine atmete tief durch. Offenbar bereitete ihr das, was sie sagen wollte, Unbehagen. »Was heute Nachmittag zwischen uns passiert ist, das …«

Winter winkte ab. »'ist schon in Ordnung, Catherine.«

»Nein. Ich will, dass du weißt, warum ich … warum ich mich so ablehnend verhalten habe.« Noch einmal atmete sie tief durch. »Ich … Es fällt mir nicht leicht, darüber zu sprechen. Genau genommen habe ich noch nie mit jemandem darüber gesprochen, aber … ich fühle, dass ich mein Schweigen irgendwann brechen muss, und ich glaube, dir kann ich dies anvertrauen.«

Winter nickte nur und sah sie unverwandt an.

»Ich habe … noch nie einen Mann geküsst. Ich hatte noch überhaupt nie einen Freund. Ich … habe Angst davor … Du weißt schon.«

»Was weiß ich?«

»Seit mein Vater mich …«

Er nickte und nahm mehrere Anläufe, bis er sagte: »Aber das brauchst du doch nicht, Catherine.« Er sah sie mitfühlend an und zum ersten Mal hatte er das Gefühl, sie *wirklich* zu sehen. Nicht die Kriminalobermeisterin Weiß, sondern die Frau dahinter. »Was dein Vater dir angetan hat, war die schlimmste Form von ›Körperlichkeit‹. Aber es gibt auch – eine schöne Seite davon. Du musst die Vergangenheit ruhen lassen.«

»Das Gleiche könnte ich zu dir sagen.« Sie lächelte. »Aber es ist nicht nur das, ich …« Catherine wich seinem Blick nun aus. »Ich weiß, dass ich keine schöne Frau bin und … und ich habe deswegen immer Angst, dass Männer mich nur für eine Liebesnacht ausnützen wollen, um mich dann wieder fallen zu lassen. Ich …«

»Catherine!« Winter stand auf und ging auf sie zu, doch sie hob abwehrend die Hände, als wolle sie sich vor ihm schützen. Also blieb er stehen. »Du bist eine wunderschöne Frau. Rede dir nicht solchen Unsinn ein.«

»Das ist kein Unsinn.« Ihre Stimme veränderte sich und wurde zu einem leisen, boshaften Zischen, als sie fortfuhr: »Du hässliche kleine Göre. Du kannst froh sein, dass ich es dir besorge, denn einen anderen wirst du nicht finden. Niemand will ein so hässliches Mädchen wie dich zur Freundin haben.«

»Hat er das gesagt? Dein Vater?«

Winter machte einen weiteren Schritt auf Catherine zu und wieder hob sie abwehrend die Hände. Tränen waren in ihre Augen getreten. Sie nickte stumm.

»Lass mich dich umarmen, Catherine«, bat Winter. »Es wird dir guttun und ich werde nichts tun, was du nicht willst, ich verspreche es dir.«

»Nein«, hauchte sie und erhob sich. »Es tut mir leid, aber ich kann nicht. Vielleicht … eines Tages.«

Winter hatte das Gefühl, dass sie etwas anderes hatte sagen wollen, doch er tat, als hätte er es nicht bemerkt.

»Ich verstehe«, sagte er deshalb nur und setzte sich wieder auf sein Bett. »Ich werde da sein, wenn du mich brauchst, so wie du für mich da warst, als ich dich gebraucht habe.«

»Danke.« Catherine setzte sich wieder hin und sah mit leerem Blick aus dem Fenster.

»Warum haben Heinrich und Sabine dich um Hilfe bei dem Fall hier gebeten?«, fragte sie schließlich nach einer Weile.

»Was? Wieso …?«

»Wir kommen nicht weiter. Ich versuche nur alle Informationen zu kriegen, die vielleicht weiterhelfen könnten. Manchmal erschließt sich einem das Ganze nur, wenn man alle noch so kleinen Puzzleteilchen kennt.«

»Also, ich … Ich habe mich früher mit Okkultismus beschäftigt und …«

»Wie bist du dazu gekommen?«

»Ben. Nachdem meine Eltern … gestorben sind, hat Ben mich adoptiert und bei sich aufgenommen. Ich war oft traurig und vermisste meine Eltern und Ben hat mir dann beigebracht, mit ihnen in Kontakt zu treten.«

Catherine zog eine Augenbraue hoch, hörte aber weiter zu, ohne etwas zu kommentieren.

»Er hat mir das Gläserrücken und das Pendeln beigebracht, das Lesen von Tarotkarten und vieles mehr. Zusammen haben wir dann mittels Gläserrücken Kontakt zu meinen verstorbenen Eltern aufgenommen und ich konnte so mit ihnen kommunizieren. Doch weil ich nicht genau wusste, ob Ben nur so tat, als ob das Glas sich von selbst bewegte, habe ich das Experiment etwas später mit drei Freunden wiederholt. Wir ... wir haben meine Eltern gerufen und ... und dann bin ich einen Schritt zurückgetreten und habe sie etwas fragen lassen, was meine Freunde nicht wissen konnten. Die Antwort war richtig. Das hat mich überzeugt. Danach ...«

»Halt, was hast du deine Eltern gefragt?«

»Ich habe sie gefragt, wie sie mich früher als Kleinkind genannt hatten.«

»Und?«

»Skywalker.« Winter schmunzelte.

»Skywalker?«

»Ja, meine Eltern hatten ›Star Wars‹ zusammen mit Ben im Kino gesehen und ich muss sie wohl optisch an diesen Luke Skywalker erinnert haben.« Winter grinste.

»Wer wusste von deinen okkulten Vorlieben?«

»Alle. Die ganze verdammte Stadt. – Da war eine Geiselnahme. Ein kleines Mädchen. Ich musste die Lösegeldübernahme durchführen. Bevor ich dem Entführer gegenübertrat, habe ich das Pendel befragt, ob ich dem Mann das Geld geben muss oder ob ich versuchen soll, ihn zur Aufgabe zu überreden. Das Pendel machte mich glauben, der Mann würde das Mädchen freilassen, wenn ich ihn mit meiner Pistole bedrohen würde.«

»Doch das hat er nicht.«

»Nein. Er hat das Mädchen vor meinen Augen erschossen. Ich hatte das Pendel schon viele Male zuvor bei Fällen um Rat gefragt und es hatte stets recht. Herrgott, wenn du wüsstest, wie oft mich das Pendel auf die richtige Spur geführt hat, wie oft es mir geholfen hat, Verbrecher dingfest zu machen! Nie hatte es sich geirrt.« Winter lächelte grimmig. »Ich stand kurz vor der Beförderung zum Kriminaloberkommissar.« Er holte tief Luft und seufzte, als er an jene Zeit zurückdachte. Und dann erschien das Mädchen wieder vor seinem inneren Auge. Sein Kopf wurde zurückgeworfen, Blut spritzte und es sank in sich zusammen. Winter schüttelte den Kopf, um die schrecklichen Bilder zu verdrängen. »Und Ben hatte mich noch davor gewarnt, dem Pendel nicht blind zu vertrauen. Hätte ich nur auf ihn gehört, damals.«

»Das tut mir leid, Richard.«

»Wie auch immer. Man hat mich entlassen und ich wurde zum abgefuckten Privatdetektiv, der ich heute bin. Und so wie es aussieht, hat mich meine ehemalige Vorliebe für Okkultes nun ein weiteres Mal in die Scheiße geritten.«

»Wir werden sehen. Hast du deine alten Sachen und deine Brieftasche dort deponiert, wo ich es dir aufgetragen habe?«

Winter nickte.

»Dann lass uns den Mistkerl nun endlich zur Strecke bringen!«

h3-h4 Df8-h6+

55

Der Monitor zeigte nach wie vor das gleiche Bild: ein leerer Flur und die Hotelzimmertüre gegenüber.

Catherine hatte nicht eines, sondern gleich zwei Hotelzimmer, die sich gegenüberlagen, gebucht. Ins zweite Zimmer hatten sie Winters alte Kleidung und sein altes Portemonnaie gelegt. Dann hatten sie eine kleine Kamera vor den Spion von Winters Hotelzimmertüre montiert, die sie mit ihrem Laptop verbunden hatten. Nun spielten sie Schach und derjenige, der gerade nicht am Zug war, hatte jeweils die Aufgabe, den Laptop im Auge zu behalten.

»Ich wollte schon immer mal Wachmann oder Ladendetektiv werden«, maulte Winter sarkastisch, »es gibt nichts Schlimmeres, als stundenlang auf einen Bildschirm zu starren und darauf zu warten, dass etwas passiert.«

»Hm«, murmelte Catherine und zog den Turm. Dann hob sie den Kopf und schaute auf den Bildschirm.

Winter besah sich die neue Situation auf dem Schachbrett. Dieses Mal sah es gut für ihn aus! Er hatte Catherine bereits einen Läufer, einen Springer und zwei Bauern abgenommen, während er selbst nur einen Läufer und zwei Bauern verloren hatte. Doch der Zug mit dem Turm, den sie gerade gemacht hatte, brachte ihn in eine gefährliche Situation.

»Da ist jemand«, zischte Catherine, zog ihre Pistole und stand leise auf. Winter blickte auf den Bildschirm. Tatsächlich war eben eine Gestalt ins Bild getreten. Sie wandte der Kamera den Rücken zu, deshalb war nicht viel zu erkennen. Doch sie trug eine gelb-rote Jacke, eine ebenso farbige Mütze und hatte ein Paket in der Hand.

»Mist. Der ist von der DHL«, flüsterte Winter. Beim Gedanken daran, was der Harlekin ihnen zuletzt mit der Post geschickt hatte, wurde Winter übel. ›Bitte, lass es nicht weitere Körperteile von Sydney sein!‹, betete er.

Sie beobachteten, was draußen im Flur weiter geschah. Der DHL-Kurier klopfte an die Türe gegenüber. Als niemand öffnete, klopfte er erneut.

»Willst du nicht rausgehen und das Paket in Empfang nehmen?«, flüsterte Catherine.

»Ich weiß nicht. Ich habe ein ungutes Gefühl.«

»Wir müssen aber wissen, was da drin ist. Nun mach schon, ehe er wieder verschwindet. Es wird schon keine Bombe sein.«

»Sehr beruhigend, danke!« Widerstrebend öffnete Winter die Hotelzimmertür und trat in den Flur hinaus.

»Das Paket ist wohl für mich«, sagte er.

Der Kurier drehte sich um. »Sind Sie Benjamin Lange?«

Winter nickte. Das war der falsche Name, unter dem Catherine die beiden Zimmer gebucht hatte. Der Mörder hatte seinen Standort und seinen falschen Namen offenbar in Windeseile herausgefunden. Winter wusste nur nicht, wie er das machte.

»Bitte unterschreiben Sie hier.«

Winter unterschrieb, nahm das Paket entgegen und ging zurück ins Hotelzimmer. Er setzte sich wieder Catherine gegenüber hin und betrachtete das Paket unschlüssig. Es war würfelförmig mit einer Seitenlänge von gut dreißig

Zentimetern. Er hob es vors Gesicht, doch weder konnte er etwas hören noch riechen.

»Willst du es … nicht aufmachen?«, fragte Catherine. Ihrem stockenden Redefluss entnahm Winter, dass auch sie nervös war.

»Ich weiß nicht. Ich habe Angst davor, ein weiteres Körperteil von Sydney darin zu finden.«

Catherine nickte verständnisvoll, sagte aber nichts dazu. Winter atmete noch einmal tief durch und öffnete dann das Paket. Erstaunt hielt er inne, als eine Spieluhr zutage kam.

»Das ist doch … Sydney!«

Tatsächlich: Die Außenwände der Spieluhr waren mit Fotos seiner Hündin beklebt worden.

»Was für ein krankes Spiel ist das nun wieder?«

Auf einmal fürchtete er sich davor, die Spieluhr zu öffnen.

»Soll ich es für dich tun?«, frage Catherine, doch Winter schüttelte den Kopf und öffnete die kleine Box. Ein kleiner Plüschhund sprang heraus und eine Melodie, die Winter nicht bekannt vorkam, ertönte. Winter starrte den Hund verwirrt an.

›Was hat das zu bedeuten?‹

»Er hat was im Mund.« Catherine deutete auf den Hund und erst jetzt sah Winter, dass dort tatsächlich ein kleiner Zettel befestigt war. Rasch griff er danach und faltete ihn auf. Darauf stand mit einem Computer geschrieben:

Betrachten Sie es als kleinen Ersatz für ihre Hündin.
Ihr Harlekin

»Dieser Bastard!«

»Das ergibt keinen Sinn«, murmelte Catherine.

»Was?«

»Eben noch wollte er dich umbringen und nun schickt er dir eine Spieluhr, verziert mit Fotos deiner Hündin?«

»Ich habe keine Ahnung, was dieser Irre damit bezweckt, aber eines ist klar: Er wusste wiederum über meinen Aufenthaltsort Bescheid, genau, wie du es vorausgesagt hattest. Irgendetwas muss in meinen Klamotten oder in meiner Brieftasche sein, das er orten kann.«

Catherine nickte.

»In dem Fall lassen wir die alten Sachen hier und suchen dir wieder mal eine neue Bleibe.«

Kg5-g4 Dh6-f8

56

Der Prozess zog sich nun schon seit Stunden hin. Der Zuschauerbereich war bis auf den letzten Platz gefüllt und Richter Bruno Springer hatte die Zuschauer schon mehrmals ermahnen müssen, ruhig zu sein. Kriminalkommissar Winter hatte Sabine unter ihnen ausgemacht, mit hagerem Gesicht und traurigen Augen. Als ob sie seinen Blick gespürt hätte, hatte sie im selben Moment den Kopf gedreht und ihn angesehen. Ein müdes Lächeln war über ihr Gesicht gehuscht, doch es hatte die traurigen Züge nicht lange zu erhellen vermocht. An der Stirnseite des Saales saßen in der Mitte der Richter, daneben der Gerichtsschreiber und zwei Gerichtsdiener. Auf der rechten Seite befanden sich der Staatsanwalt Rupert Winkler und etwas weiter weg die Pressevertreter, die ebenfalls zahlreich erschienen waren. Vor der großen, zweiflügeligen Türe hatten sich zwei Polizisten aufgebaut, die mittlerweile auch nicht mehr so gerade standen wie noch zu Beginn des Nachmittags.

Der Staatsanwalt spulte gerade sein Plädoyer im sonoren Ton herunter, als wären es langweilige Kleinigkeiten, um die es ging. Martina Greve, deren kleines Schildchen auf dem Tisch vor ihr ihren Status als Rechtsanwältin und Verteidigerin verkündete, hatte Winters Hand ergriffen, nicht zärtlich, sondern mit Nachdruck – bis er begriff, dass er aufhören sollte, sich immer wieder angespannt über die Bundfaltenhose seines dunklen Anzuges zu streichen. Er hörte auf, und zugleich beendete der Staatsanwalt seine Rede. Danach erteilte der Vorsitzende Richter Winters Verteidigerin das Wort. Martina Greve erhob sich und strich sich mit der rechten Hand eine Strähne ihres blondierten Haares hinters Ohr, ehe sie ihr Plädoyer verlas. Winter hörte nicht mehr hin. Der Staatsanwalt, der Richter, Heinrich Möller als Zeuge, die Eltern des Mädchens, die Angehörigen des Entführers, Winters Verteidigerin, sie alle redeten und redeten, bis Winter schier der Kopf platzte. Er ließ es mit hängenden Schultern über sich ergehen. Als Greve fertig war und sich wieder gesetzt hatte, wandte sich der Richter an Winter: »Möchte der Beschuldigte dem noch etwas hinzufügen?«

Winter schaute ins Leere. Was er sah, entsprach seinem Inneren. Er fühlte sich leer, klinisch tot. Schließlich aber raffte er sich auf.

»Ich möchte mich bei den Eltern des Kindes entschuldigen. Was passiert ist, tut mir von Herzen leid. Ich würde alles geben, könnte ich es rückgängig machen. Es gibt nichts schönzureden, ich habe einen Fehler gemacht und aufgrund dieses Fehlers musste das Mädchen sterben. Es ist meine Schuld. Verurteilen Sie mich, Herr Richter.«

»Das Gericht zieht sich zur Urteilsberatung zurück. Die Sitzung ist bis auf Weiteres unterbrochen.« Der Richter erhob sich. Alle Anwesenden taten es ihm gleich. Dann verschwand er durch eine Tür in der Rückwand und die Gerichtsmitarbeiter folgten ihm.

›Wie kleine, gehorsame Hündchen‹, ging es Winter durch den Kopf.

Kaum hatte der Letzte den Saal verlassen, als die Türe sich auch schon wieder öffnete und der Richter wieder hereinkam. Ihm folgten ein halbes Dutzend kleine Hunde, die neben ihm Platz nahmen.

»So, kommen wir also nun zur Urteilsverkündung. Das hohe Gericht hat entschieden, dass der Angeklagte, Richard Winter, der Ketzerei für schuldig befunden wird. Sein Vorgehen und sein Vertrauen in die ketzerischen Lehren des Okkultismus haben zum Tode sowohl des Mädchens als auch dessen Mörders geführt. Für dieses Vergehen gibt es nur eine Strafe: ewige Höllenqualen im Fegefeuer. Ihr Höllenhunde waltet eures Amtes.«

Die kleinen Hündlein rechts und links des Richters begannen zu wachsen und wurden immer größer, bis sie die Größe von Ponys erreicht hatten. Geifer tropfte von ihren Lefzen und ihre glühenden Augen richteten sich gierig auf Winter. Der wollte wegrennen, doch er war wie gelähmt, konnte sich nicht bewegen und musste hilflos mit ansehen, wie sich die Hunde ihm langsam näherten. Dann, wie auf ein geheimes Kommando hin, stürzten sie sich alle gleichzeitig auf ihn, gruben ihre Fänge in seinen Körper und rissen ihm das Fleisch von den Knochen. Winter schrie gepeinigt auf und betete um einen schnellen Tod, doch der Schmerz hörte nicht auf. Was die Hunde von seinem Körper rissen, wuchs in Windeseile wieder nach, sodass sie von Neuem ihre Zähne in sein Fleisch treiben konnten. Selbst die gnädige Ohnmacht wurde ihm verwehrt. Nur eines war ihm geblieben und wurde ihm gewährt: der Schmerz.

Winter schoss hoch. Die dünnen Vorhänge seines neuen Hotelzimmers ließen viel zu viel Mondlicht herein. Er hasste es, wenn es nicht absolut dunkel war, wenn er schlafen wollte. Doch nun war er froh über dieses Licht.

Er war nicht allein.

Er spürte es. Irgendjemand war im Zimmer. Er drehte den Kopf und wünschte sich im selben Moment, es nicht getan zu haben.

Vor seiner Türe stand der rote Schemen, der Harlekin.

Er sah genau so aus wie in seinem Traum (war es überhaupt ein Traum gewesen?). Das rote, mit Flicken übersäte Kostüm, die rote Augenmaske, die rote Kappe mit den Zipfeln, an welchen Glöckchen und Federn hingen.

»Wer ... wer bist du und was willst du von mir?«, stotterte Winter unbeholfen.

Der Harlekin hob den rechten Arm und deutete an ihm vorbei zu seinem Nachttisch. Winter drehte sich um und folgte dem ausgestreckten Arm mit seinen Augen. Im schwachen Mondlicht erkannte er die aufgeklappte Spieluhr mit dem Plüschhund auf seinem Nachttisch. Er hatte sie am Vorabend dort hingestellt, um sich die Fotos von Sydney noch einmal anzusehen. Die kleine Box sah noch genau so aus wie zuvor und doch ... irgendetwas war anders. Winter sah noch einmal genauer hin und kniff überrascht die Augen zusammen: Die Spieluhr schien vor seinen Augen zu verschwimmen. Er erkannte, dass sie in eine kleine Dunstwolke gehüllt war, die rasch größer wurde. Gleichzeitig hörte er nun auch ein leises Zischen, das aus derselben Richtung kam.

Es durchfuhr ihn wie ein Blitz und auf einmal ergab das seltsame Geschenk des Spieluhr-Mörders durchaus Sinn.

›Ein trojanisches Pferd!‹, dachte Winter. Leichter Schwindel ergriff Besitz von ihm. Das Gas schien bereits einen Teil seiner Wirkung zu entfalten.

Winter sprang aus dem Bett, verlor kurzzeitig das Gleichgewicht und wäre beinahe hingefallen. Er taumelte zum Fenster und riss es auf. Kühle Nachtluft strömte mit aller Macht hinein. Dann ergriff er die Spieluhr und warf sie auf die Straße hinaus. Er hielt den Kopf aus dem Fenster und atmete die rettende Luft tief ein. Kalt und wohltuend strich sie über seine Stirn und klärte seine Sinne wieder weitgehend.

Nicht auszudenken, was passiert wäre, wenn der Harlekin etwas später erschienen wäre.

›Er hat mir das Leben gerettet, aber warum?‹

Der Harlekin! Beinahe hätte er ihn vergessen.

Er drehte sich um und sah gerade noch, wie seine Zimmertüre zuschwang. Winter fluchte, schnappte sich Jacke und Pistole und hastete ihm nach. Er war heillos froh, dass er Bens Rat nachgekommen und sich seit seiner ersten Begegnung mit dem roten Schemen angewöhnt hatte, in den Sachen zu schlafen.

›Ben!‹

Winter verspürte einen Stich in seinem Herzen, wischte aber diese Gedanken beiseite. Als er auf den Flur trat, sah er gerade noch, wie etwas Rotes im Treppenhaus verschwand. So schnell er konnte, hastete er den Flur hinunter und die Treppen hinab. Im Rennen streifte er sich seine Jacke über und ließ die Pistole in der Innentasche verschwinden. Im Erdgeschoss angekommen, rannte er durch die Eingangshalle. Der Harlekin verschwand gerade durch die Drehtür nach draußen.

Winter kam ein Gedanke. Er eilte an die Theke zum Nachtportier. »Haben Sie gerade jemanden hier vorbeikommen sehen?«, fragte er.

»Nein, Sie sind seit Stunden der Erste.«

›Warum bin ich der Einzige, der den Harlekin sehen kann? Ist er am Ende nichts weiter als eine Halluzination?‹, grübelte er, während er zum Ausgang rannte. ›Sind die Erlebnisse der vergangenen Tage einfach zu viel für meinen ohnehin angeschlagenen Verstand? Oder ist der Harlekin ein Geist und ich kann ihn nur dank meinem Glauben an Geister und meinen geschärften Sinnen für Übersinnliches sehen?‹

Als er das Hotel verließ, hatte sich der Harlekin schon ein Stück weit entfernt. Winter rannte so schnell er konnte, doch ganz wie in seinem Traum schaffte er es nicht, ihn einzuholen, egal wie schnell er sich auch fortbewegte. Der Harlekin schien immer dann an Tempo zuzulegen, wenn er es auch tat.

›Ist das alles wieder nur ein Traum?‹

Er zwickte sich in den Zeigefinger der linken Hand und unterdrückte einen Aufschrei. Falls dies ein Traum war, dann ein sehr realistischer.

Der Harlekin führte ihn in die Altstadt. Bisher war er keiner Menschenseele begegnet, doch auf dem Marktplatz befanden sich sogar zu dieser Uhrzeit – vier Uhr morgens – eine Handvoll Leute. Doch sie schenkten Winter nicht mehr Beachtung als er ihnen.

›Vermutlich können auch sie den Harlekin nicht sehen.‹

Dieser überquerte derweil den Platz, führte Winter durch zwei weitere Straßen und hielt endlich auf ein einfaches Haus zu, das im Erdgeschoss laut Schaufenster ein Elektrogeschäft enthielt. Der Harlekin öffnete die Türe und schlüpfte hinein. Winter folgte ihm mit klopfendem Herzen. Er brauchte einen Moment, bis er in dem dunklen

Flur überhaupt einige Konturen erkennen konnte. Gerade noch sah er, wie der Harlekin auf einer Treppe nach unten verschwand. Winter folgte ihm vorsichtig.

›Was, wenn das Ganze eine Falle ist?‹

Doch er wischte den Gedanken beiseite; dieses Risiko musste er eingehen. Der Harlekin war mittlerweile nicht mehr zu sehen, doch als Winter am Ende der Treppe anlangte, befand sich vor ihm eine offene Türe und rechts und links von ihm jeweils eine verschlossene. Vorsichtig spähte Winter in den offenen Raum hinein. Es war nicht viel zu erkennen. Er überlegte einen Moment lang, ob er nach einem Lichtschalter suchen sollte, entschied sich vorerst aber dagegen. Erst wollte er sicher gehen, dass sich hier niemand außer ihm befand. Er betrat den Raum und horchte. Außer seinem heftig schlagenden Herzen und seinem schnellen Atem war nichts zu hören.

Winter tastete nach dem Lichtschalter. Es dauerte eine Weile, bis er ihn fand. Er drückte ihn, und gerade als das Licht flackernd unter der Kellerdecke anging, explodierte etwas mit grausamer Wucht auf seinem Schädel. Winters Beine gaben unter ihm nach, er fiel zu Boden wie ein nasser Sack und dann wurde ihm schwarz vor Augen. Doch in dem kurzen Augenblick zwischen dem Aufflackern des Lichts und dem Erlöschen seiner Lebensgeister hatte er an der gegenüberliegenden Wand vier große Porträts erkennen können.

57

»Richard?«

Ihre liebliche Stimme klang irgendwie anders.

»Hm?« Winter sah auf, eine Flasche *Jack Daniels* in der Hand.

»Du musst damit aufhören.«

»Hm.«

»Ich meine es ernst, Richard. Ich habe immer zu dir gehalten, sogar nach ...« Sie seufzte und rang mit den Händen. Er wusste, was kommen würde. Seine Hände begannen zu zittern und er stellte die Whiskeyflasche auf den Salontisch und sah sie an. Dann nickte er und atmete tief durch.

›Bringen wir es hinter uns‹, dachte er traurig.

»Aber das geht so nicht weiter«, fuhr sie fort. »Du ... du kannst nicht einfach alle Kontakte abbrechen, dich hier eingraben und vor dich hinvegetieren.«

Sie sah ihn an, doch Winter antwortete nicht.

»Es tut mir leid, Richard. Bis hierhin bin ich mit dir gegangen, aber weiter werde ich dich auf diesem Weg nicht begleiten. Ich werde mit dir zurückgehen, wenn du willst, aber nicht weiter.«

Winter sah sie aus trüben Augen an.

»Richard?«

»Ich kann nicht zurückgehen, Sabine, das weißt du genau. Ich würde mein Leben geben, wenn ich es könnte.«

»Aber du kannst es doch, Richard, du kannst es.«

Ein Funkeln war in ihre Augen getreten. Ein hämisches und durch und durch böses Funkeln. Es riss Winter schlagartig aus seiner Lethargie.

»Bist du wirklich bereit, dein Leben dafür zu geben?« Sie sah ihn nun beinahe gierig an.

»Ich …«

»Wir haben einen Deal, gratuliere!«

Sabine streckte ihm ihre Hand entgegen und Winters Arm hob sich wie von selbst ihr entgegen. Doch Sabines Hand schob sich an seiner vorbei und bohrte sich direkt in seine Brust. Mit einem gewaltigen Ruck zog sie ihre Hand wieder heraus und hielt plötzlich ein zuckendes, noch schlagendes Herz in den Händen. Sein Herz.

»Danke, Liebster!«, hörte er sie sagen, doch ihre Stimme klang nicht mehr wie Sabines Stimme und sie sah auch nicht mehr aus wie Sabine. Ihr Gesicht war dasjenige des toten Mädchens und ihre Stimme ebenfalls. Zwischen ihren Augen war ein blutendes Loch erschienen. Das Mädchen presste das pulsierende Herz gegen das Loch und stopfte es mit den Fingern nach und nach hinein, bis es gänzlich darin verschwunden war und das Loch ausfüllte.

»Danke, Papa«, sagte das Mädchen und lächelte.

Doch auf einmal begann ihr Kopf zu pulsieren. Er wurde immer größer und größer. Das Mädchen begann zu schreien, schlug sich mit den Händen gegen die Stirn, in der das Herz verschwunden war, doch der Kopf wuchs immer noch weiter an.

Winter schloss die Augen. Er wollte das nicht sehen, doch das Geräusch, das gleich darauf ertönte, war schlimmer als alles, was er jemals gehört oder gesehen hatte.

Winter erwachte mit einem dröhnenden Schädel und den schlimmsten Kopfschmerzen, die er je verspürt hatte. Es fühlte sich an, als ob ein kleiner Teufel hinter seiner Stirn sitzen und diese von innen mit einem Vorschlaghammer traktieren würde. Stöhnend wollte er sich an den Kopf greifen, doch seine Hände gehorchten ihm nicht. Etwas blendete ihn. Offenbar war draußen bereits die Sonne aufgegangen.

›Verdammte Billighotels! Weder Rollläden noch richtige Vorhänge!‹, ärgerte er sich.

Mühevoll schlug er die Augen auf und hielt augenblicklich in seinem Tun inne, als ihm alles wieder in den Sinn kam.

Er befand sich auf einer Liege. Sein Oberkörper war nackt. Über ihm schwebte eine Lampe, die ihn mit ihrem grellen Licht blendete. Und er war gefesselt.

»Scheiße! Was …«

»Ah, Sie sind wach, Herr Winter. Das freut mich.«

Winter kam die Stimme bekannt vor, doch er konnte sie keinem Gesicht zuordnen. Ihm war schwindlig, er konnte nicht klar denken. Eine Gestalt trat neben seine Liege, doch er konnte nicht viel erkennen, denn die Lampe blendete ihn zu stark.

»Wer sind Sie?«, röchelte Winter.

»Wer ich bin? Ach, entschuldigen Sie, Herr Winter, die Macht der Gewohnheit. Aber für Sie mache ich natürlich eine Ausnahme.« Der Schemen über ihm beugte sich zur Lampe hin und drückte einen Knopf. Gleich darauf verschwand das grelle Licht und wich einer tiefen Dunkelheit. Winter hörte, wie jemand durch den Keller schritt. Ein Klicken und dann begann eine kleine Glühbirne unter der Decke zu leuchten und ein schummriges Licht im Keller zu verbreiten. Als die Gestalt wieder in sein Gesichtsfeld trat, erkannte er sie.

»Sie? Sie sind der Mörder?«

»Ich bin der Harlekin, Herr Kommissar«, lächelte ihn Dr. Alessandro Chino an.

»Ich hätte es wissen müssen«, seufzte Winter.

»Ja, vielleicht hätten Sie das, Herr Kommissar. Vielleicht war ich aber auch einfach zu gut für Sie.«

»Deswegen haben wir nie DNA-Spuren des Mörders gefunden. Sie haben die DNA-Tests gemacht und gefälscht, Sie haben meine DNA-Spuren reingeschmuggelt. – Wie haben Sie das gemacht?«

»Ach, das war ein Kinderspiel. Erinnern Sie sich an Ihren Besuch im Institut, als ich Ihnen Kittel, Handschuhe, Mundschutz und Haube gegeben habe?«

Winter nickte.

»Ein paar Haare an der Haube, etwas Speichel im Mundschutz, kleine Hautpartikel in den Handschuhen und fertig ist der DNA-Cocktail.« Dr. Chino kicherte.

»Und woher wussten Sie immer, wo ich mich befand?«

»Die Visitenkarte, Herr Kommissar, die Visitenkarte.« Dr. Chino grinste wie ein kleiner Schuljunge, dem es gelungen war, seinem Lehrer einen besonders perfiden Streich zu spielen. »Die Visitenkarte, die ich Ihnen beim Abschied in die Hand gedrückt habe, war mit einem Chip versehen, über den ich Sie orten konnte. Genial, nicht wahr?«

Winter verdrehte die Augen, tat ihm aber nicht den Gefallen, zu antworten.

Offenbar erwartete Dr. Chino auch keine Antwort, denn er fuhr fort: »Nun ist es aber an mir, Sie etwas zu fragen, Herr Winter: Wie haben Sie mich gefunden? Ich hätte schwören können, Ihnen keinerlei Anhaltspunkte auf meinen Aufenthaltsort gegeben zu haben. Wie haben Sie das gemacht?«

»Sehr witzig, mich das zu fragen, nachdem Sie mich hierhin gelockt haben.«

»Ich soll Sie hierher gelockt haben?« Dr. Chino schüttelte vehement den Kopf. »Warum hätte ich das tun sollen? Ehrlich gesagt dachte ich, Sie wären tot, aber offenbar sind Sie nur sehr schwer totzukriegen. Nun, das werden wir heute ändern.« Er kicherte und rieb sich voller Vorfreude die Hände.

»Aber ... der Harlekin ...«

»Ein Harlekin?« Dr. Chino sah ihn verständnislos an. »Was für ein Harlekin? Ich bin der Harlekin, das habe ich Ihnen doch schon gesagt.«

Hinter Winters Stirn arbeitete es. ›Er weiß nichts vom roten Schemen!‹

»Ich meinte ... Ich bin überrascht, dass Sie der Harlekin sind«, versuchte Winter Chino von seinen wahren Gedanken abzulenken. »Ich hätte gedacht, es handle sich dabei nicht um einen Menschen aus Fleisch und Blut, sondern um eine Art Geist.«

»Ein Geist?« Dr. Chino lachte und schüttelte amüsiert den Kopf. »Nicht doch, nicht doch, da muss ich Sie leider enttäuschen, Herr Kommissar, ich bin sehr wohl aus Fleisch und Blut. Doch kommen wir zum interessanten Teil des heutigen Abends.« Vorfreude erhellte sein Gesicht.

Winter wollte sich gar nicht vorstellen, was dieser Irre mit ihm vorhatte. »Warum haben Sie all diese unschuldigen Leute ermordet, Dr. Chino?«, fragte er deshalb schnell, um Zeit zu gewinnen.

»Aber das wissen Sie doch längst, Herr Kommissar. Das hat Ihre kleine List mit Dr. Stanke bewiesen. Wirklich nicht schlecht. Beinahe hätten Sie mich erwischt.«

»Ich will es von Ihnen hören.«

»Aha, der Herr hat Ansprüche – nun gut. Die verfluchte Möchtegern-Kunstwelt da draußen hat mich jahrelang ignoriert, ja sogar belächelt, hat mein begnadetes Schaffen nicht für erwähnenswert gehalten. Diese verdammten Ignoranten! Sie haben meine Bilder gesehen, Herr Kommissar, Sie wissen, dass sie zu Größerem geschaffen sind, als in einem alten Keller zu verstauben, nicht wahr?«

»Ja …?«, gab Winter zögerlich zur Antwort.

»Sehen Sie? Sie sind der Einzige, der mich versteht! Die Bilder sind einzigartig! Sie gehören in den Louvre! Niemand zuvor hatte die geniale Idee, Bilder mit den Körperflüssigkeiten der Porträtierten zu malen! Damit werde ich in die Geschichte eingehen!«

»Aber … die Geister der Opfer, die Selbstmorde, das Lachen – ich habe es am eigenen Leib erfahren! Wie haben Sie das zustande gebracht?«

»Wie ich das zustande gebracht habe?« Dr. Chino kicherte irre. »Soll ich Ihnen das wirklich verraten?« Er wartete eine Antwort Winters gar nicht ab, sondern fuhr fort: »Ich habe – keine Ahnung!« Wieder dieses wahnsinnige Lachen. »Als ich das erste Porträt fertiggestellt hatte, war ich von meinem Werk begeistert. Ich war überzeugt davon, dass dieses Bild die Kunstgeschichte neu definieren würde. Ich entsorgte die Leiche Gerbers und legte mich hier unten, wo ich das Bild gemalt hatte, schlafen. Doch in der Nacht wurde ich durch ein Lachen geweckt. Als ich Licht machte und aufstand, war niemand zu sehen. Außer mir befand sich nur das lachende Porträt Herrn Gerbers hier. Ich dachte, das Bild wäre verflucht, weil das Blut eines Toten daran klebte. Als ich dann den Bericht über die Geistererscheinung von Mark Gerber las, realisierte ich, dass ich durch mein geniales Schaffen, den Geist Mark Gerbers an das Bild gebunden hatte. Mir wurde klar, dass dieser Effekt mein Bild noch berühmter machen würde. Stellen Sie sich vor: ein Wunderwerk, das gleichzeitig ein Geisterbild ist! Die Presse würde sich darauf stürzen und mich oder mein Pseudonym in Kürze weltberühmt werden lassen. Oh, dieser Glücksmoment, als ich begriff, was ich erschaffen hatte.« Ein seliger Ausdruck erschien auf seinem Gesicht.

»Sie sind wahnsinnig.«

»Danke, Herr Kommissar. Alle berühmten Künstler sind auf ihre ganz eigene Art wahnsinnig gewesen.«

»Aber woran sind die Geister denn noch gebunden? Ich habe versucht ein Bild zu zerstören, es hat nicht funktioniert.«

»Sie wollten es zerstören? Sind Sie wahnsinnig?« Dr. Chino ging aufgeregt auf und ab und verwarf immer wieder die Hände, während er weitersprach: »Genau wegen Leuten wie Ihnen, Herr Kommissar, habe ich mit den menschlichen Farben ein zweites, identisches Bild gemalt. Denn nachdem ich mein erstes Meisterwerk vollendet hatte, hatte ich plötzlich Angst, es auf die Menschheit loszulassen. Ich bin ein Künstler. Was, wenn dumme, verzweifelte Menschen wie Sie versuchen würden, das Bild zu zerstören, nur weil es besessen ist? Verwandte zum Beispiel, die um das Seelenheil des Verstorbenen fürchten? Die denken doch sowieso nur an sich! Diese Kretins! Sie wissen nichts!«

›Es gibt zwei Bilder!‹, dachte Winter seufzend. ›Deswegen konnte ich das Porträt nicht zerstören! Vermutlich hätte ich beide Gemälde gleichzeitig verbrennen müssen, um den Fluch zu brechen und den Geist zu erlösen.‹

»Wissen Sie eigentlich, wie gut es tut, dies alles einmal jemandem erzählen zu können?« Dr. Chino schien sich wieder beruhigt zu haben, denn er strahlte glücklich. »Geteilte Freud ist doppelte Freud, nicht wahr, Herr Kommissar?«

Winter schwieg bedrückt, doch der Harlekin schien wieder einmal gar keine Antwort erwartet zu haben.

»Wissen Sie, Herr Kommissar«, fuhr er fort, als würden sie beim Feierabendbier in ihrer Stammkneipe sitzen, »es ist schön, mit Ihnen zu reden. Sie sind ein guter Zuhörer. Wirklich – ich bin froh, dass Sie nicht Psychiater oder gar Priester sind! Die können zwar auch gut zuhören, können es aber nicht unterlassen, einem am Schluss irgendwelche moralischen Ratschläge zu erteilen.«

»Warum *Harlekin*?«, unterbrach Winter den Redefluss Dr. Chinos.

»Sie wollen wirklich alles wissen, was? Wissen Sie, dass ich meinen anderen Opfern nichts von alldem verraten habe?«

Winter lächelte gequält. »Finden Sie nicht, dass ich, nach allem, was wir zusammen durchgemacht haben, ein Recht auf die volle Wahrheit habe? Außerdem haben Sie doch selbst gesagt, dass es schön ist, all dies jemandem erzählen zu dürfen.«

»Ja, ja, Sie haben wie immer recht, Herr Kommissar, aber diesen Teil der Geschichte erzähle ich nicht allzu gerne. Meine Eltern wurden von einem Mörder in Clownsmaskerade ermordet.«

Winter drehte sich bei dem Gedanken daran der Magen um. Dr. Chinos Vergangenheit war der seinen offenbar nicht unähnlich.

»Und ich habe es mit angesehen. Wir waren in einer Zirkusvorstellung. Die Clowns fand ich besonders toll.« Dr. Chino grinste gequält. »Auf dem Heimweg hat uns einer dieser Clowns den Weg versperrt. Er trug ein großes Messer in der Hand und wollte die Brieftasche meines Vaters haben. Mein Vater hat sie ihm sofort gegeben. Doch kaum hatte der Clown die Brieftasche, da hat er meinem Vater die Kehle durchgeschnitten. Meine Mutter hat sich schreiend auf ihn gestürzt, da hat er ihr das Messer in den Bauch getrieben. Wieder und wieder und immer wieder.« Dr. Chino stieß mit der rechten Hand, die er zur Faust geschlossen hatte, zu, als würde er selbst das Messer führen, das seine Eltern getötet hatte. »Dann hat er sich zu mir heruntergebeugt.

›Hat dir die Vorstellung gefallen, Kleiner?‹

Ich glaube, ich stand unter Schock, denn ich brachte keinen Ton heraus, aber ich habe auch nicht geweint. Plötzlich begann der Clown, Faxen zu machen.

›Warum lachst du denn nicht, Kleiner? Ist das nicht lustig? Lach gefälligst!‹

Dabei fuchtelte er mit dem Messer vor meinem Gesicht herum. Und da habe ich gelacht. Der Clown war zufrieden. Er holte aus seiner Jackentasche eine Spieluhr hervor, zog sie auf und legte sie auf die Brust meiner Mutter.

›Die schenk ich dir, Kleiner‹, sagte er und verschwand.«

Dr. Chino grinste schief.

»Der Täter wurde nie gefasst. Das brachte mich dazu, Gerichtsmediziner zu werden. Ich wollte dabei helfen, solche … Monster zu überführen. Wer hätte gedacht, dass der Job auch einmal dazu gut sein würde, mir bei der Erfüllung meines künstlerischen Daseins, meiner Bestimmung behilflich zu sein?« Wieder dieses Lachen. »Ich begann damit, solche Spieluhren wie diejenige, die der Mörder meiner Mutter auf die Brust gelegt hatte, zu sammeln. Erst mit dem Ziel, so den Mörder zu finden. Doch mit der Zeit wurde es richtiggehend eine Obsession und, na ja, was soll ich sagen, der Kreis schließt sich, nicht wahr?« Dr. Chino sah auf die Uhr und seufzte theatralisch. »Ach herrje, wie die Zeit vergeht, wenn man's lustig hat, finden Sie nicht auch, Herr Kommissar?«

Winter knurrte etwas Unverständliches und versuchte mit aller Kraft, seine Fesseln zu sprengen, doch es war vergebens.

»Geben Sie sich keine Mühe, Herr Kommissar. Die anderen vor Ihnen hatten damit auch keinen Erfolg. So«, Dr. Chino spuckte in die Hände. »Wollen wir?«

Er verschwand aus Winters Gesichtsfeld und kurz danach ertönte ein Klicken. Dann ein Brummen, das immer lauter wurde.

»Was geschieht nun mit mir?«, fragte Winter nervös.

Der Gerichtsmediziner erschien wieder neben ihm. Er hatte eine Pipette in der Hand.

»Ihnen wird eine große Ehre zuteil, Herr Kommissar. Aus Ihnen wird Nummer fünf.«

58

Richard Winter hatte sich in den letzten Tagen oft gefragt, was die Opfer des Harlekins alles hatten durchmachen müssen, ehe sie der Tod ereilt hatte. Nun wünschte er sich, es nie erfahren zu müssen. Es war mittlerweile höllisch heiß in dem Keller und Winter lief der Schweiß aus allen Poren. Dr. Chino hatte bereits mehrmals die Pipette angesetzt, dann zufrieden genickt und die Heizung mit einem kurzen »Gut, sehr gut« wieder abgestellt.

»Können Sie auf Befehl weinen, Herr Kommissar?«, fragte er schließlich, während etwas Kaltes Winters Schläfe sachte zusammendrückte.

»Ich kann auf Befehl furzen, zählt das auch?«

Er hörte, wie Dr. Chino seufzte, und dann explodierte ein jäher Schmerz in Winters Kopf, als der Schraubstock, um den es sich zweifellos handelte, sachte, aber immer stärker angezogen wurde. Er versteifte sich und stemmte sich erneut gegen die Fesseln – ohne Wirkung. Der Schmerz raubte ihm beinahe das Bewusstsein und er meinte, seine Schädelknochen knacken zu hören. Er hatte sich vorgenommen, nicht zu schreien, egal was dieser Verrückte mit ihm anstellen würde, doch er konnte es nicht verhindern. Er schrie sich die Seele aus dem Leib, während Tränen des Schmerzes über sein Gesicht liefen und Dr. Chino mit seiner Pipette vor seinen Augen herumhantierte.

Nach einer Ewigkeit löste sich der Druck auf seine Schläfen und Winter atmete zitternd auf. Er wunderte sich, wie viel Druck ein menschlicher Schädel aushalten konnte. Er hätte um alles Geld in der Welt gewettet, dass sein Kopf diese Tortur nicht überstehen, sondern einfach wie eine reife Melone platzen würde.

»Haben Sie ein Lieblingskinderlied, Herr Kommissar?«, fragte Dr. Chino fröhlich, als wäre nichts gewesen.

»Ich … bin … nicht mehr … Kommissar.«

»Ich frage nur, damit ich weiß, welche Spieluhr ich Ihnen zuteilen soll. Ich habe Spieluhren aus aller Welt mit allen möglichen Kinderliedern. Wissen Sie, Herr Kommissar, normalerweise lasse ich meine Opfer nicht aussuchen, aber Sie sind ein Sonderfall. Sie genießen quasi gewisse Vorzüge.«

»Lecken Sie mich!«

»Wie wär's mit ›Bajuschki baju‹?«

Winter seufzte und atmete einige Male tief durch, um sich auf die nächste Tortur vorzubereiten. Dr. Chino zuckte die Schultern und nahm einen Fotoapparat zur Hand.

»Dann wird es ›Bajuschki baju‹ sein, ganz wie Sie es sich gewünscht haben, Herr Kommissar.« Der Gerichtsmediziner zog plötzlich die Augenbrauen hoch. »Wem soll ich eigentlich Ihr Porträt zukommen lassen, nun da Ihr Adoptivvater tot ist? Sie haben ja gar niemanden mehr.«

»Schicken Sie's doch meinem besten Freund, Heinrich Möller, er hat's verdient.«

»Ts, ts, ts!« Dr. Chino schüttelte missbilligend den Kopf. »Ich erkenne Sarkasmus, wenn er mir gegenüber auftritt. Nein, ich denke, ich werde es Sabine Krüger zukommen lassen. Es wird sie sicher freuen.«

»Bestimmt.«
»So, Herr Kommissar, Zeit zu lächeln.«
»Was?«
»Ich möchte, dass Sie lächeln, Herr Kommissar, damit ich Ihr Lächeln fotografieren und Sie später lächelnd malen kann. Das ist doch nicht zu viel verlangt, oder?«
»Ehrlich gesagt kann ich besser auf Knopfdruck weinen als lächeln, wenn Sie wissen, was ich meine.«
»Ich hatte fast gehofft, dass Sie so was sagen, Herr Kommissar, so komme ich wenigstens noch einmal in den Genuss des Vergnügens, den Schraubstock zu benutzen.«

Winter wappnete sich bereits für den kommenden Schmerz, doch als sein Schädel zusammengepresst wurde, war die Pein noch stärker als beim ersten Mal. Wieder trieb ihn der Schmerz an den Rand der Bewusstlosigkeit. Er schrie auf und sah durch einen Tränenschleier etwas Rotes am Rande seines Gesichtsfeldes auftauchen.

›Der Harlekin!‹, schoss es ihm durch den Kopf. Gleich darauf ertönte hinter Winter ein Poltern. Dinge fielen zu Boden und wurden durch die Luft geschleudert.

Dr. Chino sah überrascht auf und runzelte die Stirn. »Was geht hier vor …?«

»Das ist …«, keuchte Winter, »der … echte … Harlekin.«

»Der *echte* Harlekin? Ich bin der Harlekin!« Offenbar konnte auch Dr. Chino den roten Schemen nicht sehen.

»Nein … Sie sind … nichts als ein … stümperhafter Hochstapler.«

Wieder flog etwas durch die Luft.

»Was zum Teufel …?«, hörte Winter Dr. Chino rufen. »Wer bist du? Zeig dich mir! Ich bin der Harlekin!«

Der Lärm entfernte sich. Türen wurden zugeschlagen.

»Bleib da! Wo willst du hin? Ich bin der Harlekin! Ich bin der Meister!« Dann verschwand Dr. Chino aus Winters Gesichtsfeld, doch der Druck auf seinen Kopf hielt an.

»Komm zurück, ich befehle es dir!«, ertönte Dr. Chinos wutentbrannte Stimme. Winter hörte Schritte, die sich rasch entfernten, dann war es ruhig.

Und ihm erschien ein Engel.

»Bin ich tot?«, wisperte Winter, als der Druck auf seine Schläfen plötzlich verschwand. Das Engelsgesicht lächelte ihn an und schüttelte den Kopf.

»Nein, Richard, du lebst. Du musst leben und diesem Irrsinn ein Ende machen.«

Der Schleier vor seinen Augen lichtete sich etwas, und nun erkannte er, dass der Engel Catherine war. Noch nie hatte er so ein liebliches Gesicht erblickt. Sie bückte sich über seine Handgelenke und band ihn los. Stöhnend richtete sich Winter auf und hielt sich den schmerzenden Schädel. Ihm wurde übel und er sank ächzend wieder auf die Liege zurück.

»Langsam«, sagte Catherine, doch der nervöse Blick, den sie über die Schulter warf, verriet Winter, dass er entgegen ihren Worten nicht viel Zeit hatte, sich zu erholen. Ein zweites Mal richtete er sich auf, dieses Mal aber langsamer und vorsichtiger. Wieder wurde ihm übel und alles drehte sich um ihn herum, doch er biss die Zähne zusammen und setzte sich schließlich ganz auf.

Zum ersten Mal konnte er den Kellerraum nun überblicken. Rund um die Liege sah es aus wie in einem Operationssaal. Neben der grellen Lampe und dem Schraubstock gab es ein Tischchen, auf dem allerhand scharfe Messer und Sägen und viele weitere gefährlich aussehende, kleine, metallene Werkzeuge lagen. Winter mochte sich gar nicht erst ausmalen, was Dr. Chino damit alles anzustellen imstande war. Neben der Liege am Boden lag seine Bekleidung, die ihm der Gerichtsmediziner ausgezogen hatte: Unterhemd, Hemd und Jacke. An der Stirnwand des Kellers standen vier große Porträts auf Staffeleien: Mark Gerber, Kathrin Bachmann, Hermann Weber und Lukas Huber. Winter zog sich bei dem Anblick des lächelnden Jungen der Magen zusammen.

Rund um die Staffeleien lagen Paletten, Farbtöpfe – Winter versuchte, nicht daran zu denken, was die Farbtöpfe in Wirklichkeit enthalten mochten – und Pinsel. Es war ein einziges Durcheinander. An der anderen Wand stand ein Schreibtisch, über dem eine Pinnwand hing, die voll von Zeitungsartikeln über den Harlekin und seine Bilder war. Neben dem Schreibtisch stand ein einfaches, aufgeklapptes Feldbett.

Außer der Eingangstüre führten zwei weitere Türen aus dem Keller hinaus. Eine davon stand offen. Winter vermutete, dass Dr. Chino durch diese Türe verschwunden war.

»Was ist ... geschehen?«

»Sag du's mir«, sagte Catherine und blickte sich ängstlich um. »Ich habe dich gesucht. Glücklicherweise habe ich in deinen neuen Sachen einen Peilsender integriert, so konnte ich dich ausfindig machen. Als ich in den Keller hinunterstieg, habe ich dich schreien hören. Dann habe ich mich vorsichtig hier hereingeschlichen, doch außer dir war niemand da. Wo ist der Mörder? Und wer ist es?«

»Dr. Chino«, sagte Winter mühsam, rutschte von der Liege und hob seine Jacke vom Boden auf. Dann zog er die Pistole, die er Sabine abgenommen hatte, heraus. »Der Harlekin hat ihn abgelenkt, aber er wird sicher bald zurück sein, er …«

»Wie zum Teufel haben Sie sich befreit?« Dr. Chino stand in der offenen Türe des Kellerraumes. Dann reagierten sie alle beinahe gleichzeitig: Winter hob seine Pistole und Catherine zog ihre Dienstwaffe, während Dr. Chino aus einer Tasche seines Kittels ebenfalls eine Pistole hervorzauberte und den Lauf auf Winter richtete.

»Das nennt man wohl ein Patt«, sagte Winter nervös.

Doch er fühlte sich nicht ansatzweise so zuversichtlich, wie er sich gab. Er kannte solche Situationen. Und er wusste, dass es nicht gut ausgehen konnte.

Es ging nie gut aus.

Winter sah vor seinem inneren Auge, wie der Kopf des Mädchens herumgeworfen wurde, wie Blut umherspritzte und wie es dann reglos zu Boden fiel.

Dr. Chino lächelte. »Oh nein, Herr Kommissar. Schachmatt!«

Dr. Chinos Finger krümmten sich um den Abzug. Und dann schossen sie alle gleichzeitig. Winter warf sich im selben Moment herum, doch er war nicht schnell genug. Etwas erfasste ihn mit der Wucht eines Hammerschlags und warf ihn rückwärts und zu Boden.

Von irgendwoher ein weiterer Schmerzensschrei. Er schien nicht der einzige Getroffene zu sein. Schritte. Ein Tränenschleier ließ Winters Blick verschwimmen. Irgendetwas tropfte vor ihm zu Boden. Schmerz pulsierte durch seinen Körper und ließ ihn aufstöhnen.

Langsam richtete er sich halb auf und sah an sich herunter. Die Kugel hatte ihn an der linken Schulter getroffen.

Etwas oberhalb der Stelle, wo ihn der Polizist vor einigen Tagen bereits angeschossen hatte. Eine Handbreit tiefer und ...

»Richard! Alles in Ordnung?«

Catherine stand immer noch unverändert da, ihre Pistole zielte auf die offene Türe, wo Dr. Chino kurz zuvor erschienen war. Der Gerichtsmediziner war nirgendwo zu sehen.

»Blöde Frage«, ächzte Winter und stemmte sich stöhnend auf die Beine hoch. »Abgesehen davon, dass mir jemand die Birne zerquetscht und die Schulter durchschossen hat, geht's mir hervorragend, danke. Wo ist er hin?«

»Ich ... ich habe ihn getroffen, aber ... er ist geflohen.« Catherine deutete auf den Boden vor der offenen Türe, auf dem einige Blutspritzer auszumachen waren. »Ich ... wusste nicht, ob ich ihn verfolgen oder nach dir sehen soll ...«

»Geh! Du musst ihn dingfest machen, das ist unsere Chance! Er ist angeschlagen. Ich komme schon klar hier.«

Catherine sah ihn zweifelnd an, doch auf ein weiteres aufmunterndes Nicken von Winter hin näherte sie sich vorsichtig der offenen Türe. Winter sah, wie ihre Finger hinter dem Türrahmen an der Wand entlang tasteten, bis sie den Lichtschalter fand. Kurz darauf gingen im anderen Raum die Lichter an. Catherine spähte vorsichtig hinein und drehte sich dann wieder zu Winter um.

»Ein Flur und vier weitere Türen. Die Türe am Flurende steht offen und die Blutspuren führen darauf zu. Sieht so aus, als wären die Keller der ganzen Häuserreihe miteinander verbunden. Ein einziges großes Kellerlabyrinth. Bist du sicher, dass ich dich alleine lassen kann?«

Winter nahm sich zusammen, um sich nichts anmerken zu lassen, und nickte tapfer. Catherine spähte noch einmal vorsichtig in den Flur hinaus, ehe sie ihn betrat und aus seinem Sichtfeld verschwand.

Winter biss noch einige Augenblicke auf die Zähne, doch dann entfuhr ihm ein Schmerzensschrei, den er bis dahin unterdrückt hatte.

»Verflucht!«, zischte er und sah sich nach etwas um, mit dem er seine Schulter verbinden konnte. Auf dem Schreibtisch fand er eine Packung Papiertaschentücher. Ungeschickt nestelte er an dem Verschluss herum, ehe er den Inhalt der Packung endlich stöhnend auf die Wunde drücken konnte. Dabei fiel sein Blick auf ein kleines, in Leder gebundenes Buch, das auf dem Schreibtisch lag.

Beiläufig schlug er es mit der linken Hand auf, was einen weiteren Schmerzimpuls durch seine verletzte Schulter jagte, während er mit den Taschentüchern versuchte, die Blutung zu stoppen.

1. Januar 2016
Ich feiere alleine, denn was ich zu feiern habe, darf ich mit niemandem teilen, und wenn ich es teilen würde, so dürfte diese Person meine Feier nicht lebend verlassen. Es ist die Geburtsstunde einer Idee, die ein ganzes Kunstgenre neu definieren wird, einer Idee, welche die Kunstgeschichte revolutionieren und neu schreiben wird.

Und deshalb feiere ich alleine.

Winter blickte auf.

›Dr. Chinos Tagebuch!‹, durchfuhr es ihn aufgeregt. Dieses Tagebuch würde ihm nicht nur Antworten auf alle offenen Fragen liefern, nein, es würde ihn vor allem entlasten und Dr. Chinos Schuld beweisen.

»Legen Sie die Waffe weg!«

Winter erstarrte. Langsam legte er seine Pistole vor sich auf den Tisch, ehe er sich umdrehte. Dr. Chino stand in der Türe, durch die Winter den Keller zuvor betreten hatte. Er war bleich und blutete ebenfalls aus einer Wunde am linken Arm. Doch die rechte Hand hielt nach wie vor die Pistole umschlossen, deren Kugel Winters Schulter durchschossen hatte.

»Und jetzt treten Sie vom Tisch weg!« Dr. Chino machte eine ungeduldige Bewegung mit seiner Waffe in Richtung der Bilder. Winter gehorchte. Gleichzeitig sah er sich nervös um.

»Nur wir beide diesmal, Herr Kommissar? Kein verrückter Harlekin-Geist, der ihnen zu Hilfe kommt?« Dr. Chino grinste böse. »Nur der verrückte Serienkiller und der degradierte und diffamierte Ex-Polizist. Wollen wir es hinter uns bringen?« Dr. Chino richtete die Pistole auf Winter.

»Sie wollen mich einfach so erschießen?«

»Warum nicht? Denken Sie, ich hätte Skrupel?«

»Catherine, nicht!«

Winter blickte flehend an Dr. Chino vorbei und dieser schaute kurz irritiert über die Schulter. Diese kurze Unaufmerksamkeit reichte Winter. Er packte den nächstbesten Gegenstand – ein Fotoapparat – und warf ihn mit aller Wucht nach Dr. Chino. Der Fotoapparat traf den Gerichtsmediziner am Kopf, sodass er keuchend zurücktaumelte. Winter rannte auf ihn zu und sprang ihn an. Übelkeit stieg wie eine Welle in ihm empor, als er durch die Luft flog, doch er kämpfte sie hinunter, breitete seine Arme weit aus und riss den Gerichtsmediziner damit zu

Boden. Ein Schuss löste sich aus Dr. Chinos Waffe und flog als Querschläger durch den Raum. Umklammert wie zwei Liebende rollten sie über den Boden, während die Pistole in hohem Bogen davonflog. Winter biss die Zähne zusammen, als seine verletzte Schulter über den Boden schrammte, und auch Dr. Chino ließ einen Schmerzensschrei hören, als Winters Gewicht auf seinen verletzten Arm drückte. Blut tropfte zu Boden. Dr. Chino krallte sich mit der einen Hand in Winters Haar fest und zog seinen Kopf damit nach hinten, während Winter die Rechte zur Faust ballte und sie Dr. Chino wieder und wieder in die Seite hämmerte.

Der Gerichtsmediziner ließ sich davon allerdings nicht beeindrucken und schlug Winter mit der Handkante gegen die bloße Kehle.

Winter verschlug es den Atem. Er hatte Mühe, Luft zu holen. Dennoch hielt er Dr. Chino weiter gepackt und tastete sich mit der rechten Hand an dessen Körper empor, bis er den Kopf erreicht hatte. Er versuchte, seine Finger in Dr. Chinos Augen zu pressen, doch dieser biss ihm in die Hand. Ein weiterer ungeheurer Schmerz durchfuhr Winters Körper, als Dr. Chino ihm sein rechtes Knie zwischen die Beine rammte. Winter keuchte auf und lockerte seinen Griff einen Moment lang. Dr. Chino stieß ihn von sich und kroch davon, direkt auf die Pistole zu, die keine zwei Meter entfernt am Boden lag.

Winter blinzelte den Tränenschleier fort, der ihm wieder die Sicht nahm, und kroch dem Gerichtsmediziner hinterher. Er packte ihn an den Fußgelenken, gerade als sich dessen Hände um die Pistole schlossen. Dr. Chino riss sich los und richtete sich mühsam auf.

Und Winter wusste, dass es vorbei war, dass er hier und jetzt sterben würde. Müde ließ er sich zurücksinken und schloss ergeben die Augen.

Doch statt eines Schusses ertönte von irgendwo her ein Knurren. Als Winter die Augen wieder öffnete, sah er aus den Augenwinkeln einen großen Schatten, der sich Dr. Chino in horrendem Tempo näherte und ihn anfiel. Der Gerichtsmediziner schrie schmerzerfüllt auf, als die Hündin ihn in den rechten Arm biss, der die Waffe hielt.

›Sydney!‹, schoss es Winter durch den Kopf.

Ein weiteres Mal mobilisierte Winter all seine Reserven, richtete sich auf und warf sich ebenfalls auf den Mörder. Dieser versuchte Sydney abzuschütteln, was ihm aber nicht gelang. Winter packte ihn und stieß ihn mit aller Kraft von sich weg. Dr. Chino taumelte zurück, und gerade als Winter nachsetzen wollte, stolperte der Mörder und fiel rücklings nach hinten. Ein hässliches Knirschen ertönte, als sein Kopf auf den metallenen Schraubstock prallte.

Sein Körper fiel leblos zu Boden.

Sydney ließ von Dr. Chino ab, blieb aber knurrend vor ihm stehen. Winter starrte einen Moment lang überrascht auf Dr. Chino hinunter, dann beugte er sich vorsichtig zu ihm hinab und fühlte dessen Puls.

»Ist er tot?«

Winter fuhr überrascht herum. Catherine stand hinter ihm, die Pistole auf Dr. Chino gerichtet. Winter nickte.

»Es war ein Unfall. Doch er hat gekriegt, was er verdient hat. Sydney hat mich gerettet.« Winter kraulte der Hündin liebevoll den Kopf und richtete sich stöhnend auf.

»Richard, es tut mir leid, dass ich ihn nicht erwischt habe. Dieser Keller ist ein wahres Labyrinth. Er hat mich in die Irre geführt und dann abgehängt, wohl um mit dir alleine abrechnen zu können. Aber ich habe Sydney in einem der Keller gefunden, und als ich sie freiließ, jagte sie wie der Blitz an mir vorbei und hetzte Dr. Chino nach.«

»Sie kam gerade noch rechtzeitig«, sagte Winter und besah sich die Hündin genauer. Die rechte Vorderpfote fehlte und das Bein war mit blutigen Bandagen umwickelt.

»Arme Sydney«, flüsterte Winter und umarmte seine Hündin, »was hat er dir nur angetan?«

Sie leckte ihm über das Gesicht, wedelte mit dem Schwanz und legte sich dann jaulend auf den Rücken. Winter kraulte ihr eine Weile lang den Bauch, erhob sich dann und setzte sich ächzend auf die Liege, wo er vor kurzer Zeit noch seinem sicheren Tod entgegengesehen hatte.

»Ist alles in Ordnung mit dir?«, fragte Catherine besorgt und deutete auf die blutende Schulterwunde. »Wir sollten einen Notarzt rufen.«

Doch Winter schüttelte den Kopf.

»Später. Hör' zu: Ich glaube, ich weiß nun, wie wir die Bilder vernichten und die Geister erlösen können.«

Winter erzählte Catherine, was Dr. Chino ihm vor dessen Tod erzählt hatte. »Verstehst du? Es gibt jeweils zwei identische Porträts. Wir müssen beide Bilder zerstören, wollen wir den Fluch brechen.«

»Ich weiß«, sagte Catherine.

Winter sah sie verwundert an.

»Ich habe sie gesehen. Da drüben, nur zwei Räume weiter stehen die Kopien.«

»Er hat sie hierher gebracht? Ich dachte, sie stünden noch in seinem Labor im Institut?«

Catherine schüttelte den Kopf. »Nachdem du mit Stanke ins Labor eingebrochen bist, hat er sie weggeschafft. Der Polizei sagte er, er hätte sie in einen sicheren Raum zur Aufbewahrung überführt. Offenbar ist dies hier dieser sichere Raum.«

Winter nickte nachdenklich.

»In diesem Fall müssen wir die Bilder auf der Stelle vernichten. Wir brauchen ein Feuer!«

Kg4-g5 De8-d7

59

Irgendwie passte es, dass es hier endete. Glücklicherweise wurde die Villa der Bachmanns nicht mehr überwacht und stand noch immer leer. Als Winter und Catherine mitten in der Nacht dort ankamen, mit Sydney und den acht großen Porträts ins Haus einstiegen und im Kamin ein Feuer entfachten, überkam ihn ein seltsames Gefühl.

›Hier und heute wird sich mein Leben verändern‹, dachte Winter. Er sah zu Catherine hinüber, die gerade die Anzündwürfel unter dem aufgeschichteten Holz entfachte, und ein Lächeln bahnte sich einen Weg auf sein Gesicht. Catherine legte die Streichhölzer zur Seite und drehte sich um.

»Was ist?«, fragte sie, als sie sein Lächeln bemerkte.

»Nichts«, sagte er ein wenig zu hastig, »es ist nur ... Ich habe gerade daran gedacht, dass diese schreckliche Geschichte, die so vielen Menschen das Leben gekostet hat, mir geholfen hat, mein Leben wieder in den Griff zu kriegen. Ich meine ...« Er suchte einen Moment lang nach Worten und schmunzelte. »Ich habe mich mit Ben versöhnt und auch wenn er nun nicht mehr unter uns weilt, so weiß ich dennoch, dass wir diesmal im Guten auseinandergehen konnten. Und ich habe dich kennengelernt und ...«

»Und dank diesem Fall bist du immer noch ein Mordverdächtiger«, unterbrach sie ihn schmunzelnd. »Ganz toll.«

Winter grinste. »Das wird sich alles aufklären. Ich bin sicher, wir finden genügend Beweise im Keller und im Tagebuch von Dr. Chino, die mich entlasten werden.«

»Ich hoffe es.« Catherine nickte und drehte sich wieder zum Kamin um, in dem das Feuer mittlerweile hell loderte. »Was meinst du, mit welchem sollten wir beginnen?«

Die acht Porträts lehnten nebendran an der Wand, als wären sie stumme Zuschauer ihrer eigenen Hinrichtung und Erlösung. Sydney hatte sich derweil vor dem Kamin auf den Teppich gelegt und verfolgte mit den Augen neugierig alles, was um sie herum geschah.

Winter bemerkte eine Bewegung aus den Augenwinkeln. Er drehte sich um und dort stand er.

›Der Harlekin!‹

Er war ihm näher als jemals zuvor. Erst jetzt bemerkte er, wie klein der Harlekin eigentlich war. Er reichte ihm kaum bis zur Schulter. Die Augen waren nach wie vor hinter der Maske versteckt, doch Winter konnte trotzdem erkennen, wie traurig der Blick hinter dieser Maske war. Der Harlekin stand einfach nur da und blickte an Winter vorbei in das prasselnde Feuer.

Und plötzlich wusste Winter, mit welchem Bild sie beginnen mussten.

»Der Junge«, sagte er mit belegter Stimme. »Wir beginnen mit dem Jungen.«

Sie traten vor und ergriffen beide je ein Porträt des kleinen Jungen. Der lachende Blick des Knaben auf dem Porträt stand in krassem Gegensatz zum traurigen Gesicht des Harlekins hinter ihnen. Winter und Catherine sahen sich noch einmal an, dann nickte Winter und sie stellten die beiden Bilder mitten in den Kamin hinein, direkt in die lodernden Flammen. Im Gegensatz zum letzten Mal, als er das Porträt von Frau Bachmann hatte verbrennen wollen, fühlte er dieses Mal keine Gegenwehr.

›Fast als wären die Gemälde froh darum, endlich erlöst zu werden‹, dachte er erleichtert.

Die Flammen umschlossen die Gemälde, leckten an ihnen empor und ergriffen umgehend Besitz von ihnen.

Winter drehte sich zum Harlekin um und dieser drehte den Kopf und sah ihn an. Dann erschien plötzlich ein Lächeln auf dessen Gesicht. Er griff in seine Rocktasche und beförderte fünf kleine Bälle daraus hervor. Und dann begann er zu jonglieren.

Und zu verblassen.

Winter drehte sich zum Kamin um und erkannte, dass die beiden Porträts des Jungen schon beinahe gänzlich verbrannt waren.

Dann fielen die fünf Bälle plötzlich einer nach dem anderen zu Boden und der Harlekin war verschwunden.

Winter bückte sich, hob die Bälle auf und runzelte überrascht die Stirn, als er erkannte, dass es sich dabei gar nicht um Bälle, sondern um kleine, unregelmäßig geformte Steine handelte. Nachdenklich wog er sie in der Hand.

»Richard?«

»Hm?«

Catherine stand hinter ihm und deutete auf die anderen Porträts. Winter nickte gedankenverloren, steckte sich die Steine in die Hosentasche und dann nahmen sie die Bilder von Mark Gerber zur Hand und stellten sie in den Kamin.

Eine Weile lang sahen sie den Flammen zu, wie sie die Bilder langsam verzehrten.

»Catherine?«

»Ja?«

Sie drehte sich zu Winter um und sah ihm in die Augen. Ihre Augenfarbe war eine Mischung aus Blau und Grau. Je nachdem, wie das Licht einfiel, glänzten sie in der einen oder anderen Farbe. Nun schimmerten sie grau.

»Ich möchte dir dafür danken, dass du stets an mich geglaubt und mich unterstützt hast. Das war wohl nicht immer einfach.«

Catherine lachte. »Nein, das war es wirklich nicht, aber ich wusste, dass ich dir vertrauen kann.«

»So? Warum?«

»Ich kann es nicht beschreiben. Es ist, als ob ich es ...« Sie rang nach Worten. »Als ob ich es wirklich wüsste. Verstehst du?« Als Winter sie nur verständnislos ansah, lächelte sie und fügte hinzu: »So ähnlich muss sich wohl ein Déjà-vu anfühlen.« Sie wandte sich ab und ergriff das Porträt von Herrn Weber. »Wollen wir?«

Winter nickte, ergriff das Duplikat und dann legten sie auch dieses Bild ins Feuer. Danach traten sie wieder zurück und sahen den Flammen wortlos zu.

›Jedem Bild und jedem Opfer seine Schweigeminute‹, dachte Winter. »Ich ...« Nun war es an Winter, nach Worten zu suchen. »Ich bin nicht gut darin, Catherine, und auch nicht mehr geübt, aber ... ich ... Ach Scheiße! Hast du Lust, vielleicht mal mit mir auszugehen? Wenn all dies hier vorbei ist, meine ich, und ich nicht mehr als Mordverdächtiger in Verruf stehe und ... natürlich nur, wenn du ... Ich meine, ich will dich nicht drängen oder so und ich weiß, dass du ...«

»Sch... Richard«, unterbrach sie seinen plötzlichen, aus Verlegenheit geborenen Redefluss. Wieder sah sie ihm direkt in die Augen. Diesmal leuchteten sie in einem beinahe reinen Blau. »Ich würde liebend gern mit dir ausgehen.« Seltsamerweise nahmen ihre Augen bei diesen Worten einen traurigen Ausdruck an. Einen Moment lang sah sie ihn noch an, und es schien beinahe, als ob sie noch etwas hinzufügen wollte, doch dann rang sie sich ein Lächeln ab, drehte sich um und ergriff das letzte Porträt von Frau Bachmann.

Winter stand noch einen Moment lang verwirrt da.

›Sie *würde* gerne mit mir ausgehen? Was meint sie denn damit?‹

Er blinzelte irritiert und ergriff das zweite Bild von Frau Bachmann.

»Bringen wir es hinter uns«, sagte er seufzend.

Da begann Sydney plötzlich zu jaulen, setzte sich auf und schleckte Winters Hand ab.

»Was ist denn los, Sydney?« Winter streichelte ihr beruhigend über den Kopf. »Bald ist das alles hier vorbei.«

Sie übergaben die beiden Gemälde von Kathrin Bachmann den Flammen, traten ein paar Schritte zurück und starrten ein letztes Mal schweigend ins Feuer. Wieder jaulte Sydney und diesmal zog sie sogar den Schwanz ein. Winter griff derweil vorsichtig nach Catherines Hand.

Und griff ins Leere.

Verwirrt drehte er sich zu Catherine um und erstarrte. Catherine begann vor seinen Augen langsam zu verblassen.

»Was zum …?«, entfuhr es ihm.

Catherine sah ihn traurig an. »Es tut mir leid, Richard!«

»Wieso? Was … geschieht hier? Catherine, ich … Bleib da, ich …« Er streckte seine Hand aus und wollte sie festhalten, doch wieder ging sie ins Leere.

Durch Catherine hindurch.

Und ein schrecklicher Verdacht stieg in ihm hoch. ›Hast du sie jemals angefasst?‹, wisperte eine Stimme in seinem Inneren. ›Hat sie dich jemals angefasst? Hast du sie jemals mit anderen Personen sprechen sehen?‹

Winter drehte sich zum Kamin um und sah verzweifelt auf die brennenden Bilder. Die Erkenntnis durchfuhr ihn wie ein Blitz.

»Du ... du bist ... sie?«

Sie schüttelte den Kopf, nur um gleich darauf zu nicken. »Ich wäre vielleicht zu ihr geworden. Irgendwann.«

»Das verstehe ich nicht ... Wie ist das möglich?«

»Ich weiß es nicht.« Sie wurde nun immer blasser und durchscheinender. »Ich wusste selbst nicht, dass Kathrin Bachmann und ich dieselbe Person sind, obschon ich es vermutet habe.«

»Aber wenn das so ist, dann ... wurdest du gar nicht von der Polizei zu mir geschickt? Warum bist du dann ausgerechnet zu mir gekommen?«

»Hast du das denn immer noch nicht begriffen?« Catherine lächelte. »Nur du konntest mich sehen.«

»Nur ich? Aber ... wieso ...?«

»Ich weiß es nicht, aber du hast eine ganz spezielle Gabe, Richard! Es gibt nicht viele Menschen, die das können.«

Er konnte sie kaum noch erkennen. Da kam ihm ein Gedanke. Mit zwei großen Schritten war er beim Kamin. Es gab nur eine Möglichkeit, wie er Catherine halten konnte. Er streckte seine Hand nach den lichterloh brennenden Bildern aus.

»Nein!«, ertönte es hinter ihm. »Richard, tu es nicht, ich bitte dich!«

Winter drehte sich um. Er konnte nur mehr die Silhouette von Catherine erkennen.

»Warum?«

»Es ist … nicht richtig. Ich gehöre nicht mehr in diese Welt, Richard. Es tut mir leid.«

Winter ließ seine Hand sinken und blickte Catherine traurig an.

»Mir tut es auch leid, Catherine. Mir tut es auch leid.«

Sydney jaulte noch einmal herzzerreißend und dann war Catherine verschwunden.

Df6xg6+ Kh7-h8

60

›Nur du konntest mich sehen.‹ Catherines Stimme hallte noch lange in Winters Kopf nach. ›Du hast eine ganz spezielle Gabe, Richard!‹

Winter saß auf der Couch in der Villa der Bachmanns, starrte ins heruntergebrannte Feuer, wo die Reste der Porträts in Schutt und Asche lagen, und kämpfte mit den Tränen.

›Wie ist das möglich? Wie kann Catherine Weiß denn Kathrin Bachmann sein?‹

Plötzlich durchfuhr ihn ein Gedanke.

›Dr. Chinos Tagebuch!‹

Seine Hände begannen zu zittern, als er das kleine, in Leder gebundene Buch hervorzog, das er, als sie Dr. Chinos Folterkeller verlassen hatten, mit eingepackt hatte. Nervös schlug er es auf. Er blätterte darin herum und überflog einige Seiten. Vieles hatte er bereits von Dr. Chino erfahren, doch plötzlich stockte er. Eine Textpassage war ihm ins Auge gesprungen, die nicht zu dem bisher Erzählten und Erlebten passte.

28. Februar 2016
Heute Nacht hat mich einmal mehr ein geisterhaftes Lachen geweckt. Mittlerweile erschrecke ich nicht mehr, wenn es ertönt, im Gegenteil, ich begrüße es als Bote eines weiteren gelungenen und vollendeten Meisterwerks. Doch dieses Mal war

etwas anders als sonst. Zunächst konnte ich nicht sagen, was es war, doch dann machte ich Licht, stand auf und hörte noch einmal genau hin. Da waren zwei Geräusche: Zum einen das unheimliche Lachen und dann war da noch ein ... ein Weinen. Ein trauriges, so überaus armseliges und unglückliches Geräusch, dass es mir einen kalten Schauer über den Rücken jagte. Es entfernte sich und verschwand dann plötzlich von einem Moment auf den anderen.

Bei Herrn Gerber und Herrn Weber war nach vollendetem Werk jeweils nur ein Lachen zu hören gewesen, wie ich es zuvor berichtet habe, doch bei Frau Bachmann waren nun zum ersten Mal zwei Geräusche zu hören gewesen. Ob es am Geschlecht des Opfers lag, oder an der Tatsache, dass ich dieses Mal die beiden Bilder gleichzeitig und nicht zeitversetzt gemalt habe, vermag ich noch nicht zu sagen. Darüber wird mir das Schicksal des nächsten Opfers Auskunft geben müssen.

Das erklärte zwar so einiges, nicht aber, wie Catherine Weiß und Kathrin Bachmann ein und dieselbe Person sein konnten.

›Ich muss die Antwort herausfinden, sonst treibt mich diese Frage noch in den Wahnsinn!‹

Winter stand auf. Wie von selbst setzten sich seine Beine in Bewegung und führten ihn in Bachmanns Büro. Er setzte sich an den großen Schreibtisch, öffnete dessen Schubladen und durchwühlte sie. Er nahm die vielen Ordner hinter dem Pult zur Hand und durchsuchte sie, bis er endlich fand, wonach er suchte: die Familiendokumente der Bachmanns.

Und plötzlich ergab alles einen Sinn.

Kathrin Bachmann, geborene Catherine Vice, las er. ›Vice, nicht Weiß! Der englische Akzent von Catherine! Sie hat Herrn Bachmann geheiratet und die Schreibweise ihres Vornamens an die deutsche Sprache angepasst! Die Catherine, die ich kennengelernt habe, war eine junge Version der ermordeten Kathrin Bachmann! Eine junge, beziehungsscheue Polizistin, die durch ihre Vergangenheit schwer geprägt war. Offenbar hat sie dieses Trauma später überwunden, als sie Herrn Bachmann kennengelernt hat. Und ich Idiot habe gehofft, dass ich und sie …‹ Er hielt inne und schüttelte den Kopf. Nein, diesen Gedanken wollte er nicht weiterverfolgen.

Betrübt blätterte er stattdessen in dem Tagebuch weiter und überflog die Einträge von Dr. Chino. Ein Eintrag erweckte seine Aufmerksamkeit.

6. März 2016
Nun habe ich die Gewissheit, dass die Tatsache, dass ich zwei Bilder gleichzeitig male, spezielle Auswirkungen hat. Bei meinem neusten Porträt, das des kleinen Jungen, konnte ich wiederum dasselbe Phänomen beobachten. Da war einerseits wieder dieses wahnsinnige Lachen und andererseits war wiederum ein schreckliches Weinen und Heulen zu vernehmen. Ich ging auf das Weinen zu, es kam aus der hintersten Ecke des Kellers. Da war nichts zu sehen, doch als ich noch näher hinging und mit der Taschenlampe die Ecke genauer ausleuchtete, hörte es für einen kurzen Moment auf, ehe es beinahe panisch wieder einsetzte und sich dann schnell entfernte und schließlich verschwand.

Das Ganze ist der Wahnsinn! Meine Bilder erschaffen Geräusche, bilden den gemalten Menschen nicht nur ab, sondern lassen seine Stimme erklingen! Wer hätte gedacht, dass sowas möglich ist? Bei meinem nächsten Opfer werde ich noch einen Schritt weitergehen, werde die Grenzen des Möglichen dehnen und erforschen. Was passiert, wenn ich drei Bilder gleichzeitig male?

Winter ließ das Tagebuch sinken und wischte sich die Tränen aus den Augen. Dann zog er das Handy, das ihm Catherine gegeben hatte, aus der Tasche und wählte die Nummer der Polizei.

f2-f4

61

Seine Wohnung war schon zuvor ein einziges Durcheinander gewesen, aber nun sah es so aus, als ob Einbrecher eingedrungen wären und mutwillig jede Schublade und jeden Schrank ausgeräumt hätten. Dr. Chino, der die ganzen Indizien in seine Wohnung geschmuggelt hatte, und danach die Polizei, die alles durchsucht hatte – den kümmerlichen Rest der Ordnung, die in seiner Wohnung noch vorgeherrscht hatte, gab es nicht mehr. Noch vor ein paar Tagen hätte ihn das nicht einmal gestört.

Das Einzige, was noch genauso da stand wie zuvor, war das Schachbrett mit den dazugehörigen Figuren. Winter näherte sich dem kleinen Tischchen und blickte auf die Handvoll Figuren hinunter, die immer noch auf seinen nächsten Zug warteten.

›Wenn ich diesen Zug nicht heute mache, dann nie mehr‹, dachte Winter. Er versuchte zum wiederholten Mal eine Lösung für das unlösbar scheinende Problem zu finden, doch nach einer Weile schüttelte er hilflos den Kopf.

›Vielleicht kommt mir während des Aufräumens endlich die zündende Idee, welche Figur ich wohin ziehen sollte‹, dachte er müde und begann damit, einen Teil seiner chaotisch verstreuten Sachen zur Seite zu räumen.

Es klingelte. Misstrauisch ging Winter zur Türe und öffnete sie.

»Wie geht's dir?«, fragte Sabine und trat ungefragt an ihm vorbei in die Wohnung.

»Wie's einem halt so geht, wenn man sich tagelang als gesuchter Krimineller verstecken muss, zweimal angeschossen wird, seinen Adoptivvater verliert, sein Hund verkrüppelt wird, erkennen muss, dass seine Partnerin nur ein Geist war und dann nach Hause kommt, nur um festzustellen, dass die Polizei auch noch den letzten Rest an Ordnung in seiner Wohnung zerstört hat.«

»Das mit Ben und mit Sydney tut mir leid.«

Winter lächelte erschöpft. »Danke, aber um die Wahrheit zu sagen: Es ging mir schon lange nicht mehr so gut. Ich ... fühle mich seltsam befreit. Aber was verschafft mir die Ehre deines Besuchs?«

»Ich ...« Sabine rang nervös nach Worten. »Das hier wurde heute früh für dich abgegeben.« Sie zog einen kleinen Brief aus der Hosentasche und hielt ihn Winter hin. Winter hatte den Eindruck, dass sie zunächst etwas anderes hatte sagen wollen.

»Von wem?«, fragte er misstrauisch und nahm den Brief entgegen.

Sabine zuckte mit den Schultern. »Von der Post. Es steht kein Absender darauf.«

Winter drehte den Brief und besah sich die Adresse:

Polizeipräsidium
Kriminalkommissar Richard Winter
In der Vahr 76
28329 Bremen

Der Umschlag war bereits geöffnet. Als Winter Sabine fragend ansah, machte sie eine entschuldigende Miene.

»Wir mussten ihn natürlich aufmachen, das ist dir doch wohl klar?«

Winter nickte.

»Und?«, fragte er, während er einen kleinen Zettel aus dem Umschlag zog.

»Ergibt keinen Sinn. Aber vielleicht kannst du ja etwas Licht ins Dunkel bringen.«

Winter faltete den Zettel auseinander und sah verwirrt auf die kurze Nachricht:

Manchmal muss man, um nicht zu verlieren, erst alles opfern. Dd7-g4+
C.

»Weißt du, was diese Nummern und Buchstabenfolgen bedeuten?«, fragte sie neugierig.

Winter trat langsam an das Schachbrett heran.

»Richard?«

»Ja, ich weiß, was es bedeutet«, sagte er leise und dann begann er zu lachen, als er die ganze Tragweite der Botschaft verstand.

Sabine sah ihn verwirrt an. »Richard, geht es dir gut?«

»Oh ja, Sabine, und wie es mir gut geht. Was denkst du: Ist es wichtiger, ein Spiel zu gewinnen, oder ein Spiel nicht zu verlieren?«

»Ist das nicht dasselbe?«

»Nein, Sabine, das ist es nicht. Das ist es ganz und gar nicht.«

Winter lachte, ergriff die schwarze Dame und zog sie nach g4.

»Schach!«

Kg5-h6 Dg4-g5+

Epilog

Winter hatte seinen Mantelkragen hochgeschlagen, um dem starken Wind etwas zu entgehen. Zudem hatte es vor Kurzem zu nieseln angefangen, als ob selbst der Himmel an diesem traurigen Tag ein paar Tränen vergießen würde.

Es waren nicht viele Leute gekommen, um von Ben Abschied zu nehmen. Ben war immer ein Sonderling gewesen und hatte nicht viele Freunde gehabt. Und die wenigen, die gekommen waren, kannte Winter nicht. Bis auf Sabine.

Nach der Zeremonie schüttelten die Leute Winter die Hand und drückten ihm ihr Beileid aus. Er ließ es über sich ergehen, obschon er nichts mehr hasste, als diese unpersönlichen Kondolenzbezeugungen. Es erinnerte ihn an die Beerdigung seiner Eltern. Er hatte neben deren Grab stehen und all diesen Leuten, die er nicht kannte, die Hand schütteln müssen. Dabei hätte er einfach nur ins Grab springen wollen, um neben seiner Mutter und seinem Vater zu liegen und mit ihnen begraben zu werden. Es war Ben gewesen, der ihn von dieser Prozedur erlöst hatte, indem er ihn, den tränenüberströmten kleinen Richard, auf den Arm genommen hatte und mit ihm spazieren gegangen war.

»Weißt du, kleiner Skywalker, was ›Skywalker‹ bedeutet?«

Richard schüttelte stumm den Kopf und schnupfte.

»Es ist Englisch und heißt ›Himmelsgänger‹.«

»Was ist ein Himmelsgänger?«

»Jemand, der im Himmel umhergehen kann, so wie wir es hier auf der Erde tun.«

»Können Mama und Papa das jetzt auch?«

»Ganz bestimmt können sie das. Und mehr als das. Sie schreiten durch den Himmel, immer direkt über dir, und dann halten sie ihre schützende Hand über dich.«

»Aber sie müssen doch bestimmt auch mal schlafen! Wer beschützt mich denn dann?«

Ben schmunzelte.

»Wenn deine Mama schläft, beschützt dich dein Papa und umgekehrt. Also hab' keine Angst, kleiner Skywalker, sie werden dich nicht aus den Augen lassen. Du magst sie zwar nicht mehr sehen, aber sie sehen dich bestimmt.«

›Bist du jetzt auch ein Skywalker, Ben? Kannst du mich jetzt auch immer sehen?‹, fragte sich Winter und wischte sich eine Träne weg, die aus seinem Auge kullerte.

»Es tut mir so leid, Richard.« Sabine stand als Letzte vor ihm und hielt ihm ihre Hand hin.

Er nickte und ergriff sie. Sabine zog ihn an sich und umarmte ihn. Dann machte sie sich sachte von ihm los und drückte ihm noch einmal die Hand.

»Ich lass dich dann mal einen Moment alleine mit ihm. Ich warte da drüben, ja?«

Winter nickte, trat noch näher an Bens Grab hin und zog dann ein Lederetui aus seiner Manteltasche. Er öffnete es und entnahm ihm sein Pendel. Einen Moment noch hielt er es in der Hand und betrachtete es gedankenvoll, dann ließ er aus einer inneren Regung heraus den Messingkopf nach unten fallen. Der Wind peitschte das Pendel hin und her und ließ es nicht zur Ruhe kommen. Schließlich kniete sich Winter neben das offene Grab hin und legte das Pendel auf den Sarg in der Grube.

»Danke!«, flüsterte er, und nun konnte er die Tränen nicht mehr zurückhalten.

›Ich habe Ben nie dafür gedankt, dass er mich damals bei sich aufgenommen und großgezogen hat‹, dachte er traurig. Es war ihm immer so selbstverständlich vorgekommen.

»Danke für alles, Ben!«

Winter richtete sich wieder auf, sah noch ein letztes Mal ins Grab hinunter, auf den Sarg, auf dem etwas Erde und ein Pendel lagen. Dann drehte er sich um und folgte Sabine.

Sie wartete am Ausgang des Friedhofes auf ihn.

»Was wirst du jetzt tun?«, fragte sie ihn.

»Ich? Ich gehe in meine Wohnung und warte auf den nächsten Fall. Auf die nächste entlaufene Katze oder die nächste eifersüchtige Ehefrau. Oder wer weiß – auf den nächsten Geist?« Er versuchte zu grinsen, was ihm aber nicht ganz gelingen wollte.

»Du wirst schon klarkommen, oder?«

Er legte den Kopf schief und sah sie an. ›Sie sorgt sich um mich! Gutes Zeichen!‹ Er nickte. »Natürlich. Der Whiskey-Schrank ist aufgefüllt, der Tiefkühler auch.«

»Ich meins ernst!« Sie boxte ihn spielerisch in die Rippen. »Schwör mir, dass du dich nicht wieder so gehen lassen wirst!«

»Ich werd's versuchen, aber ich glaube, es ist besser, wenn du von Zeit zu Zeit kontrollieren kommst.«

Sie nickte lächelnd. »Mach ich.«

Die Regentropfen fielen nun immer dichter aufeinander und sie beeilten sich, ins Trockene zu gelangen.

›Ob ich klarkommen werde? – Ich weiß es nicht. Aber eines weiß ich mit Sicherheit: Ein Anfang ist gemacht.‹

Nachbemerkung

Die Schachpartie, die jeweils zu Beginn der Kapitel weitergespielt und im Buch zwischen Richard Winter und Alexej Sorokin durchgeführt wird, entspringt einer realen Schachbegegnung. Es handelt sich dabei um die Partie zwischen den Ungarn Lajos Portisch und Levente Lengyel anlässlich eines Turniers in Málaga im Jahre 1964. Levente Lengyel rettete sich mit einem spektakulären Zug in ein nicht mehr für möglich gehaltenes Patt und vermochte so der vermeintlich sicheren Niederlage in letzter Sekunde zu entgehen.